KB237295

드래곤
체이서

드래곤 체이서 2부 4
최영채 판타지 장편 소설

초판 1쇄 찍은 날 § 2006년 3월 21일
초판 1쇄 펴낸 날 § 2006년 3월 31일

지은이 § 최영채
펴낸이 § 서경석

편집장 § 문혜영
편집 § 최하나 · 문정흠

펴낸곳 § 도서출판 청어람
등록번호 § 제1081-1-89호
등록일자 § 1999. 5. 31
어람번호 § 제1-0689호

주소 § 경기도 부천시 원미구 심곡1동 350-1 남성B/D 3F (우) 420-011
전화 § 032-656-4452 팩스 § 032-656-4453
http://www.chungeoram.com
E-mail § eoram99@chollian.net

ⓒ 최영채, 2005

ISBN 89-251-0043-6 04810
ISBN 89-5831-661-6 (SET)

드래곤 체이서

2부

DragonChaser

4

최영채 판타지 장편 소설

지옥마제의 귀천

도서출판 청어람

Contents

제1장
귀천(歸天)

귀천(歸天)

　"흡~ 후우~ 흡~ 후우~"

　카렌이 숨을 들이쉬고 멈출 때마다 주위의 마나가 급속하게 카렌의 체내로 빨려 들어가 곧 단전으로 몰려갔다. 단전에서 잠시 머무른 마나는 서서히 성질이 변하면서 카렌의 의지에 따라 독맥을 따라 치솟아 올랐다.

　유난히 느릿하게 움직이던 마나는 주위에서 기운을 받아들여 기세를 키우더니 이내 백회혈을 향해 힘차게 용솟음쳤다. 호흡과 마나의 움직임에만 집중한 카렌은 모르고 있었지만 주위에서 지켜보고 있던 사람들은 그의 몸에서 뿜어져 나온 붉은 아지랑이를 확실하게 알아볼 수 있을 정도로 뚜렷했다.

　그중에서도 특히 긴장한 표정으로 카렌을 지켜보고 있던 사람(?)은 바로 지옥마제였다.

카렌과 만난 지도 벌써 3년이란 시간이 거의 다 지나가, 이제 불과 두 달도 남지 않은 시점에서 드디어 진화된 지옥이도류의 가장 기본이자 근본이 되는 연환상충폭뢰기의 첫 운공을 카렌이 하고 있는 것이다.

자신이 그토록 오랜 시간 동안 고민하고 정립했던 이론이 실제로 세상에 모습을 드러내는 순간이니, 지옥이도류를 만들고 또 그것을 새롭게 진화시킨 당사자인 지옥마제가 이 순간 어찌 흥분하지 않을 수 있겠는가?

그렇지만 카렌의 변화를 흥미롭게 쳐다보는 사람은 지옥마제뿐만이 아니었다.

데미안은 자식의 성장을 바라보는 부모로서의 염려스러운 시선으로, 카르메이안은 드디어 인간이 드레곤의 능력을 넘어서게 된 이유를 알게 되었다는 흡족한 마음에서 쳐다보고 있었다. 또 자신도 언젠가는 카렌과 같은 길에 들어서게 될 것임을 알고 주의 깊게 바라보고 있는 러쎌의 시선도 있었고, 지난 1년의 시간 동안 가장 가까운 곳에서 함께 지냈음에도 불구하고 아직도 카렌이나 주위 사람들의 반응이 이해되지 않는 듯 바라보고 있는 알리샤의 시선도 있었다. 하지만 카렌은 지금 그런 사람들의 시선을 전혀 깨닫지 못하고 있었다. 아니, 신경 쓸 여력이 전혀 없었다.

지금까지 잠들어 있던 세포와 근육, 그리고 정신이 일시에 깨어나는 듯 쾌적하고 상쾌하기만 했던 이전까지의 운공과는 달리, 지금은 마나가 움직일 때마다 마치 불붙은 부지깽이로 몸속 곳곳을 지지는 듯한 지독한 통증에 카렌은 부서져라 어금니를 악무느라 마나의 유도조차 제대로 하기 힘들 지경이었다.

카렌이 이렇게 힘들게 마나를 유도하려 하는 곳은 지금껏 그가 마나를 받아들이고 쌓았을뿐더러 수천 번도 넘게 이동을 시켰던 곳이다. 그럼에도 불구하고 뜨겁고 차가운 마나가 지나갈 때마다 지독한 통증을 느껴야만 했다. 하지만 그 두 가지 기운이 지나간 곳에서는 이전과는 비교할 수도 없는 시원함과 활력을 느낄 수 있었다.

고통과 쾌감이 동시에 느껴지는 기이한 상황. 그러나 쾌감보다는 난생처음 느껴보는 고통이 훨씬 더 강렬하게 느껴졌다.

마나가 좁디좁은 백회혈을 지나는 순간 지독한 통증이 느껴지더니, 순식간에 몸속이 얼어붙는 듯한 싸늘함에 자신도 모르게 부르르 몸을 떠는 카렌의 얼굴은 붉게 달아올랐던 조금 전과는 달리 얼음물 속에 빠진 사람처럼 금세 퍼렇게 변했다.

그런 카렌의 변화에 가장 숨죽이는 사람은 역시 지옥마제였다. 그랬던 지옥마제가 한숨 돌린 것은 카렌의 얼굴이 붉게 달아오르고, 퍼렇게 식어버리고를 무려 열여덟 번이나 반복한 후였다.

"후우~"

긴 한숨을 내쉬고 눈을 뜬 카렌은 걱정과 호기심, 그리고 관심 어린 시선들을 발견하고는 괜찮다는 표정을 지으며 고개를 끄덕여 자신의 무사함을 표시했다. 그제야 안도의 한숨을 내쉰 지옥마제는 자신이 궁금하게 생각했던 사항을 먼저 질문했다.

[카렌아, 그래, 운공을 끝낸 기분이 어떠냐?]

"운공을 끝낸 지금은 지극히 상쾌해요. 하지만 아까는 뜨겁고 차가운 기운 때문에 너무나 고통스러워 하마터면 운공을 멈출 뻔했어요."

[만약 그랬다면 너는 주화입마(走火入魔)에 빠져 가장 가벼운 부상을 입었다고 해도 무공을 잃고 폐인이 되었을 것이고, 심했다면 목숨을 잃

었을 수도 있었을 것이다.]

"마나의 폭주를 말하는 것인 모양이군."

카르메이안이 아는 척 나서자 지옥마제는 빙그레 미소를 짓고는 고개를 끄덕였다.

[그런 현상을 마나의 폭주라 부르건 아니면 주화입마라고 부르건 인간의 정신과 몸을 철저하게 파괴시킨다는 점에서는 똑같지. 무공을 연마하는 자로서는 가장 경계해야 할 점이야.]

"그렇지만 다른 점도 있지."

카르메이안의 자신만만한 말에 사람들은 시선을 반짝이며 그를 주시했다. 그에 대한 감정은 차지하고라도 누가 뭐라 해도 이 뮤란 대륙에서 가장 오래 산 생명체이란 것과 그에 따른 경험과 지식이 누구보다 앞서는 존재임에는 이견이 있을 수 없기 때문이다.

[다른 점이라니…… 그것이 뭔가?]

항상(?) 카르메이안을 가르쳐 온 지옥마제는 눈빛을 반짝이지 않을 수 없었다. 그런 지옥마제의 반응에 카르메이안은 득의만만한 표정을 지으며 입을 열었다.

"자네가 평소 이곳 뮤란 대륙의 검을 쓰는 자들의 수준이 떨어진다고 항시 강조하지 않았나? 단순무식하게 마나를 이용하는 자들인 만큼 마나의 폭주를 경험할 가능성은 거의 없지. 그렇지만 마법사들은 다르네. 오로지 본인의 의지로만 마나를 통제해야 하는 마법사들 가운데에는—물론 드래곤 가운데 그런 멍청한 경험을 한 녀석들은 없을 것이네—간혹 마나의 폭주를 경험하고는 미쳐 버린 자들이 있지. 하지만 그런 녀석들이 자네가 말한 마나의 폭주를 경험한 자들과 가장 다른 점은 폭주한 마나가 대뇌에 충격을 주어 미쳐 버리는 것이 일반적이지. 미쳤기 때문인지 아니면 평소 자신도 몰랐던 능력이 깨어나는 것인지는 알 수 없지만, 대부분 미치기 전보다 몇 배 강해진 모습을 보여준다는 것이 아주 특이한 점이야. 인간 세상을 뒤흔든 미친 마법사들의 대부분이 대단한 능력을 보여주는 게 바로 그런 이유 때문이지."

카르메이안의 말에 사람들이 고개를 끄덕이는 모습을 본 지옥마제의 입가가 슬쩍 뒤틀렸다. 대단히 특별한 점을 이야기한 것 같지만 그 내용은 이미 지옥마제도 잘 알고 있는 사항이었다. 하지만 지금은 카르메이안이 잘난 척하는 점을 지적하는 것보다는 카렌이 성공적으로 운공을 마친 것을 기뻐해야 할 때인 것이다.

운공을 하는 자세나 방법은 이전과 다를 것이 전혀 없었다. 하지만 이전까지의 운공과 달라진 부분은 바로 몸속에서 일어나는 현상이었다.

단순히 마나를 움직이던 이전과는 달리 임맥을 따라 뜨거운 기운이 차가운 기운을 감싼 채 움직여야만 하고, 백회혈을 지난 다음엔 독맥을 따라 차가운 기운이 뜨거운 기운을 감싼 채 이동시켜 다시 단전으로 받아들여야만 했다.

사실 작년 철인대회가 끝난 후부터 카렌은 카르메이안과 데미안이 경쟁적으로 설치한 화이어 스톰과 블리자드의 위력을 축소해 만든 양원(陽元) 마법진과 음극(陰極) 마법진에서 번갈아 운공을 하면서 인위적으로 두 마법의 기운을 받아들였다. 그 결과 몸속의 마나와 합치기 시작하면서 단전의 기운을 음기와 양기, 두 가지로 불완전하지만 나눌 수 있게 되었다.

지난 몇 개월 동안 카렌은 시간이 날 때마다 두 가지 기운을 본격적으로 통제하기 시작했고, 평소에는 묘하게도 섞여 있던 기운이 카렌의

의지가 개입하게 되면 불완전하게나마 분리되어 단전 양쪽에 자리하게
된 것이다.

지옥마제의 말에 따르면 현재 카렌이 몸속에 받아들인 마나의 양은
약 2갑자, 그러니까 보통 사람이 120년 동안 꼼짝도 하지 않은 채 운공
을 해야만 모을 수 있는 양이라고 했다. 물론 이곳 뮤란 대륙이 이스턴
대륙에 비해 마나의 양이 훨씬 농후하다는 점을 하나의 이유로 들 수
는 있지만, 그래도 어린 나이인 카렌이 지니기엔 말도 안 될 만큼 엄청
난 양인 것만큼은 사실이었다.

현재 소드 마스터 중급 이상 되는 극소수만이 겨우 가질 수 있는 마
나를 이제 열일곱 살밖에 안 된 카렌이 가지고 있다니 어찌 놀랄 일이
아니겠는가? 게다가 카렌은 그 상태에서 멈춘 것이 아니라 계속 성장
을 하고 있으니, 앞으로 얼마나 더 강해질 것인가에 대해서는 그 누구
도 감히 짐작할 수도 없을 정도였다.

[진화된 지옥이도류는 연공을 시작하기 전까지가 문제지, 일단 연공
을 시작하면 마나가 균형을 잃고 폭주할 일은 절대 없을 것이네. 이제
카렌은 뮤란 대륙은 물론 이스턴 대륙에서조차 그 누구도 가지지 못했
던 음양이기의 힘을 가지게 되었네. 카렌은 앞으로 진화된 지옥이도류
의 그 가공할 파괴력으로 모두를 놀라게 할 것임은 물론이고, 음기와
양기가 가지고 있는 놀라운 능력을 경험하면서 놀랍도록 성장하게 될
것이네. 아마도…… 이건 내 짐작이지만 카렌은 앞으로 전무후무한 존
재가 될 것이 틀림없네.]

비록 지옥마제가 '아마도' 란 단어를 사용하기는 했지만 그의 말은
거의 확신에 가득 찼다. 그런 지옥마제의 말을 듣던 데미안의 입가에
는 자식의 성장을 기뻐하는 아버지로서의 흡족해하는 미소가 떠올라

있었다.

다만 그런 지옥마제의 말을 도저히 받아들일 수 없다는 표정을 짓고 있는 사람은 둘이었는데, 바로 카르메이안과 알리샤였다.

카르메이안은 전무후무한 존재가 될 것이라 단언하는 지옥마제를 이해할 수 없었고, 알리샤는 자신이 알고 지낸 카렌이 지금과는 다른 전무후무한 존재가 될 것이란 상황 자체를 이해할 수 없었다. 지금까지 자신이 알고 있던 사람이 갑자기 다른 존재가 된다니?

한편 관심의 대상이 된 카렌 역시 지옥마제의 말을 받아들이기 쉽지 않았다. 하지만 진화된 지옥이도류를 익히게 된다면 그가 말한 놀라운 능력을 가진 존재가 될 것이라는 것은 쉽게 이해할 수 있었다.

"전무후무한 존재라…… 물론 인간들 사이에서는 그럴 수 있을지도 모르지만, 과연 그것이 그렇게 간단한 일일까? 당장 이곳에 있는 카렌의 아비만 해도 인간들 사이에서는 더 이상 적수를 찾아볼 수 없는 존재인데, 카렌이 앞으로 제 아비를 이길 수 있단 말인가?"

[내 말이 믿어지지 않는 모양이군. 뭐, 지금만 봐서는 내 말을 믿을 수 없겠지만, 10년 안에 카렌은 내 말을 증명할 것이네. 카렌의 아비는 물론이며, 자네마저도 어쩔 수 없는 존재가 될 것이니, 어디 두고 보게.]

지옥마제의 말에 데미안은 놀랐다는 표정을, 카르메이안은 황당하다는 표정을 지으며 그를 노려보듯 쳐다보았다. 인간이 드래곤이 가진 힘을 넘어설 수 있단 말을 어떻게 용납할 수 있단 말인가?

"자네의 말이 전적으로 맞다고 가정 아래 카렌이 10년 안에 놀라운 능력과 힘을 가지게 되어 제 아비를 꺾을 수 있다고 치세. 아무리 그렇다고 해도 겨우 20여 년밖에 살지 않은 어린아이가 지상 최강이라 불리고 있는 우리 드래곤을 이길 수 있는 존재가 될 수 있다고는 도저히 믿을 수 없네."

[후후후, 그것은 두고 보면 알 일. 하지만 내 말이 맞다는 것을 곧 느끼게 될 것이네.]

자신만만해하는 지옥마제는 그때까지 자신을 바라보고 있던 카렌에게 입을 열었다.

[카렌아, 이제 네가 나에게 배울 수 있는 것은 대부분 배웠느니라. 물론 고쳐야 할 점이 없는 것은 아니지만, 그것은 네가 세상에 나가 경험을 쌓다 보면 자연스럽게 고쳐질 것이고 또 네게 필요한 것이 무엇인지 금세 깨닫게 될 것이다. 사실 지금 네가 가진 힘은 네 또래가 가질 수 있는 힘이 아니지만, 네가 현명하게 그 힘을 사용할 것이라 나는 믿는다. 그 힘은 경험을 쌓을수록, 또 시간이 지날수록 더욱 커질 것이다. 그리고 그 힘은 네가 하려고 하는 일에 많은 도움을 줄 수 있을 것이다.]

지옥마제의 마지막 말에 카렌은 잠시 눈빛을 반짝였지만 여전히 미동도 하지 않은 채 지옥마제의 말에 귀를 기울였다.

[난 네가 전생의 나처럼 피에 젖은 길[血路]을 걷는 것을 바라지 않는다. 관용의 미덕을 잊지 말아야 함은 물론이지만, 일단 적이라고 생각이 되면 상대의 목숨을 취하는 데 절대 망설이지 마라. 네 손에 들린 무기는 상대의 목숨을 빼앗을 수도 있지만, 또한 위험에 처한 사람의 목숨을 살릴 수도 있음을 명심하고, 스스로의 수양과 훈련을 잠시도 게을리 하지 않도록 하거라. 알겠느냐?]

"명심하겠습니다, 사부님."

[이제야 기초 과정이 끝난 것 같구나. 연환상충폭뢰기가 어느 정도

익숙해지면 그 뭐냐, 라이…….]

"라이오너를 말씀하시는 것인지요?"

[그래, 연환상충폭뢰기가 익숙해지면 라이오너란 녀석을 네 체내에 받아들이는 것도 좋을 것 같다는 생각이 드는구나.]

지옥마제의 말에 카르메이안은 황당하다는 표정을 짓지 않을 수 없었다.

라이오너를 체내에 받아들이다니…….

"그게 무슨 말인가? 라이오너를 체내에 받아들이다니……. 만약 라이오너가 체내에서 발작이라도 일으킨다면 어떻게 하려고 그런 말을 한단 말인가?"

[라이오너가 발작을 일으킨다? 그게 무슨 걱정인가?]

"자네는 라이오너가 가진 파괴력을 몰라서 그러네. 웬만한 실력을 가진 기사라 할지라도 단번에 기절시킬 만한 힘을 가지고 있단 말일세."

[호오~ 그 조그만 빛 덩어리가 그만한 힘과 능력이 있단 말인가? 자네 말이 사실이라면 오히려 더 잘된 일이군.]

지옥마제의 태연한 대꾸에 카르메이안은 기가 막혀 아무런 말도 할 수 없었다.

"라이오너가 어떤 힘과 능력이 있다는 말을 듣고도 뭐? 오히려 잘된 일이라고?"

[하긴 자네는 음양이기에 대한 지식이 거의 없을 테니 그렇게 걱정을 하는 것도 이상한 일은 아니지. 뭐, 결론부터 말하자면 카렌은 절대 안전하다고 할 수 있네. 음양이기(陰陽二氣)는 단독으로 존재할 때는 단지 뜨겁고, 차가운 기운에 불과하지만 두 기운이 부딪쳤을 때

발생하는 기운은 바로 벽력의 힘인 뇌전지기(雷電之氣), 즉 자네가 말하던 라이트닝 포스란 말일세. 그럼 이제 다시 한 번 생각을 해보세. 자네가 말하길, 라이오너란 녀석이 가진 힘이 바로 번개의 힘이라고 하지 않았는가? 그렇다면 이렇게 한번 생각을 해보세. 결국 카렌이 가진 파괴력과 라이오너가 가진 라이트닝 포스 가운데 어느 쪽이 더 강한 것이냐 하는 문제가 남는데, 난 내가 만든 연환상충폭뢰기가 결코 라이오너가 가진 파괴력보다 결코 약하지 않을 것이라고 자부하네.]

확신에 가득 찬 지옥마제의 말에 연환상충폭뢰기가 가진 힘이나 라이오너가 가진 힘을 모르는 다른 사람들은 아무런 말도 할 수 없었다.

[물론 나중에 카렌을 따로 불러서 좀 더 자세한 이야기를 하겠지만, 러쎌과 알리샤는 앞으로도 현재 익히고 있는 무공을 최소 6성 이상 익히기 전까지는 남들과 싸움을 피하도록 하거라. 특히 러쎌은 벽력패황공을 6성 이상 익히고 난 후에 광혈부를 익히도록 하거라. 물론 그전에도 익힐 수 없는 것은 아니지만 익혀봐야 제 위력을 발휘할 수도 없고, 무공을 익히는 데 오히려 방해만 될 것이다. 그리고 알리샤도 지금 익히고 있는 사령마공(邪靈魔功)을 최소 6성 이상 익히기 전까지는 싸움을 피하고, 내공 수련에 전념하도록 하거라. 일단 약해질 대로 약해진 육체를 먼저 단련하지 않고는 무공을 익히는 의미가 없다는 것을 항상 명심하도록 하거라.]

"6성까지 단련하라고 말씀하셨는데, 6성에 이르렀다는 것은 어떻게 알 수 있나요?"

[사령마공이 6성에 도달하게 되면 검기, 그러니까 소드 오러를 만들 수 있게 된다. 네가 검에 마나를 집어넣어 30센티미터 이상의 뚜렷한

소드 오러를 만들 수 있다면 6성에 도달한 것이니, 그것을 알기는 그리 어려운 일이 아닐 게다.]

"그럼 사령마공을 완전히 익힌다면 소드 마스터가 될 수 있나요?"

궁금증이 풀리지 않는지 알리샤의 질문은 끊이지 않았다. 하지만 지옥마제는 조금도 귀찮다는 표정을 짓지 않은 채 차근차근 설명해 주었다.

[소드 마스터는 사령마공을 9성 정도 연성한다면 도달할 수 있을 것이고, 만약 12성 대성하게 된다면 소드 마스터를 훨씬 상회할 것은 분명하지만, 어느 정도에 이르게 될 것인지는 나도 익힌 적이 없어 모르겠다.]

"소드 마스터를 상회하는 실력이란 말씀인가요?"

지옥마제의 말에 알리샤는 고개를 숙인 채 한참 동안 뭔가를 생각하는 듯 보였다. 그런 알리샤를 바라보고 있던 카렌은 문득 알리샤가 왜 강해지려고 한 것인지 그 이유가 궁금해졌다. 나중에 조용히 시간을 내어 물어보아야겠다고 결심했다.

[기본적으로 내가 가르칠 것은 모두 가르쳤다. 이제 남은 것은 너희들이 얼마나 무공 수련에 집중하느냐 하는 것과 얼마나 많은 경험을 쌓느냐 하는 것이다. 물론 지난 세월 동안 열심히 수련을 했던 것처럼 앞으로도 노력을 아끼지 않을 것임을 알지만, 그래도 노력을 아끼지 말기를 당부하겠다. 그럼 카렌은 애초에 계획한 대로 내년에 조기 졸업을 할 것이냐?]

"그렇습니다, 사부님."

[그러고 보니 이곳 아카데미의 축제가 얼마 남지 않았구나. 그래, 금년에도 출전을 할 생각이냐?]

“솔직히 저나 러쎌은 출전하고 싶은 생각이 없습니다만, 아카데미 운영진에서 출전해 주기를 강력히 원하고 있어서 어떻게 해야 좋을지 모르겠습니다.”

“그렇게 출전하기 싫다면 내가 아카데미의 운영진에게 지시를 하마.”

데미안의 말에 카렌은 잠시 생각을 해보더니 별로 좋은 방법이 아닌 것 같았다. 물론 아버지가 자신의 정체를 밝힐 리는 없겠지만 왠지 자신만 특혜를 받는 것 같아 기분이 별로 좋지 않았다.

[난 차라리 카렌에게 대회에 참가하기를 권하고 싶네.]

“선배, 무슨 이유에서 카렌에게 대회에 참가하라고 하는 것이오? 카렌에게는 별로 도움이 될 것 같지도 않은데 말이오.”

[내가 조금 전에도 말한 것처럼 카렌은 아직 나이가 어리니 다른 사람들과 많이 겨뤄보는 것이 무엇보다 중요하지 않은가? 게다가 마나를 사용하지 않은 채 순수한 검술 솜씨만으로 하는 대결이니 좀 더 정교한 검술을 익히고 숙달시키는 데 더욱 도움이 될 것이라고 나는 생각하네.]

“으음~”

[사실 지금 카렌이 마나를 사용한다면 누가 카렌의 상대가 될 수 있겠는가? 하지만 순수한 의미에서의 실력 향상이라는 것은 그리 간단히 되는 것이 아니지 않는가? 때문에 난 카렌이 좀 더 이런 대회에 자주 참가해 여러 사람들과 겨뤄보면서 본인의 실력을 가다듬을 수 있는 기회로 삼기를 바라네.]

“카렌, 네 생각은 어떠냐? 그래도 싫다면 내가 다른 사람을 통해 아카데미의 운영진에게 넌지시 지시를 하겠다.”

지옥마제와 데미안의 말에 곰곰이 생각을 하던 카렌은 근처에 있던 러셀을 쳐다보았다.

지난 1년 동안 러셀의 몸은 더욱 커졌고, 근육은 더 더욱 우락부락해 졌다.

러셀이 2년째 5관왕에 등극하면서 그에게는 '디스트로이어(파괴자)' 라는 별명이 생겼을 정도로 페인야드에서는 모르는 사람이 없을 정도 로 유명인사가 되었다. 과묵한 표정이나 경기 당일 러셀이 보인 파괴 적인 경기 모습을 한 번이라도 본 사람은 남녀노소를 막론하고 러셀의 팬이 되었다.

한 가지 특이한 것은 러셀에게 생긴 많은 소녀 팬들이었다.

사실 러셀의 경기는 여성들이 보기엔 조금은 문제가 있었다. 아니, 많았다.

작년에 비해 신체적으로 성장을 한 탓인지, 아니면 무공에 대한 이 해가 높아졌기 때문인지 러셀의 파괴력은 엄청나게 증폭되었기에 그를 상대한 사람치고 경기 후에 성한 모습을 하고 있는 사람이 별로 없었 다.

뼈가 부러지거나 상처가 찢겨져 피를 흘리는 경기가 대부분이었기 때문이다. 하지만 바로 그 점 때문에 소녀 팬이 열광한다니……. 정말 아이러니가 아닐 수 없었다. 게다가 2년 연속 5관왕을 차지하는 믿지 못할 성적을 거두었기에 그에게 쏠리는 시민들의 관심은 이루 말할 수 없을 정도였다.

카렌과 눈빛이 마주친 러셀은 곧 고개를 끄덕였다.

"어차피 올해 말에는 조기 졸업 시험을 볼 것이니, 더 이상은 축제에 참가하고 싶어도 참가할 수 없겠네요. 금년까지는 참가하도록 하겠습니다.”

“사부님, 저도 카렌과 함께 대회에 참가하도록 하겠습니다.”

대답을 하는 러쎌의 음성이 유난히 굵게 들렸다.

체격만 성장을 한 것이 아니라 변성기마저 지난 러쎌의 모습은 이제는 청년이라고 불려도 과언이 아닐 정도였다. 러쎌의 대답에 고개를 끄덕인 지옥마제와 데미안의 시선은 자연스럽게 알리샤에게로 향했다.

“너는 아직도 아카데미에 입학할 생각이 없는 것이냐?”

데미안의 갑작스러운 질문에 알리샤는 찔끔하더니 조금은 조심스럽게 입을 열었다.

“실력도 없는 작자들에게 제가 배울 것은 없어요.”

데미안의 눈치를 살피는 것이 아직까지도 그에 대한 두려움을 떨치지 못한 기색이 역력했다. 알리샤의 대답이 마음에 들지 않는 것인지 데미안의 눈살이 조금 찌푸려졌다.

“내가 너에게 아카데미에 입학하기를 권한 이유는 교관들에게 뭔가를 배우란 이야기가 아니라, 네 또래의 아이들과 어울리며 사람들이 사는 세상에 적응하라는 뜻이었다.”

“말 많은 계집애들의 수다도 듣기 싫고, 저만 보면 입을 쩌억 벌리고 침을 흘리는 사내 녀석들도 더 이상은 보기 싫어요. 차라리 이곳에서 무공을 수련하는 게 훨씬 마음 편해요. 그러니까 그냥 이곳에 있도록 해주세요.”

싸늘하기는 하지만 간절하게 느껴지는 알리샤의 말에 데미안은 어쩔 수 없이 고개를 끄덕여야만 했다.

[자아~ 그럼 이야기는 이제 모두 끝난 건가? 그럼 모두 각자의 볼일을 보러 가게. 참, 카르메이안, 자네는 잠시 남아주게.]

지옥마제의 축객령에 연공실에 모여 있던 사람들은 모두 그곳을 떠나야 했고, 카르메이안은 그가 왜 자신만 남으라고 했는지 그 연유가 궁금했다.

[남으라고 한 이유는 자네에게 부탁이 있기 때문이라네.]

"부탁? 허허허, 무슨 부탁인데 그렇게 심각한 표정을 짓는가?"

[혹시 마법 중에 음성을 한곳에 모아두었다가 한참 후에, 그러니까 본인이 원할 때 들을 수 있는 그런 마법이 있는지 궁금하군.]

"음성을 저장할 수 있는 마법 말인가? 당연히 있네. 보이스 프레저베이션이란 마법 스펠인데, 음성을 수정 구슬에 저장해서 일정량의 마나만 수정 구슬에 주입하면 이전에 저장한 음성을 언제든지 들을 수 있지. 일반적으로 정보부나 첩보부의 스파이들이 사용하는 것인데…… 그런데 그건 무슨 이유에서 묻는 것인가?"

[내가 이곳을 떠날 날이 이제 불과 얼마밖에 안 남지 않았는가?]

"그렇지. 한 40여 일쯤 남았나?"

[그래서 아이들에게 당부하고 싶은 것을 수정 구슬에 저장해 그 아이들이 필요로 할 때 들을 수 있게 해주고 싶군.]

"그래? 음성 저장 마법은 그리 어려운 마법이 아니니 카렌의 아비에게 부탁을 해도 될 것이네. 그렇지 않아도 카렌을 위해 뭔가를 해주고 싶어 하니까 자네가 부탁을 하면 흔쾌히 들어줄 것이네."

[그럼 카렌의 아비에게 부탁해 볼까?]

"그러는 것이 좋을 것 같군."

[카렌을 만난 것이 엊그제 같은데 벌써 이별할 시간이 한 달밖에 남지 않았다니…… 세월은 예나 지금이나 참으로 빨리 지나가는군.]

약간의 회한이 실린 지옥마제의 말에 카르메이안은 코웃음을 쳤다.

"100년도 못 산 주제에 갖은 청승은 혼자 다 떨고 있군."

[이보게, 카르메이안. 아마도 자네와 난 상당히 깊은 인연이 있기 때문에 이렇게 만나게 되었을 것이네. 해서 자네가 지금까지 찾고 있는 문제의 해답에 대한 힌트를 조금 말해줄까 하는데 말이야…….]

"문제의 해답에 대한 힌트? 자네가?"

지옥마제의 말에 카르메이안은 흠칫 놀란 표정을 지었다.

지금까지 3년 가까이 함께 지내는 동안 지옥마제는 이스턴 대륙과 뮤란 대륙의 기본적인 차이점을 묻는 것 말고는 카르메이안의 개인적인 신상에 관해 물은 적이 없었다. 그랬던 지옥마제가 왜 지금에 와서 이런 말을 꺼내는 것인지 그 저의가 어쩐지 의심스러운 것도 사실이었다.

"내가 알고자 하는 것이 뭔지 그것을 자네가 정말 알고 있단 말인가?"

[후후후, 자네는 인간이라는 생물에 대해서 잘 모르기 때문에 그런 말을 하는 것이네. 쉽게 말하지. 자네는 인간, 특히 카렌의 아비인 데미안이 무엇을 어떻게 해서 저렇게 강해질 수 있었는가 하는 것이 바로 자네의 궁금증이 아닌가?]

"그걸 자네가 어떻게……?"

[자네로서는 모르는 것이 당연해.]

단정적인 지옥마제의 말에 카르메이안은 순간적으로 불쾌한 생각이 들었지만 그것을 드러낼 정도로 어리석지는 않았다. 그저 담담한 표정으로 지옥마제를 쳐다볼 뿐이었지만 그런다고 부글부글 끓고 있는 카르메이안의 내심을 짐작하지 못할 지옥마제가 아니었다.

[자네에게 한 가지를 묻지. 내가 자네에게 듣기로 마법에는 총 아홉

개의 단계가 있고, 자네는 그 아홉 단계를 모두 익혔다고 들었네. 맞는가?]

"맞네. 난 9클래스의 마스터지. 마법사로서는 최고의 단계에 이르렀다고 할 수 있지."

[그렇다면 9클래스의 마법을 익히는 데 얼마나 걸렸나?]

생각지도 않았던 질문에 카르메이안은 의아한 생각을 하면서도 곧 대답을 했다.

"우리 드래곤들은 지상에서 가장 민감하게 마나를 느끼는 생명체라네. 성장에 필요한 수면 시간을 제외하면 대략 500년 정도쯤 걸린다고 보면 될 거네."

[500년이라…… 정말 대단히 긴 시간이군. 하긴 만 년 가까이 사는 존재이니 그깟 500년쯤이야 별것 아니겠지. 그렇게 따지고 보면 자네의 생애 가운데 20분의 1을 무엇인가를 배우고 익히느라 보내는 셈인데…… 아니지, 이전까지의 시간까지 합치면 더 많은 시간이 필요했겠지. 그럼 인간들은 어떤가? 자네의 말처럼 고작 100년도 못 사는 존재가 바로 인간이네. 그렇지만 인간들은 생애 대부분을 뭔가를 배우느라 소비한다네. 게다가 혼자가 아니지. 또한 나보다 뛰어난 다른 사람에게 배우기를 망설이지 않는다네. 그렇게 발전시킨 것이 바로 인간들의 문화라는 것이네. 또한 배우는 것으로 끝나는 것이 아니지. 자신이 배운 것을 바탕으로 살아오면서 깨닫게 된 경험과 지식을 덧붙여 더욱 발전시키기 위해 갖은 노력을 아끼지 않는다네. 물론 카렌의 아비 같은 경우에는 조금 특수한 경우이긴 하지만, 그 결과가 바로 자네도 알고 있는 소드 그렌저라네.]

지옥마제의 말을 듣고 있던 카르메이안은 그동안 자신이 무심히 보아왔고, 또한 경멸해 마지않던 인간들의 삶에 대해 다시 한 번 생각해야만 했다.

[하다 못해 평생 동안 나무만 해온 나무꾼도 자신만의 기술을 후대에게 가르쳐 준다네. 그럼 그 후대는 더욱 쉽게, 더욱 많은 나무를 할 수 있는 기술을 개발해 다음 세대에게 가르쳐 주겠지. 그렇게 성장하고, 진화해 나온 것이 바로 지금의 인간들이 이룩해 놓은 세상이란 말이네. 그런 데 반해 자네들은 어떤가? 어차피 세월만 지나가면 강해지는 존재이다 보니 자네가 말한 유희란 것을 즐기며 적당히 시간을 보낼 뿐 현재보다 더 나아지기 위해, 혹은 더 강해지기 위해 정말 치열하게 노력한 적은 있는가? 그것이 인간을 다른 종족들과 가장 확연하게 구분 짓게 만드는 점이라네.]

"흐음~"

카르메이안의 입에서 깊은 한숨이 흘러나왔다.

지옥마제의 말은 틀린 점이 하나도 없었다.

어느 종족보다 강하고, 또 오래 사는 종족이 드래곤이지만 시간을 가장 쓸모없이 보내는 종족 또한 드래곤이었다. 남아도는 시간을 그저 따분하다는 이유만으로 흥청망청 보내는 종족도 드래곤들이며, 갖가지 진귀한 물건—대부분 황금이나 보석이었다—들을 특별한 이유도 없이 반짝이는 것이 보기 좋다는 이유로 무차별적으로 긁어모으는 것도 드래곤들이었다.

갑자기 자신을 비롯한 드래곤들이 너무나 한심하게 여겨졌다.

과거 인간들은 오크는 고사하고 코볼드나 놀도 당해내지 못해 목숨을 잃기 일쑤였지만 현재는 어떤가? 지금은 드래곤 슬레이어까지 등장하는 판국이 아닌가. 따지고 보면 한없이 심각한 상황이지만 드래곤들 가운데 어느 누구도 지금의 상황을 심각하게 받아들이는 드래곤들이 없었다.

[문제는 상대의 변화된 모습만 보고 놀랄 것이 아니라 자신은 어떻게 변할 것인가를 생각하고 행동하는 것이 먼저 아니겠나? 자네의 종족이 변하기 위해서는 가장 어른이라고 할 수 있는 자네부터 변해야 하며, 그렇게 하다 보면 자네의 밑에 있는 드래곤들도 조금씩 변하기 시작하겠지. 그것이 누적되고 누적된다면, 아마도 먼 훗날 드래곤들은 지금과는 판이하게 다른 모습으로 변화되어 있겠지. 변화에 적응하느냐, 아니면 그렇지 못하느냐는 결국 진화냐 멸종이냐 하는 전혀 다른 결과로 나타나게 되겠지. 그리고 어느 것을 선택하느냐는 순전히 본인의 책임이고 말이야.]

지옥마제의 담담한 음성을 듣는 카르메이안의 심정은 결코 담담할 수 없었다.

"자네가 생각할 때 우리 드래곤들이 변할 수 있다고 생각하나?"

[글쎄, 변화된 모습을 확인하려면 아마도 다른 종족들보다는 훨씬 오래 걸리겠지. 자네가 변화하는 모습을 젊은 드래곤들 가운데 일부가 따라할 것이고, 다시 어린 드래곤들이 따라하다 보면 결국 나중에는 자네 종족 전체가 변하지 않겠나? 이스턴 대륙에는 이런 상황에 맞는 좋은 속담이 있다네. 자네 종족 식으로 바꾼다면 아마 이렇게 말할 수 있겠지. '헤츨링 때 버릇 에인션트 드래곤까지 간다' 어떤가? 상당히 근사한 말이지 않은가? 당장은 변화된 모습을 보기 쉽지 않겠지만, 꾸준하게 노력을 한다면 반드시 변할 수 있을 것이라고 난 생각하네. 자네도 옆에서 보아왔으니 지난 3년 동안 카렌이 얼마나 변했는지 잘 알 것 아닌가? 하찮은 인간이 할 수 있는 일을 지상 최강의 생명체라는 드래

곤이 못한다면 그 또한 우스운 일 아닌가?]

　자존심을 긁는 지옥마제의 말에도 카르메이안은 아무런 대꾸도 할 수 없었다.

　[아무튼 자네는 잘할 것이라고 생각하네.]

　하지만 위로가 되기엔 이미 늦은 말이었다.

*　　　*　　　*

　오늘도 카렌은 연환상충폭뢰기의 연공에 모든 노력을 아끼지 않았다.

　지난 한 달 동안 거의 쉬지 않고 운공을 해온 탓에 처음 운공할 때 느꼈던 지독한 통증이 지금은 많이 줄어든 상태였다. 그렇다고 통증이 전혀 없는 것이 아니었고, 그저 지금은 참을 수 있을 만큼 익숙해졌다는 것이 그동안의 변화라면 변화였다.

　특히 지옥마제의 귀천이 며칠 남지 않은 지금 카렌은 조급한 마음 때문에 그야말로 잠자는 시간까지 줄여가며 운공에 열중하고 있었다. 하지만 급한 마음 때문인지 지옥심공의 운공은 좀처럼 진척을 보이지 않았다.

　지옥마제를 소환했던 영혼 소환진이 이상을 보인 것은 며칠 전부터였다.

　영혼 소환진 곳곳에 배치해 놓았던 마정석의 마나가 거의 다 빠져나가 지금은 일반 돌멩이에 가까운 색으로 변해 버렸고, 수정 구슬을 떠받치고 있는 듯 보였던 검은색 연기, 즉 영계(靈界)의 기운도 거의 사라져 지금은 그저 회색에 가까운 뿌연 연기만 보일 뿐이었다.

그뿐만이 아니었다. 얼마 전부터 영혼 소환진 중앙에 떠 있던 수정 구슬에 지옥마제의 모습이 사라져 보이지 않은 적이 간간이 있었다.

처음 지옥마제의 모습이 수정 구슬에서 사라졌을 때 카렌은 깜짝 놀라 카르메이안을 찾았다. 그리고 그에게서 영혼 소환진이 그 기능을 다해 지옥마제가 영계로 돌아가게 된다면, 영혼 소환진에 마나를 공급하고 있는 마정석이 돌멩이로 변해 수정 구슬이 떠 있을 수 없다는 설명을 듣고 겨우 안도의 한숨을 내쉴 수 있었다. 또 얼마 지나지 않아 지옥마제가 모습을 드러냄으로써 놀란 가슴을 진정시킬 수 있었다.

그랬던 지옥마제가 다시 며칠 동안 보이지 않자 카렌은 '혹시 이번엔 정말' 하는 생각 때문에 불안한 마음을 감출 수 없었다. 서둘러 운공을 끝낸 카렌은 수정 구슬로 다가가 혹시 변화가 있는지 확인했다. 하지만 검은색으로 물들어 있는 수정 구슬 어디에도 지옥마제의 모습은 찾을 수 없었다.

"사부님, 사부님!"

조용히 불러보았지만 수정 구슬에서는 아무런 변화도 일어나지 않았다.

카렌이 재차 지옥마제를 부르려고 할 때였다.

지금까지 아무런 변화도 보이지 않던 수정 구슬에서 갑자기 빛이 뿜어져 나오기 시작했다. 희미하던 빛은 시간이 지날수록 강해져 종래에는 눈을 뜨고 쳐다볼 수 없을 만큼 강한 빛이 수정 구슬에서 쏟아져 나왔다.

카렌은 지금까지 보지 못했던 현상에 불안한 마음이 들어 수정 구슬에서 눈을 뗄 수 없었다. 머리 속이 하얗게 변할 것 같은 엄청나게 밝은 빛을 쳐다본 지 얼마나 지났을까? 수정 구슬에서 뿜어져 나온 빛은 순식간에 사라졌고, 수정 구슬은 원래의 모습을 되돌아왔다. 그리고 여느 때보다 훨씬 뚜렷하게 보이는 지옥마제의 모습이 수정 구슬 속에 자리하고 있었다.

카렌이 잠시 멍하니 서 있을 때 수정 구슬 속의 지옥마제가 먼저 입을 열었다.

[카렌아.]

"……."

[카렌아.]

"예? 예, 사부님. 부르셨습니까?

[마침 있었구나. 너에게 할 이야기가 있구나.]

지옥마제의 음성에서 왠지 심상치 않다는 느낌을 받은 카렌은 재빨리 지옥마제의 모습이 담긴 수정 구슬 앞에 무릎을 꿇고 앉았다. 그 모습을 담담한 시선으로 바라보던 지옥마제는 곧 입을 열었다.

[카렌아, 너와 만난 지도 벌써 3년이란 시간이 지났구나. 물론 인연만 따진다면 네 아비가 먼저겠지만, 네 아비보다는 너와 함께 지낸 3년이란 시간이 나는 더욱 소중하게 느껴지는구나. 가르쳐 주고 싶은 것은 아직도 많다만 기본적으로 나에게 배워야 할 것은 대부분 배웠으니 그래도 조금은 마음이 놓이는구나.]

평소에도 유독 카렌에게는 부드럽게 대하던 지옥마제였지만 오늘따라 그의 음성이 더욱 부드럽고, 포근하게 느껴졌다.

[네가 좀 더 알아두었으면 하는 것은 네 아비에게 맡겨두었으니 나중에 찾아서 시간이 있을 때 들어보도록 하거라. 무엇보다 네게 당부하고 싶은 말은… 앞으로는 네 나이에 맞는 삶을 살도록 하라는 것이다.]

“……..”

[내 말이 무슨 뜻인지 모르겠느냐? 물론 너에게는 남들은 할 수 없는 막중한 사명이 있다는 것은 어렴풋이 짐작은 하고 있다만, 그렇다고 이제 겨우 열대여섯밖에 안 된 녀석이 사람들과 어울릴 생각은 않고 검이나 수련하는 것은 결코 도움이 되지 않는다는 것을 너도 곧 깨닫게 될 것이다. 일방적으로 감정의 고리를 끊는 것이 아니라 달관할 수 있는 경지에 도달해야 함은 물론, 앞으로 부디 도(道)를 깨달을 수 있는 경지에 이르도록 노력을 아끼지 말도록 하거라.]

“며, 명심하겠습니다, 사부님.”

카렌의 음성이 가볍게 떨렸다.

지옥마제의 말에서 지금이 이별의 순간임을 깨달았기 때문이다.

[앞으로 네가 세상 사람들과 어울리며 부딪치기도 하고, 또 의지하기도 하면서 세상을 살아가는 그런 사람이 되었으면 좋겠구나. 도울 사람은 돕고, 또 혼을 내줘야 할 자들은 혼을 내줄 수 있는 그런 사람이 되려면 무엇보다 많은 사람들을 만나보고, 또 여러 가지 일을 경험해 보아야만 할 것이다. 그런 사람이 될 수 있겠느냐?]

“명심하겠습니다, 사부님.”

[하고 싶은 말은 많다만 누구보다 총명한 너이니 앞으로 잘 알아서 할 거라 생각하고 더 이상 충고는 하지 않으마. 그러나 이것만은 절대 잊지 마라. 넌 이 지옥마제 곽주민의 단 한 명뿐인 제자라는 것을 명심하고, 누구에게든 함부로 고개를 숙이지 말도록 하거라. 나의 제자라는 것만으로도 자부심을 가져도 좋지만, 네가 가진 무위만으로도 충분히 자부심을 가져도 좋다. 다만 충고하고 싶은 것은…… 죽여야겠다고 마음먹은 자는 반드시 죽이라는 것이다. 어설픈 관용이 칼이 되어 자

신에게 돌아오는 경우가 무수히 많으니까 말이다.]

마지막 말을 내뱉는 지옥마제의 음성에는 어쩔 수 없는 회한이 묻어 있었다.

과거 친구와 연인의 배신 때문에 그야말로 지옥의 밑바닥에서 살았던 자신이 아니었던가? 또 그로 인해 얼마나 많은 사람들의 목숨을 빼앗아야만 했던가? 자신의 별호가 왜 지옥마제가 되어야만 했던가? 그 모든 것이 단 한 번의 배신이 불러온 결과가 아니었던가?

조금은 굳은 표정을 짓고 있는 카렌의 얼굴을 지켜보던 지옥마제의 얼굴은 곧 풀렸고, 잠시 동안이나마 미련이 어렸다가는 금세 사라졌다.

[이제는 헤어져야 할 시간이 온 듯하구나. 부디 네 앞날에 행운과 평안만이 가득하길 저 세상에서나마 빌겠다.]

"사부님, 그동안 어리석은 제자를 가르치시느라 정말 수고 많으셨습니다. 부디 평안히 지내시길 빌겠습니다."

말을 마친 카렌은 지옥마제를 향해 천천히 구배지례를 하기 시작했다.

수정 구슬 속에서 그 모습을 지켜보는 지옥마제의 모습은 시간이 지날수록 점점 희미해져 카렌이 구배지례를 마쳤을 땐 완전히 사라진 후였다. 하지만 카렌은 지옥마제가 자신에게 보내는 따스한 미소를 분명히 느낄 수 있었다.

"감사합니다, 사부님. 사부님의 말씀 평생 동안 잊지 않도록 하겠습니다."

툭! 파스스스~

마치 그런 카렌의 마음을 안다는 듯 그때까지 영혼 소환진 위에 떠 있던 수정 구슬이 마법진 위로 떨어져서는 모래성이 무너지듯 허물어졌고, 곧 먼지로 변해 사방으로 흩어져 버렸다. 그 모습을 지켜보던 카렌은 잠시 동안 묵념을 하고는 다시 가부좌를 틀고 앉았다. 그리고는 연환상충폭뢰기의 운공에 열중했다.

연환상충폭뢰기를 완성시키는 것만이 사부인 지옥마제가 자신에게 베푼 은혜에 보답하는 길이었고, 자신이 목표로 했던 것에 한 걸음 더 다가가는 것임을 잘 알고 있기에 한시도 쉴 수가 없었다.

그렇게 얼마나 시간이 흘렀을까?

지하 연공실의 한쪽 공간이 왜곡되더니 곧 누군가가 모습을 드러냈다. 카르메이안이었다. 가부좌를 틀고 앉아 연공에 열중하고 있는 카렌을 슬쩍 보고는 주위를 둘러보던 카르메이안의 시선에 이미 기능을 다해 파괴된 영혼 소환진의 모습이 보였다.

그것만 보아도 지옥마제가 영계로 떠났다는 것을 충분히 짐작할 수 있었다.

잠시 카렌의 뒷모습을 쳐다보던 카르메이안은 지체없이 그 자리를 떠났다.

카렌이 비록 운공에 열중해 있느라 비록 눈을 감고 있기는 했지만 더욱 민감해진 기감으로 주위에서 파동 치는 마나의 흔들림을 느끼지 못했을 리 없었다. 그리고 마나의 양으로 보았을 때 나타난 사람이 카르메이안이라는 것도 알 수 있었다. 하지만 카르메이안이 금세 그 자리를 떠난 것을 깨달은 카렌은 연공을 멈추지 않고 다시 음양이기를 움직이는 데 모든 신경을 집중시키기 시작했다.

제2장
일상(?)의 나날

일상(?)의 나날

무더운 여름도 지나고 어느새 아침, 저녁으로는 제법 서늘하게 느껴
지는 밤공기가 여름이 다 지났음을 알려주는 것 같았다.

카렌은 훈련에 열중인 학생들을 조금은 멍한 시선으로 바라보고 있
었다.

지옥마제가 떠난 지 벌써 4개월 가까운 시간이 지났지만 카렌은 아
직까지 그를 잊지 못하고 있었다. 지금이라도 지하 연공실로 가면 연
공실 한쪽에 설치된 마법진의 수정 구슬 속에서 환한 웃음을 지으며
자신을 반겨줄 것 같은데……

언젠가는 헤어질 사람이라는 것은 누구보다 잘 알고 있는 카렌이었
지만 그가 떠난 후 썰렁하고 싸늘하게 식어버린 지하 연공실을 찾기
싫어 발을 끊은 지도 벌써 2달이 넘었다.

아카힐의 간곡한 부탁 때문에 마지막으로 철인대회에 참가하기 위

해 4학년 학기 초부터 특별반(?)에 참가는 했지만 곁을 떠난 지옥마제에 대한 생각 때문에 모든 일에 흥미를 잃어버린 지 이미 오래였다.

그런 카렌 곁에는 싸늘한 표정의 알리샤가 전혀 여성스럽지 못한 자세로 땅바닥에 털썩 주저앉아 있었다. 하지만 누구 하나 그런 그녀의 태도나 행동에 대해 지적하지 않았다. 그도 그럴 것이 일전에 교관들 가운데 한 명이 아카데미의 학생도 아닌 알리샤가 매직 칼리지 연병장 주위를 두리번거리는 것을 발견하고는 그녀를 불러 따끔하게 혼을 내주려고 했었다.

교관이 생각했을 땐 매직 칼리지의 식당에 식료품을 납품하러 왔던 소녀가 볼일이 끝난 후에도 구경을 하기 위해 돌아가지 않은 것이라 판단했기 때문이다. 당연히 알리샤는 들은 척도 하지 않았고, 화가 난 교관이 그녀를 혼내주기 위해 그녀에게 다가갔다가 도리어 그녀의 기습에 당해 어이없이 기절하는 사태가 발생한 것이다.

물론 그 광경을 지켜보던 다른 교관들이나 학생들이 놀랐음은 말할 필요도 없는 일이었다. 그런 과정에서 아카데미의 원장이 나타나 알리샤를 특별 교환 학생이라고 소개를 해서 사건은 일단락 지어지는 듯 보였다. 하지만 알리샤에게 당한 교관은 복수를 하기 위해 며칠이 지난 후 그녀를 다시 찾아갔지만, 또 한 번 그녀의 기습에 맥없이 당해 기절하는 수모를 겪어야만 했다.

물론 그 교관이 제국 아카데미 최고의 실력자는 아니었지만 흔히 볼 수 있는 용병들보다는 강한 존재가 이제 겨우 10대 후반에 불과한, 그 것도 여자아이에게 두 번이나 당한 것이다. 원래 이런 사건의 소문이 더욱 빨리 퍼지는 법이라 이틀이 지난 후에는 아카데미 내에서 모르는 사람이 없을 정도였다.

교관이 여자애한테 당했다는 소문을 들으면 누구든 그녀에게 접근하기를 꺼려할 것이라는 예상과는 달리 정반대의 상황이 벌어졌다. 놀라운 실력과 함께 그녀의 뛰어난 미모가 소문이 나 나중에는 그 교관이 소녀의 미모에 반해 멍청하게 있다가 당했다는 소문까지 퍼졌다.

매직 칼리지는 물론 노블 칼리지의 학생들도 그녀를 한 번 보기 위해 몰려들었기에 그녀의 주위에는 항상 학생들로 넘쳐 날 정도였다.

아마도 일반 여학생이었다면 그런 사람들의 반응에 부끄러워하거나 혹은 짜증을 내거나 했을 테지만 알리샤는 달랐다. 철저하게 주위 사람들을 무시해 버린 것이다.

그녀를 보기 위해 모여든 사람 가운데에는 검술 실력이 좋은 학생들도 있었고, 배경이 좋은 학생들도 적지 않았다. 그러나 누구 하나 자신의 뜻을 이루지 못했다.

그도 그럴 것이 알리샤의 주위에는 카렌과 러쎌이 한시도 떨어지지 않고 있었기 때문이다. 그들이 어떤 실력의 소유자인지는 이미 지난 2년 동안 철인대회를 통해 너무나 잘 알고 있었다. 게다가 그녀의 실력을 눈치챈 아카힐이 은근히 그녀를 감싸고돌았기에 노블 칼리지에 있는 학생들도 함부로 그녀를 대할 수 없었다.

그렇다고 학생들이 모두 포기를 한 것은 아니었다.

일명 러브레터라 불리는 편지가 산더미처럼 그녀의 앞으로 배달되기 시작한 것이었다.

물론 알리샤가 뜯어본 편지는 단 한 통도 없었지만 매일매일 배달되는 편지의 양은 책으로 만들면 몇십 권이 될 만큼 그야말로 엄청났다.

지난 3개월 동안 그녀에게 접근하기 위한 남학생들의 노력은 눈물겨 웠지만 알리샤의 태도는 초지일관 냉담하기만 했다. 아니, 그녀의 싸 늘하게 굳은 얼굴을 보는 순간 얼어붙어 버려 자신의 속마음을 제대로 털어놓은 학생이 없었다.

더 더구나 카렌과 러셀이 그녀의 곁에서 한시도 떨어지지 않았기에 그녀에게 접근하는 것조차 쉽지 않았다. 따라서 본의 아니게 카렌과 러셀은 남학생들에게 공공의 적으로 취급받게 되었다. 비록 그런 말을 두 사람 면전에서 떠들 정도로 간이 부은 학생은 없었지만 말이다.

"뭘 그렇게 보고 있는 거야?"

"응? 아무것도…… 그냥 하늘을 쳐다보고 있었어."

카렌의 맥 빠진 대답에 알리샤는 고개를 갸웃거리면서 카렌의 시선 을 따라 허공을 쳐다보았다. 눈이 아릴 정도로 파란 하늘에는 구름 한 점 없었다. 가을로 향하는 길목이었지만 아직도 한낮에는 그늘을 찾아 야 할 정도로 따가운 햇살이 기승을 부리고 있었다.

"훈련이 저렇게 재미있을까?"

느닷없는 알리샤의 말에 고개를 돌려 그녀의 얼굴을 쳐다보던 카렌 은 그녀가 누군가를 주시하고 있는 것을 확인하고는 다시 고개를 돌렸 다. 그런 시선 끝에는 러셀이 훈련용 배틀 엑스를 휘두르고 있었다. 게 다가 한 자루도 아닌 두 자루를 말이다.

크기도 일반 배틀 엑스보다도 더 큰 훈련용 배틀 엑스를 회초리를 휘두르듯 휘두르는 러셀의 전신 근육은 한 번씩 배틀 엑스를 휘두를 때마다 마치 물결이 치듯 출렁거렸다. 그냥 서 있기만 해도 저절로 땀 이 흘러내릴 정도로 뜨거운 날씨에 투박해 보이는 하드 레더까지 걸친 채 거의 2시간 가까이 러쎌은 훈련용 배틀 엑스를 휘두르고 있었다.

4학년이 되면서 교관들이 일방적으로 가르치던 수업 방식은 학생들이 자율적으로 수련을 한 후 교관들이 잘못된 부분만 지적하는 방식으로 바뀌어 진행되었다.

자율적인 수업 방식이지만 수업의 결과에 대한 책임 역시 본인이 감당해야만 했다.

특히 매직 칼리지의 4학년이 중요한 이유는 다음 해 졸업 시험을 봐야 하는 문제도 있지만, 무엇보다 문제는 5학년 때 용병이 되려는 학생들이라면 반드시 통과해야만 하는 일정 기간 동안의 실습이 있기 때문이다. 다시 말해 실력을 키울 수 있는 유일한 기회가 바로 4학년, 1년밖에 없다는 점이다. 때문에 4학년에 진학한 학생들은 예외 없이 시간이 나는 대로 훈련에 열중하고 있었다. 하지만 그래도 러쎌의 경우에는 정도가 지나쳤다.

다른 학생들은 1시간도 못 돼 훈련을 마쳤지만 러쎌은 저 뙤약볕 아래서 벌써 2시간째 한 번도 쉬지 않고 배틀 엑스를 휘두르고 있으니, 정말 보는 사람으로 하여금 질리게 만드는 체력이 아닐 수 없었다. 전신은 이미 그가 흘린 땀으로 번들거리고 있었지만 러쎌은 뭐가 그리도 좋은지 희미하지만 분명하게 미소를 지은 채 배틀 엑스를 쉬지 않고 휘두르고 있었다.

언뜻 보면 마구잡이로 휘두르는 것같이 보이지만 한 자루의 배틀 엑스는 몸의 요소요소를 철저하게 방비하고 있었고, 다른 한 자루의 배틀 엑스는 가상의 적의 급소를 향해 최단거리로, 또 강력한 파괴력을 동반한 채 날아들고 있었다.

아마도 그는 얼마 지나지 않아 소드 익스퍼트 최상급에 들어설 것이 분명해 보였다.

여느 때 같았으면 자신의 일처럼 기뻐했겠지만 만사에 흥미를 잃은 카렌이었기에 반응 역시 시들할 수밖에 없었다.

"러셀은 강해지는 게 재미있나 보지 뭐."

"강해지는 게 재미있어?"

"강해지는 것이 재미있기도 하지만, 지금까지는 할 수 없었던 일을 할 수 있게 되거나 이길 수 없었던 상대를 이기게 되는 게 더 재미있지 않겠어?"

재미있다고는 하지만 카렌의 음성은 너무 무미건조하게 들려 전혀 재미있는 것처럼 느껴지지 않았다. 알리샤도 이상한 느낌이 들었는지 카렌의 얼굴을 빤히 쳐다보았다.

멀리서 그런 두 사람의 모습을 노려보는 눈길이 있었다.

눈길의 주인공은 생쥐처럼 생긴 바론 상단의 코렐과 라이른 남작가의 삼남 뚱보 볼켄이었다. 항상 어울려 다니던 다른 소년들의 모습은 보이지 않았다.

두 사람, 특히 알리샤를 노려보는 볼켄의 얼굴에는 수치심과 분노, 그리고 참을 수 없는 격렬한 적의가 어려 있었다.

볼켄이 지금처럼 알리샤에게 적의를 가지게 된 것은 지금으로부터 두 달 전의 일이었다.

매직 칼리지와 노블 칼리지의 경계에 위치한 숲길을 혼자 걷고 있던 알리샤와 우연히 마주치게 된 볼켄은 알리샤의 싸늘하면서도 황홀할 정도로 아름다운 미모에 단숨에 그녀의 포로가 되어버리고 말았다.

매직 칼리지의 학생들에게 지급되는 칙칙한 훈련복이 아닌 단순한 여행자 복장을 하고 있는 모습에 그녀가 평민임을 직감한 볼켄은 회심의 미소와 함께 그녀에게 접근했다. 그리고는 자신만만하게 말을 건넸다. 자신을 따라가지 않겠냐고 말이다. 하지만 그렇다고 볼켄의 말에 대꾸를 했다면 알리샤가 아니었을 것이다.

알리샤는 당연히 어디서 개가 짖느냐는 듯이 그냥 지나쳤고, 무시를 당한 볼켄은 순간적인 분노를 참지 못해 자신의 곁을 스쳐 지나가는 알리샤의 머리를 움켜잡으려고 했다. 그러나 이미 일급 용병의 실력을 상회하는 알리샤가 순순히 잡혀줄 리 만무한 일.

가볍게 피한 알리샤는 볼켄의 목뼈를 부러뜨리기 위해 손을 뻗었다가 아카데미에서 사고를 치면 자신이 이곳에서 지내는 데 문제가 생길 수도 있다는 생각에 그냥 가볍게, 정말 가볍게 따귀 한 대를 쳤을 뿐이었다.

난데없는 상대의 일격에 황당함을 감추지 못하던 볼켄은 곧 정신을 차리고 미친 듯이 알리샤를 향해 달려들었지만, 그와 그녀 사이에는 결코 극복할 수 없는 현격한 실력 차이가 있었기에 볼켄의 뺨에서는 불이 일어날 수밖에 없었다. 게다가 알리샤가 마지막에 보인 무지막지한 살기에 오줌까지 지린 볼켄으로서는 스스로의 자존심을 되찾기 위해서라도 그녀를 그냥 둘 수 없었다.

해서 그날 이후로 계속 복수할 기회를 엿보고 있었지만 미치게도 그때부터 카렌과 러셀이 그녀를 보호라도 하듯 함께 다니기 시작해 볼켄으로서는 좀처럼 기회를 잡을 수 없었다. 아무리 알리샤에게 복수를 하려는 마음이 강하더라도 철인대회의 영웅으로 교관들과 귀족들의 주목을 받고 있는 두 사람을 함부로 해코지할 수는 없는 일이었다.

그렇게 기회를 엿보다 친하게 지내던 코렐 역시 그녀에게 함부로 접근했다가 그녀에게 따귀를 맞은 적이 있다는 사실을 알게 되었다. 복수를 위해 의기투합한 두 소년은 계속해서 기회를 엿보았지만 좀처럼 기회는 나지 않았다.

얼마 후면 여름 방학이 시작되기 때문에 조급한 마음을 감추지 못하던 두 소년은 알리샤를 비롯한 두 소년이 집으로 가지 않는다는 정보를 입수하고는 드디어 회심의 미소를 지을 수 있게 되었다. 1급 용병들을 고용해 카렌과 러셀을 혼내주는 것은 물론 알리샤를 자신들만의 비밀 장소로 끌고 가서 감히 자신들을 무시하고, 귀족을 우습게 여긴 죄에 대한 단죄를 혹독하게 치르게 할 예정이었다.

"방학까지 얼마나 남았지?"

"한 열흘 정도 남았을걸?"

"그래? 그럼 열흘 후에는 저 계집이 우리 앞에서 눈물을 쏟으며 울부짖는 모습을 볼 수 있겠군. 건방진 년. 감히 평민 주제에 귀족을 우습게 알다니. 내가 얼마나 무서운 사람인지 이번 기회에 똑똑히 가르쳐 주마."

볼켄의 독기 서린 음성을 들은 코렐은 자신도 모르게 몸을 떨었다.

비록 볼켄과 친구 사이로 지내고 있긴 하지만 가끔 보이는 볼켄의 독하기 이를 데 없는 성정은 정말 오싹하기만 했다.

"준비는 확실히 했겠지?"

"그, 그래. 실력이 뛰어난 용병들을 고용했고, 몇 사람을 거쳐 지시했으니까 설사 일이 잘못된다고 해도 우리가 한 짓인 줄은 아무도 모를 거야."

코렐의 대답에 볼켄은 회심의 미소를 지으며 고개를 끄덕였다.

"좋아, 그럼 열흘 뒤 다시 보자. 그때도 네년이 건방지게 나를 거부할 수 있는지 어디 두고 보겠다. 뿌드득!"

나직하게 중얼거리며 이를 갈던 볼켄은 그대로 그 자리를 떠났고, 남아 있던 코렐의 얼굴에는 왠지 불안해 보이는 기색이 스치고 지나갔다.

*　　　　*　　　　*

"정말 집에 가보지 않을 거야?"

"어차피 내년에는 졸업이잖아. 올해는 그냥 아카데미에서 훈련이나 하면서 지낼래. 졸업 시험을 통과할 자신은 있지만, 그것만 가지고는 왠지 충분할 것 같지 않아서 말이야."

"그래? 하지만 어머니께서 꽤나 섭섭해하시겠다."

"걱정하지 마. 엄마한테는 편지를 보낼 생각이니까."

니오브의 대답에 카렌은 고개를 끄덕였다. 그러면서 자신도 집에 편지라도 보내야 하는 것은 아닐까 하는 생각이 들었다.

그도 그럴 것이 3년하고도 6개월이 지나도록 집에 간 적이 없었을뿐더러 편지조차 한 번도 보낸 적이 없었기 때문이다. 누구보다 자신을 귀여워했던 할머니, 마리안느에게조차 3년이 넘도록 편지 한 통 쓰지 않았다는 사실엔 누가 뭐라 해도 변명의 여지가 없었다.

니오브의 대답에 카렌이 편지를 써야겠다는 결심을 막 했을 때 그들 곁으로 조금은 화려한 라이트 레더를 입은 젊은 사내 하나가 다가왔다.

20대 후반으로 보이는 사내는 허리에 레이피어를 차고 있었는데, 과거 레이피어는 여성들만이 사용하는 여성 전용 무기였지만 뮤란 대륙의 영웅인 데미안이 레이피어를 사용한다는 말이 퍼진 후부터는 사내들, 특히 용병들 가운데 레이피어를 자신의 무기로 택한 자들이 부쩍 늘었다. 아마 젊은 사내도 그런 부류 중의 한 명인 모양이었다.

잠시 주위를 두리번거리던 젊은 사내는 근처를 지나던 학생들에게 뭔가를 물었고, 학생들은 곧 카렌이 있는 곳을 가리켰다. 학생들이 가리킨 곳을 바라보던 젊은 사내는 잠시 실망한 표정을 짓다가 곧 걸음을 옮겨 카렌 쪽으로 향했다.

"네가 카렌이란 학생이냐?"

"맞아요. 그런데 무슨 일이시죠?"

"너를 찾는 분이 계시다. 나를 따라와라."

청년은 강압적으로 자신이 할 말만 내뱉고는 그대로 몸을 돌려 걸어 갔다. 청년의 태도는 카렌이 자신을 따라올 것을 조금도 의심하지 않는 듯 거침이 없었고, 그런 상대의 행동을 멍하니 바라보던 카렌은 기가 막혔다. 그와 동시에 누가 자신을 찾는 것인지 궁금함을 감출 수 없었다. 그렇지만 알지도 못하는 사람을 따라갈 생각은 손톱만큼도 없었다.

곁에 있던 니오브도 황당하다는 표정을 짓기는 만찬가지였다.

"뭐야, 저 인간은?"

"나도 몰라."

카렌과 니오브가 서로의 얼굴을 보고 있는 사이 저만치 갔던 청년이 다시 돌아오더니 마구 신경질을 내기 시작했다.

"날 따라오라는 말을 못 들었냐?"

"내가 왜 당신을 따라가야 하죠?"

"뭐라고? 이 건방진 자식이!"

청년은 치미는 분노를 참을 수 없었는지 얼굴이 순식간에 시뻘겋게 변했다. 몇 번 심호흡을 해서 애써 화를 삭힌 청년은 냉랭한 표정을 짓고는 카렌을 노려봤다.

"만약 네가 날 따라오지 않는다면 네가 아는 어떤 사람이 상당히 불행한 일을 당할지도 모르는데, 그래도 날 따라오지 않고 버틸 생각이냐?"

청년의 말에 카렌은 그가 말한 자신이 아는 사람이 누굴 가리키는 말인지 전혀 짐작이 되지 않았다. 카렌이 잠시 망설이는 모습을 보이자 청년은 그제야 득의만만한 미소를 지었다.

"어떻게 할 거냐? 날 따라올 테냐, 아니면 네가 아는 사람이 심하게 다치는 것을 그냥 두고 볼 테냐?"

카렌은 청년이 거론하는 자신이 아는 사람이 대체 누구를 가리키는 말인지 도저히 짐작이 되지 않았다. 그런 탓에 조금씩 마음이 불안해졌다.

"흥! 아는 사람이 심하게 다칠지도 모른다는데, 마음이 내키지 않는 모양이군. 그렇다면 나중에 후회하지나 마라."

청년은 그 말만을 남기고 그대로 돌아섰다.

"자, 잠깐만 기다려요!"

그 모습에 카렌은 왠지 조급한 마음이 들어 자신도 모르게 그를 부르고 말았다.

"무슨 일이지?"

"누가 절 찾는 거죠?"

"가보면 안다."

"만약 내가 따라가지 않는다면 정말 내가 아는 사람을……."

"내 말이 의심스럽다면 따라오지 않아도 된다. 하지만 그로 인해 발생한 모든 상황에 대한 책임은 네가 나를 따라오지 않았기 때문에 일어난 일이라는 것을 잊지 마라."

"알았어요. 당신을 따라가겠어요."

"카렌, 뭔가 이상해. 따라가지 마."

"니오브, 잠깐 다녀올게. 별일없을 테니까 걱정하지 마."

카렌은 불안한 표정을 짓고 있는 니오브를 달래고는 청년의 뒤를 따라 걸음을 옮겼다.

아카데미를 빠져나온 청년과 카렌은 한참을 걸었다.

페인야드의 서북쪽에 위치한 파이트 스트리트를 지나고, 빈민들이 모여 사는 빈민가를 지나 도시의 성곽이 위치한 작은 숲에 도착해서야 드디어 걸음을 멈췄다. 빈민가 근처에 위치한 숲이라 그런지 낮임에도 근처를 지나는 사람은 한 명도 보이지 않았다.

잠시 주위를 둘러보던 카렌은 곧 청년에게 시선을 고정했다.

"누가 절 부른다는 거죠?"

카렌의 질문에 그렇지 않아도 자신이 찾는 사람이 보이지 않아 당황하던 청년은 흠칫하는 표정을 지었다. 그러면서도 애써 태연한 척 대답을 했다.

"잠시만 기다려라. 널 찾으신 분들이 곧 나타나실 테니까."

당황한 듯 보이는 청년의 대답에 카렌은 자신을 찾는 사람이 한 사람이 아님을 짐작할 수 있었다. 하지만 누가 자신을 부른 것인지는 여전히 알 수 없었다. 게다가 그들에게 잡혀 있는 사람이 누구인지도 전혀 짐작이 되지 않았다.

"잠깐 여기 앉아서 기다려도 되죠?"

"그, 그래."

근처에 있는 나무에 기대면서 카렌은 자신을 불렀다는 존재와 자신과 가까운 사람이 누굴까 하는 생각을 하면서 주위의 소리에 신경을 집중하며 혹시 있을지 모를 싸움을 조용히 준비했다. 그렇게 시간을 보낸 지 얼마 되지 않아 곧 여러 사람들의 발걸음 소리가 들려왔다.

과거 알리샤에게 들었던 대로 발걸음 소리를 통해 몰려오는 상대가 가진 실력을 나름대로 가늠해 보니 한 사람만 신경을 쓰면 나머지는 무시해도 좋을 정도로 별 볼일 없다는 것을 곧 깨달을 수 있었다. 그리고 신경이 쓰이는 그 한 사람의 발걸음이 묵직하고 규칙적인 것을 보면 아마도 정통적인 훈련을 한 사람이라는 것 역시 금세 알 수 있었다.

비록 가지고 있는 무기는 목검뿐이었지만 적당하게 마나만 불어넣으면 일반 무기에 다름없다는 것을 알기에 카렌은 흥분을 가라앉히며 자신을 부른 이들이 도착하기만을 기다렸다. 그리고 상대가 모습을 드러내자 그들이 누구인지 카렌은 금세 기억해 낼 수 있었다.

"흥! 멍청한 놈, 드디어 덫에 걸려들었구나."

싸늘한 콧방귀와 함께 앞으로 나선 이는 뚱보 소년 볼켄이었다. 하지만 카렌의 눈에 들어온 사람은 볼켄이 아니었다.

볼켄 곁의 건장한 사내들에게 잡혀 있는 사람은 바로 린네와 세자르였다. 상당히 험한 일을 당한 것인지 둘의 얼굴은 퉁퉁 부어 있었고, 곳곳에 퍼렇게 멍이 들어 있었다.

물론 자신이 볼켄이 파놓은 함정에 발을 들여놓았다는 사실은 볼켄의 얼굴을 발견한 순간 익히 짐작하고 있었지만, 자신의 친구가 누군가에게 맞아 힘없이 늘어져 있는 모습을 볼 것이라고는 미처 예상하지 못했기에 카렌은 끓어오르는 분노를 참을 수 없었다.

볼켄의 곁에 서 있던 코렐은 카렌이 잠시 멍하니 서 있는 모습을 보고는 자신들의 계획이 성공했음을 깨닫고는 회심의 미소를 지었다.

"후후후, 건방진 녀석. 고작 아카데미의 철인대회에서 몇 번 우승을 했다고 세상 무서운 줄 모르고 설치더니…… 꼴좋다."

코렐의 말이 시작되자마자 코렐의 뒤에 서 있던 사내들이 재빨리 카렌의 후방을 차단했고, 나머지 사내들은 카렌이 도망칠 만한 곳을 찾아 이동해서는 팔짱을 낀 채 카렌을 쳐다보고 있었다. 물론 그런 사내들의 움직임을 모를 카렌은 아니었지만 정신을 잃은 듯 축 늘어진 채 사내들에게 몸을 맡기고 있는 린네와 세자르의 안위가 무엇보다 걱정되어 쉽게 움직일 수 없었다.

천천히 자리에서 일어난 카렌은 볼켄과 코렐을 노려보았다.

"무슨 일로 날 부른 거지?"

"건방진 자식! 감히 누구에게……."

"꼬마야, 말조심해라. 저분은 네 녀석이 함부로 말을 해서는 안 되는 귀족가의 자제 분이시란 말이다."

이곳까지 카렌을 데리고 온 청년이 조금은 못마땅하다는 듯 말을 내뱉었다.

"학과장님, 뭐 하세요? 빨리 카렌을 구해주셔야죠?"

"잠깐, 잠깐만 더 두고 보자꾸나. 아직은 그렇게 위험해 보이지도 않고, 만약 위험하다면 내가 뛰어들어 카렌을 구할 테니까 말이다."

근처의 나무 위에 몸을 숨기고 있던 아카힐은 니오브의 채근에 눈을 카렌에게 고정시킨 채 대답했다.

카렌이 납치되었다는 니오브의 말에 놀라서 따라오기는 했지만, 누구보다 카렌의 실력을 잘 알고 있는 아카힐로서는 니오브의 말을 전혀 믿을 수 없었다. 다만 재미있는 일이 생겼구나 하는 생각에 따라 나왔는데 상황이 자신의 생각보다 조금은 심각한 것 같아서…… 그래서 더욱 흥미가 생겼다.

"이것은 경고다. 지금부터 네 친구인 러셀인가 하는 그 덩치와 함께 알리샤의 곁에서 당장 떨어져라!"

생각지도 못했던 코렐의 말에 카렌은 기가 막히다 못해 황당하기 이를 데 없었다.

"너희같이 천한 놈들이 알리샤의 곁에 있는 것이 그녀의 아름다움을 해치는 것밖에 안 된다는 것을 모른단 말이냐? 하긴 너희같이 무식하고 천한 놈들이 뭘 알겠느냐마는……."

말끝마다 천하다느니, 무식하다느니라는 말을 내뱉는 코렐의 태도에 카렌은 정말 무슨 말을 해야 좋을지 몰랐다. 그러는 코렐의 신분도 제국의 유명한 상단의 자식이지 결코 귀족가의 자식은 아니라는 것을 누구보다 잘 알고 있는 카렌이었다.

어차피 귀족이 아니라면 같은 평민의 처지인데, 마치 자신을 귀족가의 자식처럼 떠들어대는 코렐의 태도에 기가 막혔다. 게다가 자신은 이 일과 아무런 상관도 없다는 듯 단 한 마디도 열지 않은 채 팔짱을 끼고 있는 볼켄의 태도가 더욱 카렌의 성미를 자극했다.

천천히 앉은 자리에서 일어난 카렌은 그때까지 정신을 차리지 못한 채 축 늘어져 있는 세자르와 린네의 모습을 다시 한 번 확인하고는 코렐을 향해 입을 열었다.

"코렐, 네가 내 친구들을 저렇게 만들었냐?"

도저히 카렌 정도 된 소년의 입에서 나올 만한 음성이 아니었다. 마치 책을 읽듯 무미건조한 카렌의 음성에 코렐은 자신도 모르게 움찔하다가 카렌의 주위를 에워싸고 있는 사내들의 모습을 보고는 용기를 얻은 듯 힘차게 고개를 끄덕였다.

"그래, 감히 건방지게 내게 반항해서 내가 혼내줬다."

"그러니까 네가 내 친구들을 괴롭혔단 말이지. 넌…… 오늘 큰 실수를 한 거야. 어떤 이유에서더라도 절대 내 주위 사람들만은 건드리지 말았어야만 했어. 무슨 일이 있어도 말이야."

카렌의 음성은 지독하게도 낮게 가라앉아 나중에는 무슨 말을 하는 것인지 알아듣기도 쉽지 않았다. 하지만 카렌의 전신에서 쏟아지는 몸서리치는 싸늘한 기운만큼은 누구든 알 수 있을 정도로 선명하기 이를 데 없었다.

카렌의 주위를 포위하고 있던 용병들도 카렌의 몸에서 쏟아지는 냉기에 흠칫 놀라기는 했지만…… 단지 그뿐이었다. 자신들보다 체격도 작고, 게다가 진검도 아닌 달랑 목검 두 개를 가진 꼬마에게 겁을 먹을 이유가 없지 않은가? 게다가 자신들은 1급 용병 하나에 2급 용병 둘, 그리고 제법 경험이 많은 3급 용병이 네 명이나 되는 상황에서 겨우 꼬마 한 명에게 겁을 먹을 리 만무했다. 그러면서도 상대도 되지 않는 꼬마들을 괴롭히는 것은 정말 기분 찜찜한 일이 아닐 수 없었다.

될 수 있으면 귀족들과 연관된 일은 하기 싫지만 이런 것 저런 것 다 따져 가며 청부를 받다간 굶어죽기 딱 좋은지라 어쩔 수 없이 받아들인 청부였다. 빨리 청부를 마치고 돌아가고 싶은 생각에 이번 일을 청부받은 용병들의 우두머리라고 할 수 있는 케로스가 볼켄을 향해 고개를 돌렸다.

"소공자, 저 꼬마만 혼내주면 됩니까?"

"그래, 저 꼬마만 혼내주면 이번 청부는 완수된 것으로 하지. 하지만 어설프게 다뤘다가는 오히려 위약금을 물어야 할 거다."

볼켄의 툴툴대는 말에 케로스는 잠시 눈살을 찌푸렸지만 이미 볼켄의 청부를 받아들인 이상 이 일이 끝날 때까지는 그의 지시대로 움직일 수밖에 없었다. 청부금이 많다는 말에 앞뒤를 따져 보지도 않은 채 덥석 청부를 받아들인 자신의 성급함을 탓하며 2급 용병인 마르코에게 턱짓을 했다.

케로스의 지시에 마르코는 카렌의 주위에 있던 용병들에게 눈짓을 했고, 그 신호에 카렌의 바로 뒤에 있던 털보 용병이 카렌의 뒷덜미를 움켜잡으려고 손을 뻗었다. 하지만 그의 손은 허공을 움켜잡았을 뿐이다.

어느새 자세를 낮춘 카렌은 회전과 동시에 허리에 차고 있던 목검을 뽑아 털보 용병의 정강이를 향해 힘껏 휘둘렀다.

퍽!

"으악!"

목검에서 느껴지는 감촉으로 보아 털보 용병의 정강이뼈가 부러졌다는 것을 알 수 있었지만 카렌은 거기에서 멈추지 않은 채 쓰러진 용병의 머리를 향해 재차 목검을 휘둘렀다.

퍽!

"컥!"

단말마의 비명과 함께 털보는 기절을 했는데 머리에 생긴 상처에서 흘러내린 피로 그의 얼굴과 지면은 금세 붉게 물들었다. 그 모습에 카렌의 근처에 있던 용병들은 움찔하며 자신들도 모르게 한 걸음 뒤로 물러섰다.

그런 용병들의 한심스러운 행동에 케로스는 슬슬 짜증이 나기 시작했다.

"마르코, 뭐 하고 있나? 장난치나?"

짜증이 섞인 케로스의 말에 마르코는 깜짝 놀라며 동료들에게 지시를 내리면서 목검을 들고 있는 카렌을 노려봤다.

"쪼그만 녀석이 꽤나 잔인하구나. 오늘 내가 네 녀석의 몹쓸 버릇을 고쳐 주마. 공격!"

공격 명령을 내림과 동시에 앞으로 나선 마르코는 자신의 무기인 세이버를 조금은 조심스럽게 휘둘렀다.

카렌의 몸은 상하지 않고 그가 들고 있는 목검만 베려 했기 때문이었다. 사실 마르코라고 해서 아직 소년에 불과한 카렌과 그의 친구들을 괴롭히는 것이 마음에 들 리 만무했다. 하지만 카렌의 입장에서는 세이버를 휘두르며 달려드는 마르코가 선의를 가지고 있는지, 악의를 가지고 있는지 알 도리가 없었다.

목검을 자르기 위해서건 아니면 자신을 위협하기 위해서건 세이버를 휘두르는 마르코의 행동을 자신에 대한 위협으로 받아들인 카렌은 댄싱 스텝을 밟아 미끄러지듯 스르륵 마르코의 측면으로 돌아간 뒤 마르코의 손목을 향해 목검을 휘둘렀다.

휙!

자신의 생각보다 훨씬 기민한 카렌의 공격에 깜짝 놀란 마르코는 자신도 모르게 뒤로 물러섰고, 쓰러진 털보의 친구인 말상 용병은 카렌의 등을 향해 들고 있던 검을 검집째 휘둘렀다. 하지만 말상 용병의 공격은 동료들의 공격과 뒤섞이며 궤도가 비틀어져 버렸고, 그 틈을 놓치지 않고 파고든 카렌은 용병들을 향해 사정없이 목검을 휘둘렀다.

이런 자들을 상대하는 데 초식이며 마나 같은 것을 쓸 필요가 없었다. 오로지 순수한 육체의 능력만으로도 넘치고도 남았다.

몇 번이나 목검을 휘둘렀을까?

3급 용병 넷은 모조리 피를 흘린 채 바닥에 쓰러져 있었고, 케로스와 마르코, 그리고 카렌을 이곳으로 데리고 왔던 젊은 용병 게릭은 조금은 놀라고, 또 조금은 멍한 표정을 지은 채 카렌을 쳐다보고 있었다.

물론 어지간한 실력을 가진 자라면 3급 용병 몇 명쯤은 충분히 상대할 수도 있을지 모른다. 하지만 카렌은 체격도 작은데다 아직 아카데미의 학생이 아닌가? 더구나 목검을 들고 있는 저런 꼬마 하나 처리하지 못하고 모조리 당하다니……. 카렌에게 당한 용병들이 너무나 한심하게 느껴졌다. 하긴 그러니 3급 용병이겠지만 말이다.

기절한 놈들은 원래부터 멍청한 놈들이라고 쳐도 카렌의 손 씀씀이는 상당히 과한 면이 없지 않았다. 그에게 당한 용병들은 하나같이 정강이뼈나 어깨뼈가 부러졌고, 머리 아니면 급소에 강한 충격을 받고 기절해 버린 상태였다.

카렌은 용병들을 기절시키는 데 조금의 망설임도 없었다.

그 모습을 보고 있던 볼켄과 코렐, 그리고 나머지 용병들이 자신도 모르게 움찔할 정도로 잔인하게 용병들을 상대했다. 카렌도 뼈가 부러지는 섬칫한 소리를 들었을 텐데도 불구하고 표정 하나 변하지 않은 채 용병들의 머리를 향해 거침없이 목검을 휘두른 것이었다.

볼켄과 코렐에게 카렌이 철인대회의 목검 결투 종목에서 2년 연속 우승을 거두었다는 말을 듣긴 했지만 저렇게 깔끔한 실력을 가지고 있

을 줄은 미처 예상하지 못한 일이었기에 케로스도 조금은 놀라지 않을
수 없었다.

　그렇지만 놀람은 놀람이고, 맡은 청부는 마쳐야만 하는 것이 용병으
로서의 임무.

　일단 의문은 접어둔 채 케로스는 게릭과 마르코에게 눈짓을 했다.
그리고 그 둘이 카렌을 제압할 수 있을 것임을 믿어 의심치 않았다. 케
로스의 지시를 받은 두 사람은 누가 먼저라고 할 것도 없이 카렌의 양
옆으로 이동을 하면서도 자신들이 한낱 어린 꼬마를 상대로 이렇게 협
공까지 해야 되는가 하는 생각이 들었다.

　카렌의 양편에 위치한 게릭과 마르코는 서로를 향해 먼저 공격하라
고 열심히 눈짓을 보내면서도 자신이 먼저 움직일 생각은 하지 않았다.
그러는 두 사람의 모습을 보고 먼저 움직인 사람은 카렌이었다.

　목검에 슬쩍 마나를 집어넣고는 구경을 하고 있던 케로스를 향해 달
려들며 목검을 휘둘렀다. 카렌이 뜻밖에도 자신을 노리자 케로스는 어
이없어 하면서도 검집째 들어 카렌의 공격을 막으려고 했다. 하지만 카
렌은 춤을 추듯 댄싱 스텝을 밟으며 몸을 옆으로 이동시켜 자신을 노려
보고 있던 볼켄과 코렐의 뒤편으로 돌아갔다. 그리고는 둘의 마혈(痲穴)
을 목검의 손잡이로 내려쳤다.

　케로스를 향해 달려드는 카렌의 행동에 그의 멍청함을 비웃던 두 소
년은 카렌이 갑자기 자신들을 향해 달려들자 깜짝 놀라 뒤로 물러서려
했지만, 어느새 카렌은 자신들 뒤로 돌아와 목덜미 부분을 때리는 것이
었다. 다행히도 맞은 곳이 약간 쩌릿한 것을 제외하곤 별 이상이 없는
것을 확인한 두 소년은 그제야 안심하며 쓰러진 몸을 일으켜 세우려고
안간힘을 썼지만 웬일인지 몸을 움직일 수 없었다.

두 소년이 필사적으로 몸을 일으키기 위해 노력하는 사이 카렌을 놓친 마르코와 게릭은 수치심으로 얼굴이 벌겋게 변했다. 먼저 카렌에게로 달려간 게릭은 카렌을 향해 레이피어를 휘둘렀다. 레이피어가 비록 찌르기 공격을 위해 개발된 검이긴 하지만 그렇다고 베기 공격이 전혀 불가능한 것은 아니었다.

이미 게릭이 달려오는 것을 알고 있던 카렌은 다시 한 번 댄싱 스텝을 밟아 부드럽게 원을 그리며 옆으로 물러섬과 동시에 막 공격할 준비를 하던 마르코를 향해 미끄러지듯 다가갔다. 그리고는 마르코의 천돌혈을 향해 힘껏 목검을 찔러 넣었다.

"컥!"

지독한 통증과 함께 마르코는 통나무 쓰러지듯 앞으로 쓰러졌고, 마르코의 상태를 확인할 사이도 없이 카렌은 앞으로 달려나가며 케로스를 향해 블러드 스네이크를 펼쳤다. 비록 목검에 마나가 주입되어 있기는 했지만 목검의 기세는 진검 못지않은 기세를 내뿜고 있었다.

카렌이 자세를 낮추고 달려들면서 목검을 휘두르자 케로스는 순간적으로 카렌의 공세에서 뱀이 연상되었다.

머리를 꼿꼿이 세운 채 흔들거리며 사정없이 달려드는 뱀.

일반적인 공격과 달리 밑에서부터 시작되는 공격에 케로스는 조금은 당황하면서도 그동안의 경험을 살려 겨우겨우 막아낼 수 있었다. 하지만 카렌의 공격은 끝난 것이 아니었다.

밑에서 위로, 위에서 아래로, 옆에서 위로, 다시 아래로 두서없이 날아드는 공격은 마치 수십 마리의 뱀들이 동시에 공격하는 것처럼 지독하게 혼란스러웠다. 어찌어찌해서 겨우 카렌의 공세를 막아낸 케로스는 몇 걸음 뒤로 물러서 이어질 공격에 대비했지만 카렌의 모습은 이미 사라지고 없었다. 아니, 사라진 것이 아니라 레이피어를 든 채 어쩔 줄 몰라 하고 있던 게릭을 향해 몸을 날리고 있었다.

당황한 게릭이 어쩔 줄 몰라 하고 있을 때 그의 품 안으로 뛰어든 카렌은 등을 진 상태에서 게릭의 턱을 주먹으로 가격하고는 물러서는 게릭의 머리를 향해 힘껏 목검을 내려쳤다.

퍽!

충격이 상당했는지 게릭은 비명도 남기지 못한 채 지면에 널브러졌고, 그제야 카렌은 천천히 몸을 돌려 케로스를 향했다. 그런 카렌의 표정은 여전히 딱딱하게 굳어 있었다.

"정말 대단하구나!"

케로스는 솔직히 카렌의 실력에 감탄하지 않을 수 없었다.

막상 자신이 카렌의 입장일 경우 저렇게 깔끔하게 현재의 상황을 종결시킬 수 있을까 하는 의심이 들었다. 비록 청부에는 성공할지 몰라도 마음 한구석에 드리워진 이 패배감은 좀처럼 사라지지 않을 것이라는 생각을 지울 수 없었다.

"솔직히 네가 이 정도로 뛰어난 실력을 가지고 있으리라고는 생각도 못했다. 결과가 어떻게 나오든 오늘은 네가 이겼다. 나중에 기회가 닿는다면…… 함께 일했으면 좋겠구나."

스르르릉~

롱 소드가 검집에서 오싹한 소리를 내며 빠져나왔고, 케로스는 롱 소드를 가슴 앞에 세워 심호흡을 하고는 최대한 안정을 유지했다. 그런 케로스의 모습에 카렌은 목검을 다시 허리춤에 차고는 지면에서 뒹굴고 있던 레이피어를 집어 들었다.

카렌이 레이피어를 선택한 특별한 이유가 있던 것은 아니고 다만 제일 가까운 데 레이피어가 떨어져 있기 때문이지만, 케로스는 레이피어가 카렌이 사용하기에 무리가 없는 무기이기 때문에 선택한 것이라고 판단을 했다. 조금 전 공격에서도 느낀 것이지만 꼬마의 체격을 보면 아직 다른 무기를 사용하기에 무리가 따른다고 생각한 케로스였다.

둘 다 가슴 앞에 무기를 세우고 상대를 노려보며 그 자리에서 꼼짝도 하지 않고 있었다.

바로 그때 쓰러져 있던 코렐의 울음소리가 들렸다.

"뭐, 뭐야? 몸이 안 움직여! 나, 날 좀 일으켜 줘!"

"나부터 일으켜! 빨리 일으키란 말이야!"

코렐의 울음소리가 마치 신호라도 되는 양 볼켄도 울음 섞인 음성을 토해냈다.

순간 케로스와 카렌은 누가 먼저라고 할 것도 없이 거의 동시에 앞으로 뛰어나갔다. 그리고는 상대를 향해 자신의 검을 휘둘렀다. 검이 부딪침과 동시에 카렌이 뒤로 날아갈 것을 의심하지 않던 케로스는 롱 소드를 통해 전해지는 묵직한 충격에 깜짝 놀라며 카렌을 쳐다보았다. 그 순간 카렌은 몸을 회전시키며 케로스의 품 안으로 파고들었고, 왼쪽 허리춤에 차고 있던 목검을 왼손으로 뽑아 그대로 케로스의 턱을 찔렀다.

설마 하던 케로스는 느닷없이 목검이 자신의 턱을 노리고 날아들자 그야말로 혼이 달아날 정도로 깜짝 놀랐다. 황급히 고개를 틈과 동시에 뒤로 물러서며 롱 소드를 휘둘렀다.

슉!

미약한 소리와 함께 목검이 잘려 나갔지만 카렌은 개의치 않고 재차 케로스에게로 다가서며 레이피어를 찔러 넣었다. 물론 그 공격이 성공하리라 생각한 것은 아니었지만, 그로 인해 케로스의 중심이 흐트러지길 바란 것은 사실이었다. 그러나 케로스는 괜히 1급 용병으로 분류된 것이 아님을 증명이라도 하듯 비스듬히 몸을 회전시키며 한 걸음 앞으로 나서 오히려 카렌을 향해 공격을 퍼부었다.

그런 케로스의 머리 속에는 이미 상대가 소년이란 생각은 사라지고 없었다. 아니, 지금껏 만났던 어떤 상대보다 기민한, 예측불허의 실력을 가진 훌륭한 호적수란 생각뿐이었다.

챙!

다시 한 번 두 사람의 검이 허공에서 부딪쳤고, 힘에서는 밀리지 않았지만 상대적으로 몸무게가 가벼운 카렌은 어쩔 수 없이 뒤로 물러서고야 말았다. 케로스는 그 순간을 놓치지 않고 카렌에게로 다가서며 롱 소드를 힘껏 내려쳤다.

카렌은 날아오는 롱 소드에 희미하지만 마나가 어른거리는 것을 확인하고는 황급히 연환상충폭뢰기를 운용해 마나를 끌어올리려 했다. 하지만 워낙 급박하게 끌어올리려 했기에 레이피어에는 제대로 마나가 실리지 않았다.

카렌의 얼굴에 당황이 어린 것을 발견한 케로스는 그제야 자신이 마나를 사용했다는 사실을 깨닫고 다급하게 검을 멈추려고 했지만 때는 이미 늦었다.

챙!

번쩍! 짜짜짜~ 짝~

검끼리 부딪치는 소리가 들리면서 섬광과 함께 요란한 소리가 장내에 울려 퍼졌다.

"커억!"

재빨리 옆으로 몸을 피하려던 카렌은 갑자기 섬광이 터지자 깜짝 놀라 자신도 모르게 고개를 돌리고 말았다. 그런 와중에 카렌은 분명히 누군가의 신음 소리를 들었다.

흐트러진 자세를 바로 하고 케로스를 보니 케로스는 바닥에 쓰러진 채 격렬하게 몸을 뒤틀고 있었고, 그제야 레이피어에서 섬광과 함께 방전이 일어나고 있는 것을 발견할 수 있었다. 어찌 된 영문인지 몰라 하던 카렌의 뇌리에 갑자기 어떤 생각이 스치고 지나갔다.

"라이오너?"

마치 그런 카렌의 중얼거림에 대꾸라도 하듯 레이피어의 검신을 물들이던 번쩍임은 순식간에 사라졌고, 레이피어를 잡고 있던 손에 잠시 찌릿함을 남기고는 금세 원래대로 돌아왔다. 어째서 라이오너가 모습을 드러낸 것인지 이유는 알 수 없지만 덕분에 위험한 순간을 넘긴 것은 사실이었다.

방심이 자칫 커다란 위험을 부를 뻔했음을 깨닫고는 카렌은 스스로의 안일함을 탓하지 않을 수 없었다.

잠시 고개를 젓던 카렌은 우선 지면에 널브러져 있는 린네와 세자르의 상태부터 살폈다.

아마도 사로잡힐 때 반항이 심했던 듯 멍과 생채기가 보였고, 선혈이 곳곳에 묻어 있긴 했지만 대부분 가벼운 찰과상일뿐 심각한 상처는 아님을 확인하고서야 마음을 놓을 수 있었다.

그때까지도 볼켄과 코렐은 울음을 터뜨리며 필사적으로 몸을 움직이기에 여념이 없었다. 하지만 아무리 몸부림을 쳐봐도 굳어진 몸은 털끝만큼도 움직일 수 없었다.

자신의 몸이 뜻대로 움직이지 않는 것이 이렇게 공포스러운 일이라는 것을 두 소년은 태어나서 처음으로 깨닫게 되었다.

공포에 질려 울부짖는 두 소년에게는 아랑곳하지 않은 채 카렌은 린네와 세자르를 편하게 눕힌 후 채 두 친구가 깨어나기를 기다렸다. 하지만 시간이 지나도 좀처럼 친구들이 깨어날 생각을 하지 않자 이대로 있는 것보다는 아카데미의 기숙사로 옮겨 상태를 지켜보는 것이 좋겠다는 생각이 들었다.

"학과장님, 구경 다하셨으면 그만 내려오시죠."

카렌의 말이 끝나고 얼마 지나지 않아 나무 위에서 아카힐과 니오브가 뛰어내렸다.

"내가 나무 위에 있다는 것은 어떻게 알았지?"

"제가 귀가 좀 밝거든요. 아까 저들과 싸우기 전, 바람도 없는데 나뭇가지가 흔들리기에 누군가 있다는 것을 알았죠."

"그럼 나라는 것은?"

"봤으니까 제가 알았지, 그렇지 않으면 어떻게 알았겠어요?"

별것 아니라는 듯 카렌은 대수롭지 않게 대답했지만 그 말을 그대로 받아들이기에는 뭔가 신경에 거슬리는 것이 있었다. 하지만 그것이 뭐라고 딱 꼬집어 말할 수 없었기에 아카힐은 찜찜한 기분을 지울 수 없었다.

"친구들을 아카데미에 데려다 주어야 하는데 학과장님께서 좀 도와주세요. 전 여기서 해결해야만 할 일이 있어요."

카렌이 해결해야만 할 일이라는 것이 뭔지 모를 아카힐은 아니었지만 귀족가의 자식인 볼켄과 대상단의 아들인 코렐을 상대로 대체 뭘 어쩌겠다는 것인지 쉽게 이해할 수 없었다. 섣불리 건드렸다간 앞으로 두고두고 고생을 할 것이 뻔한데 대체 뭘 어떻겠다는 것인지 모를 일이었다.

괜히 순간적인 분노를 참지 못하고 살인이라도 저지를까 아카힐은 그것이 걱정되었다.

"너, 이 자식. 어서 나를 못 일으켜? 당장 일으키란 말이야!"

볼켄의 얼굴은 조금 전 흘린 눈물로 엉망이었지만 애써 울음을 억누른 채 외치는 그의 행동에도 카렌의 표정은 조금도 변할 줄 몰랐다.

자신의 말에도 카렌이 꼼짝도 하지 않자 볼켄의 얼굴에는 당황스러움이 어렸다.

"너, 죽고 싶어? 아니, 너뿐만 아니라 네 부모, 형제들까지 모두 죽을 수 있다는 것을 모른단 말이야? 카렌 에스지! 만약 이대로 사라진다면 네놈의 고향인 싸일렉스를 샅샅이 뒤져 네놈의 부모와 형제를 찾아내 반드시 후회하도록 만들어주마."

"이대로 끝낼 생각 없으니까 입 닥치고 기다리고 있어."

독기 서린 말이 끝나기도 전에 카렌이 싸늘하게 대꾸를 하자 볼켄은 안도의 한숨을 내쉬면서도 감히 자신에게 헛소리하지 말라는 카렌의 말에 은근히 불안한 마음이 들기 시작했다.

"학과장님, 자리를 좀 피해주시겠습니까? 아~ 물론 학과장님께서 걱정하시는 일은 없을 테니까 마음을 놓으셔도 됩니다. 이 친구들이 알아듣도록 잘 이야기하고 저도 곧 돌아가겠습니다."

정중한 카렌의 말에 잠시 그의 얼굴을 처다보던 아카힐은 쓰러져 있던 린네와 세자르를 들어 양쪽 어깨에 둘러맸다.

"널 믿겠다."

"니오브, 너도 자리를 좀 피해주겠니?"

"응? 으응."

두 사람이 자리를 떠난 후 카렌은 쓰러져 있던 용병들의 수혈(睡穴)을 다시 한 번 눌러 완전히 재웠다. 그리고는 볼켄과 코렐 앞에 털썩 주저앉았다.

"너희를 어떻게 할까? 그냥 이 자리에서 죽여서 파묻어 버릴까?"

카렌의 말에 볼켄과 코렐은 심장이 덜컥 내려앉을 정도로 깜짝 놀랐다.

물론 이성적으로는 자신들을 죽일 리 없다고 생각했지만 아무런 감정도 실려 있지 않은 카렌의 음성을 듣는 순간 온몸에 소름이 오싹 돋는 것을 감출 수는 없었다.

카렌의 말을 듣는 순간 코렐은 확실한 이유를 알 수는 없지만 더 이상 카렌을 자극하면 정말 위험할 수도 있다는 생각이 들었다. 하지만 태어나서 이런 경우를 처음 당하는 볼켄으로서는 겁이 났지만 자존심이 상해 도저히 이 상황을 받아들일 수 없었다.

"조, 좋은 말로 할 때 어서 날 일으켜 신관에게로 데려가는 게 너한테 좋을 거다. 만약 그렇지 않으면 아까 내가 이야기한 대로……."

"내 부모와 형제들을 모두 죽이겠다고 했냐?"

"그, 그래."

"그런데 어떻게 하면 좋지? 난 부모도 없고, 형제도 없는데 말이야. 그리고 넌 아마도 네가 귀족의 아들이라 내가 널 죽일 수 없을 거라고 생각하는 모양인데 말이야…… 작년 철인대회에서 우승을 거두었을 때 황태자 전하께서 말씀하시길, 앞으로 내가 무슨 죄를 짓든 딱 한 번은 용서해 주시겠다는 약속을 하셨다는 것을 네가 아는지 모르겠다. 게다가 너희 둘은 용병을 사서 나를 공격했으니 나로서는 정당방위란 말이야. 어때? 이래도 너희들이 날 어쩔 수 있다고 지금도 생각해?"

카렌의 말에 두 소년은 그제야 작년 철인대회에서 카렌과 러쎌이 2관왕을 거둬 황태자에게 직접 상을 받았다는 사실이 기억났다. 분한 듯 입술을 깨무는 볼켄과는 달리 코렐은 재빨리 카렌에게 사과를 했다.

"카, 카렌, 이번 일은 순전히 볼켄의 생각이었어. 알리샤란 여자아이를 만나려고 몽땅 볼켄이 꾸민 일이란 말이야. 나는 어쩔 수 없이 볼켄에게 돈을 대준 죄밖에 없어. 그러니까 나는 좀 용서해 줘."

"그렇단 말이지. 좋아, 볼켄, 너는?"

"흥! 귀족인 내가 평민에 불과한 너 따위에게 사과라도 하란 말이냐?"

"그럼 사과를 못하겠다는 거냐?"

"그렇다면 어쩔래?"

"그럼 나로서도 할 수가 없군."

말을 마친 카렌은 쓰러져 있던 볼켄과 코렐의 고개를 돌려 서로의 얼굴을 쳐다보도록 만들었다. 그리고는 볼켄의 전신 이곳저곳을 손가락으로 꾹꾹 눌렀다.

처음엔 뭐 하는 짓인지 몰라 어리둥절해하던 볼켄은 시간이 지날수록 전신이 근질근질하더니 숨이 조금씩 가빠지면서 전신의 근육이 조금씩 당기는 것을 느낄 수 있었다.

갑자기 왜 이런 증상이 일어날까를 생각하던 볼켄은 조금 전 카렌이 자신의 전신 몇 곳을 눌렀던 것을 기억할 수 있었다. 하지만 이 정도라면 얼마든지 참을 수 있다는 생각에 입술을 꾹 다물고는 카렌을 노려보았다. 하지만 그것은 볼켄의 성급한 판단이었다.

볼켄은 잠시 후 전신의 근육이 오그라드는 지독한 통증에 자신도 모르게 비명을 질렀다. 그러나 재빨리 카렌이 자신의 입과 목 주위를 손가락으로 찌르자 단 한 마디도 입 밖으로 흘러나오지 않았다. 그렇지 않아도 볼켄이 갑자기 식은땀을 흘리는 모습에 놀라던 코렐은 카렌이 볼켄의 마혈을 풀어주자마자 온몸을 뒤틀면서 고통스러워하자 순식간에 두려움에 사로잡혔다.

"이건 과거 이스턴 대륙에서 전해지는 고문 방법인데, 한 사람에게 두 번밖에는 쓸 수 없는 수법이라고 하더군. 처음에는 온몸의 근육이 수축하고 뼈마디가 어긋나면서 느껴지는 고통뿐이지만, 시간이 지날수록 오그라드는 근육의 힘을 감당하지 못한 뼈들이 부러져 나가게 되지. 뿐만 아니라 동시에 폐 근육이 수축돼 숨쉬기가 힘든 것은 말할 것도 없이 심장 근육까지 오그라들어 호흡 곤란으로 죽든 아니면 심장이 터져서 죽든 죽음에 이르게 된다고 하던데…… 어때? 견딜 만해?"

말만 들어보면 마치 약을 올리는 듯 들렸지만 무표정한 카렌의 얼굴을 보면 마치 사형 선고를 내리는 것처럼 들려 소름이 오싹 돋았다. 옆에서 볼켄의 모습을 보고 있던 코렐의 안색이 양초처럼 하얗게 변한 것은 물론 극악한 고통을 겪고 있는 볼켄도 온몸을 덜덜덜 떨 정도였다.

두 소년의 안색이 변하건 말건 카렌은 자신이 할 말만 했다.

"그런데 말이야 문제는 두 번째 이 수법에 걸렸을 때거든. 두 번째 걸리면 식물인간이 되거나 무조건 죽어버린다더군. 물론 이건 내가 직접 보지 못해서 사실인지 아닌지 확인을 해보지는 못했어. 설마 고통이 심하다고 죽기야 하겠냐? 차라리 죽는 것이 편하다고 느낄 만큼 고통스럽다는 거겠지. 그래서 말인데, 앞으로 나나 내 주위에 있는 사람들을 귀찮게 하지 않았으면 좋겠는데 말이야. 어때? 할 수 있겠어?"

카렌의 말에 볼켄은 눈물 콧물을 쏟으면서도 이를 악물었고, 코렐은 안색이 창백하게 변한 채 고개가 부러져라 열심히 끄덕였다. 목이 부러지지 않을까 걱정이 될 정도로…….

그 모습에 카렌이 슬쩍 코렐과 볼켄의 몸에 마나를 불어넣어 막혔던 혈도를 풀어주었지만 녹초가 된 볼켄과 공포에 질린 코렐은 얼어붙기라고 한 듯 꼼짝도 하지 못하고 있었다. 두 소년이 자신의 눈치를 살피는 것을 알면서도 카렌은 자신이 할 말만 했다.

"그리고 두 사람은 몰라서 그런 것이겠지만 알리샤는 어쎄신 길드의 후계자야. 그것도 아주 유명한 '어둠의 손' 이란 어쎄신 길든데 말이야. 나를 귀찮게 하면 고통을 당할 뿐이지만, 알리샤를 잘못 건드렸다간 너희들만 해를 입는 것이 아니라 일가족이 몰살당할지도 모르거든. 그러니까 될 수 있으면 알리샤는 건드리지 않는 것이 좋을걸? 알리샤에게 엉뚱한 짓을 하려다가 감쪽같이 사라진 녀석도 몇 된다고 하던데 너희들은 그런 이야기는 듣지도 못한 모양이지?"

카렌의 말을 듣던 두 소년의 안색은 금세 창백하게 변했다.

그의 말을 믿는다기보다는 아카데미 내에서 알리샤에 대해 도는 소문 가운데에는 그녀의 표정이 싸늘한 것은 어쎄신 훈련을 받았기 때문이라는 소문이 그제야 생각났기 때문이다. 표정없이 나직하게 말하는 카렌의 모습은 억지로 자신의 말을 믿으라고 강요하지 않아도 상당히 설득력이 있었다.

"나는 분명히 너희들에게 경고를 했어. 이후에 발생하는 일은 모두 너희들 책임이니 알아서 행동해. 그리고…… 만약 다음에 나한테 또 걸리면 평생 침대에서만 생활할 결심을 하는 것이 좋을 거야. 조금 쉬면 움직일 수 있을 거야. 알아서 돌아가.”

그 말만을 남기고 카렌은 그 자리를 떠났고, 그제야 두 소년은 안도
의 한숨을 내쉴 수 있었다.

“으드득! 죽일 놈. 내가 이대로 물러날 줄 알아. 반드시 네놈을…….”

“그만둬, 볼켄.”

“그만두라니? 코렐, 넌 이대로 당하고 그냥 참겠단 말이야? 으드득,
넌 참을 수 있을지 몰라도 난 절대 못 참아.”

볼켄이 연신 이를 가면 분노를 참지 못하자 코렐은 어이가 없었다.

방금 카렌에게 그렇게 당해놓고도 복수할 생각을 하다니…… 멍청
한 건지 아니면 둔한 것인지 도무지 볼켄을 이해할 수가 없었다. 자신
은 그저 보는 것만으로도 복수는 아예 포기를 해버렸는데, 본인은 직접
당해놓고도 복수를 포기 못하다니…….

손해와 이익에 대한 판단이 빠른 탓인지는 모르지만 복수를 한다고
해도 자신에게 득이 될 것이 없는데다, 만약 복수에 실패라도 한다면
조금 전 볼켄이 당한 것과 같은 지독한 고통을 당해야만 하지 않은가?
복수의 성공 여부와는 상관없이 자신에게 득이 될 것이 하나도 없다는
생각에 코렐은 복수를 포기했다.

처음에는 볼켄이 복수를 하건 말건 상관하지 않으려던 코렐은 그래
도 지금껏 몇 년 동안 친구로 지내던 그이기에 충고는 해주어야겠다는
생각이 들었다.

“다시 한 번 잘 생각해 보길 바라. 복수를 한다면 당연히 네 자존심
은 세울 수 있을지도 모르겠지. 하지만 그것뿐이야. 또 복수를 할 수
있을지 없을지도 모르고 말이야. 하지만 만약에 네가 또다시 복수에
실패할 때를 생각해 봐. 어떤 일이 벌어질지 말이야. 게다가 그 녀석은

황태자 전하의 눈에 든 녀석이라는 것을 잊지 마. 내가 해줄 수 있는
충고는 이것뿐이고, 그리고 널 보는 것은 아마 오늘이 마지막일 거야."

　말을 마친 코렐은 천천히 일어나 옷에 묻은 흙을 털어내고는 연민이
섞인 눈으로 볼켄을 잠시 바라봤다.

　"잘 있어, 볼켄. 그동안 즐거웠다."

　멀어져 가는 코렐의 모습을 볼켄은 조금은 멍한 시선으로 바라볼 뿐
이었다.

제3장
졸업

졸업

"겨울 방학을 맞이해 그동안 학습과 훈련으로 고생한 여러분들의 노고를 진심으로 치하하는 바이다. 세 달의 휴식 기간 동안 여러분들이 얼마나 성장할 수 있을지는 모두 여러분들이 얼마나 노력을 하는가에 달려 있다. 세 달 동안 좀 더 성장한 모습으로 다시 만나기를 바란다. 이상."

매직 칼리지의 방학 시작을 알린 사람은 아카데미의 원장인 윈스턴이 아니라 용병학과의 학과장인 아카힐 조던이었다. 하지만 학생들은 누가 방학의 시작을 알리든 간에 한시라도 빨리 식이 끝나기만을 기다리고 있었다.

"그리고 마지막으로…… 지난 10여 년 동안 한 번도 치러지지 않았던 조기 졸업 시험이 잠시 후에 시작될 예정이다. 용병학과를 지원한 학생들은 미리 봐두는 것이 좋을 거다. 이상, 해산!"

아카힐의 말에 학생들의 대부분은 깜짝 놀란 표정을 지었다.

그도 그럴 것이 교육받은 내용을 따라가는 것도 벅차 자는 잠도 줄여가며 고생을 하는 학생들이 대부분이었다. 그런데 조기 졸업이라니……. 동시에 대체 조기 졸업 시험을 신청한 정신 나간 인간이 누구인지 너무나 궁금했다.

용병학과를 제외한 다른 과의 학생들도 용병학과의 졸업 시험이 어떻게 치러지는지 궁금해 대부분 돌아가지 않은 채 어서 시험이 시작되기만을 기다렸다. 그러다 보니 방학을 맞이한 학생 대부분이 누군가의 조기 졸업 시험을 참관하기 위해 연병장에 모여 있었고, 특히 용병학과의 학생들이 많아 저희들끼리 이야기하는 소리가 중복되어 마침내는 마치 시장통처럼 엄청 시끄럽게 변했다.

아카힐의 말이 끝난 지 한참의 시간이 지났음에도 불구하고 조기 졸업 시험을 신청했다는 학생의 모습은 좀처럼 볼 수 없었다. 학생들이 기다리다 질려 하품을 쩍쩍 하고 있을 때가 되어서야 아카힐과 수석 교관들, 교관들이 모습을 드러냈다. 그리고 그들의 뒤를 작은 키의 소년 하나가 따라오는 모습이 보였다.

검은색의 흔치 않은 여행복에 검은색의 하드 레더를 걸치고 두 자루의 검을 허리와 등에 멘 채 보라색 머리를 찰랑이며 따라오고 있던 소년은 다름 아닌 카렌이었다.

"응? 저게 누구야?"

"철인대회의 목검 결투에서 3관왕을 차지한 꼬마잖아. 카렌이라고 했던가?"

"정확한 이름은 카렌 에스지야. 맨손 격투 대회에서 3관왕을 한 러셀과 함께 아카데미 명예의 전당에 자신의 이름을 올린 정말 대단한 꼬마지. 저런 꼬마가 3년 연속 목검 결투 대회에서 승리를 거둘 수 있을 거라고 누가 생각했겠냐?"

"그건 그래. 하긴 저 꼬마가 아니면 누가 조기 졸업 시험을 신청했겠냐."

원형으로 둘러앉은 학생들 가운데에 선 아카힐은 학생들을 향해 말을 꺼냈다.

"방금 조기 졸업 시험 가운데 필기 시험을 마쳤다. 졸업 시험은 필기와 실기 시험으로 치러지는데, 방금 카렌 에스지는 상당히 우수한 성적으로 필기 시험을 통과했다. 남은 것은 실기 시험인데, 오늘은 특별히 수석 교관 가운데 한 명인 마르스가 직접 카렌 에스지를 상대해 그의 졸업 자격 여부를 평가할 것이다."

아카힐의 말에 학생들 가운데 마르스에게서 훈련을 받은 적이 있는 일부 용병학과의 학생들은 저절로 인상을 찌푸렸다.

수석 교관인 마르스는 특히 학생들의 성적 평가에 대해서는 상당히 짠 인물로 정평이 나 있었다. 그런 마르스가 졸업 시험에 직접 참가해 학생을 평가한다면, 그 시험에 통과할 학생이 과연 있을까 의심이 들 정도로 냉정한 인물이 바로 그였다.

학생들이 웅성거리는 사이 카렌은 러셀과 알리샤, 니오브, 린네, 세자르와 대화를 하면서 마르스와 대결을 준비하고 있었다. 사실 준비라고 해봐야 별게 있는 것은 아니지만, 사실 어떻게 마르스와 대결을 해야 할지 조금은 고민이 되었다.

자신의 졸업 시험 상대를 마르스로 정한 사람도 아카힐이고, 또 대결에 대해 아무런 말도 하지 않아 무슨 의도가 숨어 있는지 궁금하게 만든 사람도 바로 아카힐이었다. 그저 본인의 실력으로 상대하면 된다고 했는데, 그 말을 그대로 받아들여도 될지 솔직히 의문이 들었다.

"카렌 에스지, 준비가 됐으면 앞으로 나와라."

아카힐의 호명에 크게 심호흡을 한 카렌은 옆구리와 등에 메고 있던 두께와 길이가 각기 다른 두 자루 검의 손잡이를 한 번 잡아보고는 천천히 걸음을 옮겨 원형의 공터로 향했다.

그때였다.

"잠깐! 카렌, 잠깐만 기다려."

부드럽고, 낭랑한 음성에 카렌의 조기 졸업 시험을 지켜보기 위해 모였던 사람들은 자신도 모르게 음성이 들린 쪽으로 고개를 돌렸다. 사람들의 시선이 쏠린 곳에는 보는 사람의 눈을 의심케 만들 정도로 아름다운 여인 한 명이 보라색의 머릿결을 바람에 휘날리며 품에 두 자루의 검을 안고 서 있었다.

마치 여신처럼 하늘거리는 천으로 전신을 가린 그녀의 완벽한 몸매 는 감히 음흉한 마음을 먹을 생각조차 하지 못할 정도로 성스럽기 그 지없었다.

"누, 누나?"

"다행히도 내가 늦지는 않은 것 같구나."

자신에게 다가온 카렌을 반갑게 맞이한 사람은 바로 그의 누나인 네 로브였다.

"여긴 어떻게?"

"내가 얘기하지 않았니? 네가 아카데미를 떠나기 전에 널 만나러 오 겠다고 말이야. 다행히 내가 늦지 않은 것 같아 다행이구나. 잠깐만 그 대로 있어줄래?"

네로브는 천천히 카렌의 검대에서 두 자루의 검을 떼고는 자신이 가지고 온 샤이닝 소드를 허리에, 그리고 헬 블레이드는 등에 단단히 매어주었다. 조심스러웠지만 꼼꼼한 손길로 검을 매어준 네로브는 한 걸음 뒤로 물러서 동생의 모습을 찬찬히 살펴보았다.

3년 만에 보는 동생의 모습에서 훌쩍 자랐을 뿐만이 아니라 과거와는 비교도 할 수 없는 엄청난 힘이 체내에 잠재하고 있다는 것을 본능적으로 깨달을 수 있었다. 게다가 그 힘은 완성된 것이 아니라 아직도 성장하고 있다는 느낌이 들었다.

느낌만으로 판단을 하자면 이제 막 알에서 깨어난 병아리 같다고 생각을 하면서도 지금의 상태만 해도 과거 아카데미에 입학하기 전에 비해 훨씬 강해졌다는 것을 충분히 느낄 수 있을 정도였다.

"카렌, 정말 많이 성장했구나. 몸도, 마음도……."

"……?"

네로브의 말이 이해가 되지 않는지 카렌은 누나의 얼굴을 빤히 쳐다보았다.

"교관님께서 기다리시잖니? 어서 가봐라. 네가 얼마나 강해졌는지 궁금하구나."

그제야 카렌은 정신을 차리고 자신이 지금 시험을 치르는 중임을 깨달았다.

카렌이 마르스를 향해 다시 걸음을 옮기자 네로브도 걸음을 옮겨 러셀의 곁으로 다가갔다. 사람들의 시선은 그녀를 따라 이동했고, 네로브가 러셀의 곁에 서자 일제히 질투심에 물든 시선으로 러셀을 노려보았다.

만약 사람들의 시선이 화살이었다면 러셀의 몸은 수천, 수만 발의 화살로 뒤덮여 버렸을 것이다.

"네가 러쎌이구나. 그동안 카렌을 도와주어 정말 고맙구나."

"마, 만나 뵙게 되어 영광입니다."

'아레네스의 음성이시여!'

한쪽 무릎을 꿇은 러쎌은 아주 경건한 동작으로 네로브의 오른손을 잡아 조심스럽게 입을 맞추고는 일어서 한 걸음 뒤로 물러섰다. 러쎌이 의도적으로 자신의 정체를 밝히지 않은 것을 깨달은 네로브는 러쎌을 향해 부드럽게 미소를 지어주었다.

순간 네로브를 쳐다보던 사람들은 경건함과 동시에 성스러움, 행복함, 충족감, 기쁨, 웃음 등등 온갖 따스한 감정이 자신들에게 스며듦을 깨닫고는 자신도 모르게 환한 미소를 지었다. 그러다 네로브의 시선이 시험장으로 쏠리자 누가 먼저라고 할 것도 없이 거의 동시에 고개를 돌려 시험장을 쳐다보았다.

시험장 중앙에서 멍한 표정으로 네로브를 쳐다보고 있던 마르스는 그녀의 시선이 자신에게로 향하자 자신도 모르게 한쪽 무릎을 꿇고 인사를 했다. 그러다 시험장 바닥에 있던 날카로운 자갈에 무릎을 찧고서야 겨우 제정신을 차릴 수 있었다.

'제길, 나이가 50이 다 된 놈이 이 무슨 추태란 말인가?'

조금은 신경질적으로 일어서던 마르스는 여전히 자신을 향해 부드러운 미소를 짓고 있는 네로브의 모습에 자신도 모르게 미소를 짓다가 황급히 고개를 흔들고는 정신을 차렸다. 그리고는 자신 앞에서 편한 자세로 서 있는 카렌을 노려보고는 입을 열었다.

"저 여인이 네 누나냐?"

"그렇습니다, 교관님."

"프리스트시냐?"

"예?"

반문을 하던 카렌은 그제야 마르스의 질문을 이해할 수 있었다.

"그렇지는 않지만 교단에 계신 분들만큼의 신성력은 가지고 계세요."

"어쩐지, 그랬군. 좋다, 이제부터 시험을 시작하겠다. 알고 있는지 모르겠지만 실기 시험은 진검을 사용해 대결을 벌이게 된다. 물론 서로 조심을 한다고는 하지만 그래도 진검을 사용하기에 때로는 심각한 상처를 입을 수 있다는 사실을 잊지 말고, 쓸데없는 오기를 부려 중상을 입지 않도록 조심해야 한다. 알겠느냐?"

"명심하겠습니다, 교관님."

"그럼 시작하자."

마르스는 롱 소드를 뽑아 자신 앞에 세우고는 카렌의 자세를 꼼꼼히 살펴보았다.

앞발에 체중을 실어 공격을 준비하는 일반적인 검술과는 달리 카렌은 양 발에 동시에 체중을 싣고 있어 나름대로는 공격에서 방어로, 혹은 방어에서 공격으로 즉시 전환할 수 있을 것 같았다. 그렇지 않아도 카렌이 지난 철인대회의 목검 결투에서 3년 연속 우승을 거두었기에 나름대로 관심을 가지고 그를 지켜봤었다.

물론 전체적으로 판단한다면 자신은 체격이 있기에 힘보다는 속도와 기술에 중점을 둔 검술이라고 할 수 있겠지만, 카렌은 곧잘 자신보다 덩치가 큰 상대와도 힘 겨루기를 피하지 않는 모습을 종종 보곤 했다. 결국 눈앞의 이 꼬마는 힘, 스피드, 기술 그 어느 하나도 모자라지 않는 훌륭한 검술가임을 인정해야만 했다. 게다가 들고 있는 검 역시 결코 평범해 보이지 않았다.

그렇다고 카렌을 순순히 시험에 통과시킬 마르스가 아니었다.

가지고 있는 기술은 이미 어느 정도 레벨에 들어섰지만 마나를 이용하는 것은 어떨까 하는 생각을 한 것이다. 단순히 육체의 힘만 이용하는 단계에서 벗어나 마나를 이용할 줄 아는 단계에 들어서야만 진정한 검술의 단계에 들어서는 것임을 오늘 카렌에게 가르쳐 줄 생각이었다.

사실 카렌의 실력은 웬만한 조교들보다 뛰어나니 이와 같은 시험은 필요도 없는 것이지만, 지금보다 좀 더 발전하려면 마나가 얼마나 중요한지를 잘 아는 마르스였기에 시험을 가장해 카렌에게 가르쳐 줄 생각이었다.

일단은 가볍게 시작한다는 생각에 마르스는 빠르게 지면을 박차며 앞으로 나갔다.

"시작한다!"

키가 큰 마르스가 롱 소드를 높이 치켜든 채 달려들자 막을까 피할까를 잠시 고민하던 카렌은 엉뚱하게도 잡고 있는 샤이닝 블레이드의 손잡이 촉감이 너무 훌륭하다는 생각이 들었다. 햇살에 반사되어 빛나는 샤이닝 블레이드는 말 그대로 빛으로 만든 검처럼 찬란하게 빛나고 있었다.

손잡이를 잡은 손에 슬그머니 힘을 주자 샤이닝 블레이드가 마치 살아 있는 생명체처럼 손에 착 감기며 자신과 하나로 연결된 듯한 느낌이 들었다. 순간 등에 메고 있던 헬 블레이드가 먼저 뽑혀진 샤이닝 블레이드를 질투라도 하듯 부르르 진동하는 것이 느껴졌다.

빙그레 미소를 지은 카렌은 그대로 지면을 박차며 가볍게 뒤로 몸을 날려 마르스의 공격을 피했다. 하지만 그런 카렌의 회피를 예상이라도 한 듯 마르스는 더욱 파고들며 지체없이 롱 소드를 휘둘렀다. 어쩔 수 없이 샤이닝 블레이드를 세워 방어를 하던 카렌은 자신이 수세에 몰렸음을 깨닫고는 아쉬운 생각이 들었다.

몇 차례의 공방이 있었지만 카렌은 좀처럼 수세에서 빠져나오지 못했다. 수세에서 빠져나가려는 카렌을 마르스가 집요하게 물고 늘어졌기 때문이다.

물 만난 고기처럼 공세를 취하던 마르스는 롱 소드에 마나를 약간 주입했다. 그리고는 카렌이 들고 있는 샤이닝 블레이드를 향해 롱 소드를 휘둘렀다. 아무리 좋은 검을 가지고 있어도 소드 오러의 파괴력을 당해낼 수 없다는 것을 깨닫게 할 생각이었다.

상대의 롱 소드에 검기가 어린 것을 발견하자마자 카렌 역시 샤이닝 블레이드에 마나를 주입했다.

쾅~

지금까지와는 전혀 다른 소리와 함께 충격파가 주위에 전해졌다.

'호오~ 그 정도의 마나는 가지고 있단 말이지. 제법이군. 어디까지 견디나 한번 볼까?'

마르스는 생각과 동시에 자신이 가지고 있던 마나 가운데 4할 정도의 마나를 롱 소드에 주입했다. 그러자 롱 소드에서 푸른색의 아지랑이 같은 것이 빠져나와서는 롱 소드를 감싸기 시작했다.

그 모습을 본 카렌은 마르스가 지금 자신을 테스트하고 있다는 것을 직감적으로 깨달았다. 그것도 기술적인 면보다는 마나를 활용하는 면을 집중적으로 살피고 있다는 것을 알아챈 카렌은 샤이닝 블레이드에 마나를 주입했다.

두 사람이 들고 있던 무기가 푸른색의 소드 오러에 휩싸이자 지켜보고 있던 교관들과 학생들은 놀라지 않을 수 없었다.

이미 1급 용병 이상의 실력을 가진 것으로 명성을 날리고 있던 마르스가 소드 오러를 사용하는 것은 당연한 일이었지만, 이제 겨우 스물도 안 된 카렌이 벌써 저 정도의 소드 오러를 만들어낼 수 있으리라고는 꿈에도 생각하지 못한 일이었기 때문이다.

마르스 역시 샤이닝 블레이드에 맺혀 있는 소드 오러를 발견하고는 놀란 표정을 짓지 않을 수 없었다. 자신이 지금 롱 소드에 밀어 넣은 마나의 양이면 2급 용병이 사용할 수 있는 마나의 양을 상회하는 것이었다. 그럼에도 불구하고 카렌이 벌써 이만한 양의 마나를 사용할 수 있다는 것에 놀라지 않을 수 없었다.

대치 상태에 있던 마르스는 카렌이 얼마만한 마나를 가지고 있는지 궁금한 생각에 자신도 모르게 롱 소드에 마나를 더욱 주입했다. 거의 7할 이상을 주입했다. 롱 소드는 조금 전보다 훨씬 더 선명한 소드 오러에 싸였고, 그 모습을 본 카렌은 비슷한 수준의 마나를 샤이닝 블레이드에 밀어 넣고는 마르스를 향해 달려들었다.

쾅쾅쾅~

두 사람의 검이 부딪칠 때마다 굉음이 터져 나왔고, 충격파가 주위로 퍼졌다.

마르스는 카렌과 대결을 하면서 몇 번이나 놀랐는지 모른다.

마나의 활용도 훌륭했지만 무엇보다 검의 활용이 놀라웠다.

막고, 흘리고, 밀고, 젖히고, 끌어당기는 것을 자유자재로 하는 것도 놀라웠지만, 그러면서도 언제든 공세를 취할 수 있도록 간격을 유지하고 있다는 점이 마르스로 하여금 감탄을 금치 못하게 만들었다.

그렇지만 더 큰 문제는 시간이 지날수록 자신이 카렌에게 조금씩 밀린다는 것이었다. 그것도 육체적인 힘이 아닌 보유하고 있던 마나의 양 때문에 말이다. 정말 기가 막힌 일이었지만 자신이 검술을 익히기 시작한 지 벌써 30년 가까운 시간이 지난 데 반해 훈련을 시작한 지 이제 겨우 몇 년밖에 안 되는 제자에게 밀린다는 사실을 정말 용납하기 힘들었다.

쾅쾅쾅~

두 사람이 부딪칠 때마다 터져 나오는 굉음은 시간이 지날수록 더욱 커졌고, 주위로 전해지는 충격파 역시 더욱 심해졌다. 주위에서 구경을 하고 있던 학생들과 교관들은 거의 20여 미터 밖으로 몸을 피해야 했고, 계속해서 들리는 굉음에 나중에는 귀가 먹먹해져 작은 소리는 아예 들리지도 않을 지경에 이르렀다.

관전을 하고 있던 아카힐은 카렌과 대결할 수 있는 절호의 기회를 놓친 것 같아 아쉬운 생각에 두 사람의 대결이 시작되기 전부터 입맛을 다시고 있었다. 게다가 그를 더욱 안타깝게 만드는 점은 마르스가 카렌을 너무 만만하게 보고 있다는 점이었다.

자신이 겨루어도 승부를 장담할 수 없을 정도의 실력을 가지고 있는 상대가 바로 카렌인데, 자신이 가르치던 학생이란 생각에 마음을 놓고 있다가 순식간에 수세로 몰리는 마르스를 보니 다시 한 번 아쉬운 생각이 드는 것을 지울 수 없었다. 하지만 그 광경을 지켜보고 있던 학생들과 교관들은 놀란 가슴을 좀처럼 진정시킬 수 없었다.

물론 카렌이 철인대회의 목검 결투에서 3년 연속 우승을 거두어 나름대로 상당한 검술 실력을 가지고 있다는 것은 잘 알고 있었지만, 설마하니 교관들 가운데에서도 가장 실력이 뛰어난 수석 교관 3인 가운데 한 명인 마르스와 대등하게 싸울 수 있는 실력을 가지고 있을 줄은 상상도 못했다. 게다가 마르스에게 체력적으로 밀리지 않는다는 것만 해도 놀랄 일인데, 소드 오러까지 사용하다니…….

관중들이 입을 쩍 벌린 채 다물 생각을 못하자 아카힐은 대결을 그만 멈춰야겠다고 판단했다. 마르스가 이를 악물고 땀을 뻘뻘 흘리며 힘들어하는 것과는 대조적으로 카렌은 여전히 무표정한 얼굴로 샤이닝 블레이드를 휘두르고 있었다.

사실 사부인 지옥마제에게서 배운 지옥이도류의 진화형은 사용할 필요도 없었다.

기수식과 그 변식과 응용식만으로도 마르스를 상대하기 충분했다. 더구나 마나의 운용이나 양에서도 월등히 앞서다 보니 그를 상대하는 것이 그리 어려운 일이 아니었다. 다만 이렇게 많은 학생들 앞에서 수석 교관인 마르스를 패배시킬 수는 없다는 생각에 망설이고 있을 뿐이었다. 더 곤란한 것은 학생에게 밀린다는 것에 수치심을 느낀 마르스가 포기할 생각을 않고 기를 쓰고 달려든다는 것이었다.

“그만!”

갑자기 들려온 누군가의 제지에 두 사람은 뒤로 물러선 채 소리가 들린 곳으로 고개를 돌렸다. 상대가 아카힐임을 알자 두 사람은 누가 먼저라고 할 것도 없이 검을 거두었다.

짝짝짝~

갑자기 박수가 터져 나온 것은 바로 그때였다.

누군가가 박수를 치자 금세 경쟁적으로 사방에서 우레와 같은 박수 소리가 터져 나왔고, 종래에는 두 사람의 대결을 구경하던 사람들 전원이 자리에서 일어나 두 사람에게 환호성과 함께 열렬한 박수를 보내기 시작했다.

아마도 지금까지의 졸업 시험 가운데서도 두 사람의 대결은 그야말로 역대 최고의 대결이라고 기록될 정도로 정말 멋진 대결이라는 것이 대결을 지켜본 사람들의 하나같은 생각이었다.

"마르스 선임 교관, 판결을 내리게."

아카힐의 말에 샤이닝 블레이드를 검집에 넣고 있던 카렌을 잠시 바라보던 마르스는 곧 고개를 끄덕이며 입을 열었다.

"제가 판단하기엔…… 졸업 자격이 충분하다고 생각합니다."

"충분하다… 내 생각도 그렇네. 자네가 판정을 내리게."

"알겠습니다, 학과장님."

아카힐에게 잠시 고개를 숙인 마르스는 곧 자세를 바로 하고는 조금은 큰 음성으로 시험의 결과를 발표했다.

"오늘 조기 졸업 시험을 치른 카렌 에스지의 시험 결과를 발표하겠다. 필기 시험은 만점에 가까운 점수로 통과했으며, 실기 시험은 여러분들이 지켜본 것처럼 상당히 우수한 실력을 가지고 있음이 증명되었다. 수석 교관의 자격으로 카렌 에스지가 조기 졸업 시험을 통과했음을 선언한다!"

와~

짝짝짝~

마르스의 선언에 그 자리에 모여 있던 학생과 교관들은 일제히 박수를 치며 카렌의 시험 통과를 축하해 주었다.

잠시 어리둥절해하던 카렌은 곧 그런 사람들에게 허리를 숙여 감사의 인사를 했다. 그리고는 박수를 치고 있던 네로브를 향해 달려갔다. 그리고 그런 카렌을 네로브는 따뜻하게 안아주었다.

토닥토닥~

이제는 자신과 별 차이가 없을 정도로 자란 카렌의 어깨를 토닥이는 네로브의 얼굴에는 부드러운 미소가 걸려 있었고, 그 모습을 지켜보던 사람들, 특히 사내들은 하나같이 부러운 시선으로 카렌의 뒷모습을 노려보고 있었다.

시기와 질투에 가득 찬 시선이 자신에게 쏠리는 것을 아는지 모르는지 네로브의 품에서 고개를 든 카렌은 궁금하게 생각했던 것을 물어보았다.

"누나, 오늘 내가 졸업 시험을 보는 걸 어떻게 알았어?"

"당연히 그분께서 말씀해 주셨지."

"역시 그랬구나. 누나, 정말 잘 왔어. 내가 친구들을 소개시켜 줄게."

"그래? 나도 네가 그동안 어떤 친구들을 사귀었는지 궁금하구나."

네로브의 말에 카렌은 근처에 있던 친구들을 차례대로 소개시켜 주었고, 카렌의 소개를 받은 친구들은 하나같이 멍한 표정으로 네로브에게 인사를 했다. 그런 친구들 사이에는 알리샤도 끼어 있었는데, 로빈의 약한 신성력에도 괴로워하던 예전과는 달리 다른 친구들과 마찬가지로 태연하게 네로브를 대해 카렌을 조금 놀라게 했다.

또 네로브가 가진 신성력이라면 알리샤가 다른 친구들과 상당히 다르다는 것을 눈치챘을 텐데도 불구하고 태연하게 그녀를 대하고 있어 오히려 카렌을 조마조마하게 만들었다.

"카렌의 누나도 찾아오셨는데 여기서 이럴 것이 아니라 센드럭 오빠의 가게를 찾아가는 것은 어때? 얼굴 본 지도 오래됐잖아. 카렌의 누나도 환영하고, 카렌의 졸업 시험 통과도 축하할 겸 맛있는 요리 좀 해달라고 하자."

니오브의 말에 모두들 고개를 끄덕였다.

우르르 몰려 교문을 빠져나가는 그들의 뒷모습을 쳐다보던 마르스는 조금 전 대결에서 자신이 카렌에게 밀렸다는 사실이 도저히 믿겨지지 않았다. 그런 마르스의 심사가 짐작되었는지 아카힐이 작은 음성으로 마르스를 위로했다.

"그렇게 억울해할 필요 없네."

"무슨 말씀이십니까?"

그렇지 않아도 심사가 편하지 않았던 마르스의 대꾸가 고울 리 만무했다.

"후후후, 자네는 카렌에게 밀린 것에 꽤나 마음이 상한 모양이군. 하지만 말이야… 카렌은 나로서도 반드시 이긴다고 장담할 수 없는 상대라는 것만 알아두게."

"예?"

아카힐의 말에 마르스는 물론이고, 곁에 있던 라사르 역시 눈을 동그랗게 뜬 채 황당하다는 표정을 감추지 못하고 있었다. 하지만 아카힐은 여전히 카렌의 뒷모습에서 시선을 거두지 않은 채 말을 이었다.

"이미 아카데미에 들어오기 전에 소드 익스퍼트 상급의 실력을 가지고 있던 아이일세. 그리고 4년 만에 소드 익스퍼트 최상급의 실력을 가지게 된 거지. 어쩌면 자네들도 이미 눈치를 채고 있었을지도 모르지만, 혹시라도 자신이 가르친 학생이 자신보다 뛰어날지 모른다는 생각에 모른 척하고 있었던 건지도 모르지."

"그, 그렇지 않습니다. 저희가 가르치는 학생들의 실력을 질투하다니…… 그건 말도 안 됩니다."

"그, 그렇습니다, 학과장님. 마르스의 말이 맞습니다."

"후후후, 이유야 어떻든 저 카렌이란 녀석은 아마도 곧 소드 마스터가 될 거야. 그것도 뮤란 대륙 최연소 소드 마스터 말이야."

"최연소 소드 마스터?"

"말도 안 됩니다. 소드 마스터라니? 그것도 용병이 소드 마스터가 된 경우는 그야말로 손에 꼽을 정도로 적다는 것을 학과장도 잘 알고 계시지 않습니까?"

두 사람의 불신에 가득 찬 말에도 아카힐의 얼굴에 지어진 미소는 걷힐 줄을 몰랐다.

*   *   *

"누나, 이쪽은 센드럭 형이야. 싸일렉스 출신인데 내가 아카데미에서 생활하는 데 많이 도와준 형이야. 형, 우리 누나예요."

카렌의 소개에 네로브는 부드러운 미소를 지으며 가볍게 고개를 숙였고, 센드럭은 얼굴이 시뻘겋게 변한 채 어쩔 줄 몰라 하다가 황급히 고개를 숙였다.

"세, 센드럭이라고 합니다. 이, 이렇게 만나 뵙게 되어 여, 영광입니다."

"만나서 반가워요. 카렌을 많이 도와주셨다니 카렌을 대신해 감사드려요."

"아, 아닙니다. 워낙 똑똑한 아이라 제가 도와준 것은 아무것도 없습니다."

겸양의 말을 늘어놓던 센드럭은 그제야 자신의 실수를 떠올리고는 자신의 이마를 쳤다.

"이런! 반가운 분이 오셨는데 이렇게 세워두다니…… 죄송합니다. 이쪽으로 앉으시지요."

"오빠! 얼굴이 빨개졌어요."

"그러게 말이야. 센드럭 형 얼굴이 왜 저렇게 뻘겋게 변했지?"

니오브와 세자르의 말에 센드럭의 얼굴은 금방이라도 붉은색이 묻어날 정도로 붉어졌다.

"자, 잠깐만 기, 기다려라."

센드럭은 그 말만을 남긴 채 주방으로 황급히 사라졌고, 그제야 네로브와 카렌들은 근처 테이블에 앉았다. 여전히 푸근한 미소를 짓고 있는 네로브를 니오브는 마치 홀리기라도 한 듯 그녀의 얼굴에서 눈을 떼지 못하고 있었다.

"왜 그렇게 날 쳐다보는 거지?"

"정말 신기해서요. 어떻게 인간의 몸에서 자연의 생명력이 느껴지는 거죠? 게다가 성스러운 기운까지 느껴지는데…… 혹시 프리스트신가요?"

"하프 엘프라서 그런지 기운에 굉장히 민감하구나. 보통 사람들은 그저 편안한 기운밖에 느끼지 못하는데 내가 프리스트처럼 보이니?"

빙그레 미소를 짓는 네로브의 태도에 니오브는 고개를 계속 갸웃거렸다.

자신이 하프 엘프인 거야 카렌에게 들었다고 하더라도 누가 봐도 확연하게 느낄 수 있는 신성력을 저렇게 풀풀 풍기면서 자신이 프리스트냐고 묻는 것은 대체 무슨 이유인지 도무지 짐작을 할 수 없었다. 하지만 어떤 죄를 짓든 무조건 용서할 것만 같은 어머니의 무조건적인 사랑을 느낄 수 있는 그녀의 미소만큼은 너무나 보기 좋았다.

"꼭 그런 것은 아니지만…… 제가 봤던 어떤 프리스트보다 훨씬 강한 신성력을 느꼈기 때문에 궁금해서 물어본 거예요. 혹시 무슨 일을 하시는지 물어봐도 실례가 안 될까요?"

"호호호, 정말 궁금한 모양이구나. 사실 따지고 보면 프리스트라고 해도 그리 틀린 말은 아니구나. 난 사람들에게 신의 말씀을 전하는 일을 한단다."

"그럼 신의 말씀을 들으시는…… 신의 자녀이신가요?"

네로브의 대답에 카렌을 제외한 사람들의 눈이 일제히 휘둥그레졌다.

싸일렉스 공작가의 장녀인 네로브 싸일렉스가 마신전쟁 당시 아레네스의 신탁을 받은 것은 너무나도 유명한 이야기였다. 물론 그 후에도 네로브는 몬스터의 출몰이나 천재지변 같은 일이 있을 때마다 아로네아의 신탁을 전했고, 덕분에 많은 사람들이 목숨을 구할 수 있었다.

네로브의 활동은 트레디날 제국에만 국한된 것이 아니었기에 뮤란 대륙에서 그녀의 이름을 모르는 사람은 거의 없었지만, 실제로 그녀를 본 사람들은 황제나 각 교단의 하이 프리스트 등 각 제국의 수뇌부들로 국한되어 있었기 때문에 그녀의 얼굴을 아는 사람은 극히 드물었다.

네로브의 등장 이후로 몇몇 종파에서 신의 음성을 듣는다는 사람들이 모습을 드러냈지만 그들의 수는 너무나도 적었고, 또 그들이 말하는 그 신탁의 내용도 너무 애매해 그야말로 해석하기 나름인 것이 대부분이었다. 하지만 그들이 있음으로 몬스터들의 공격을 막아낼 수 있었고, 가뭄, 홍수, 지진, 해일, 산불, 화산 폭발, 혹한, 산사태, 폭설 등등 갖가지 자연재해를 예방할 수 있었기에 사람들의 그들에 대한 존경심은 이루 말할 수 없었다.

그렇지만 빛이 있으면 어둠도 있는 법. 신탁을 받을 수 있는 능력을 가진 이들을 '신의 자녀'라고 불렀는데, 문제는 이들을 사칭해 사람들을 속이고는 돈을 뜯어가는 사이비 신의 자녀들이 출몰해 혹세무민하는 경우가 너무나도 빈번하게 일어나게 되었다.

사태가 이에 이르자 마침내 각 교단에서 이들을 단죄하기 위해 성기사단을 파견하게 되었고, 성기사단은 사이비 신의 자녀들 철저하게 색출하기 시작했다. 성기사단에 발각이 된 사이비 신의 자녀들은 잔인하다고 할 정도로 응징을 당하기 시작했다.

사이비 신의 자녀들뿐만이 아니라 그들과 가까운 가족과 친구, 이웃, 그들을 따르는 사람들까지 응징을 당하게 되었다. 특히 도시와 떨어진 산간벽지 같은 곳에 사이비 신의 자녀들이 등장하는 경우에는 마을 전체가 사이비 신의 자녀들을 추종했다는 이유만으로 몰살을 당하는 경우까지 발생하게 되었다.

제국민들 가운데 일부는 여러 교단의 지나친 처사를 성토하는 사람들이 많았지만 '신성 모독'이라는 말을 앞세워 불만을 잠재웠다.

물론 네로브가 사이비 신의 자녀라는 말은 아니지만 스스로 신의 말을 전한다는 말에 그 자리에 모였던 아이들의 시선이 일제히 네로브에게로 향했다.

"무슨 뜻으로 그걸 묻는지 그 이유는 알겠지만, 우리 모두는 신의 자녀란다. 신의 사랑과 관심을 받는 존재, 불완전하기에 더욱 사랑을 받는 존재, 그게 바로 인간들이란다.”

네로브의 말을 제대로 이해한 사람은 한 사람도 없었지만, 왠지 그녀가 어떠한 말을 하더라도 모두 사실일 것만 같은 생각이 들었다.

잠시 후 센드럭이 비장의 솜씨를 발휘한 음식들을 테이블 위로 잔뜩 늘어놓았고, 사람들은 음식을 나눠 먹으며 담소를 나눴다. 그렇게 식사를 마친 사람들은 센드럭이 마련한 음료를 마시며 맛있는 식사가 주는 포만감을 만끽했다.

배를 두들기던 린네는 센드럭을 향해 엄지손가락을 내밀었다.

“형, 음식 솜씨가 정말 좋아졌어요. 먹을 때는 좋지만 여기서 음식을 한 번 먹고 나면 다른 곳의 음식은 입에 안 맞아서 한동안 고생을 해야 하니 자주 올 수도 없고, 그렇다고 이렇게 맛있는 곳을 안 올 수도 없고. 정말 고민된다니까.”

“린네야, 지금 그 말 칭찬이냐, 아니면 욕이냐? 그리고 솜씨가 좋아졌다니? 그럼 이전에는 형편없었다는 말이냐?”

“아니, 그런 게 아니라요. 형의 음식 솜씨가 정말 훌륭해서 칭찬하려고 한 말이에요.”

린네가 황급히 변명을 하자 그제야 센드럭의 조금은 굳었던 표정이 풀어졌다. 하지만 여전히 네로브의 얼굴은 쳐다보지 못한 채 카렌에게 말을 걸었다.

“카렌, 이제 졸업을 했으니 용병 길드에 가입을 해야지?”

“글쎄요? 아카데미를 졸업하기 전부터 가입하려고 생각해 둔 길드가 있어요.”

“그래? 그것도 괜찮지만 일단 신중히 생각을 한 후에 가입을 결정하는 것이 좋겠다.”

센드럭의 말에 일행들의 시선이 그에게 쏠렸다.

"물론 길드에 소속된 용병보다는 그때그때 일거리를 찾는 용병들이 더 많긴 하지만, 안정적인 일거리를 찾으려면 길드에 가입을 하는 것이 좋아. 하지만 방금 말한 것처럼 신중하게 결정하지 않으면 낭패를 보기 십상이거든."

"낭패를 보다니요? 왜요?"

"너희들도 알고 있는지 모르겠지만…… 용병들이 모두 합법적인 일만 하는 것은 아니란다. 그런 사실을 알고 빠져나오려고 할 때는 이미 때가 늦은 경우가 대부분이지. 물론 너희들은 지금 내가 하는 말을 듣고는 이렇게 말하지도 모르겠다. 하지 않으면 될 것 아니냐고 말이다. 그렇지만 아무것도 몰라 비합법적인 일을 할 경우도 있겠지만, 때에 따라서는 알면서도 주위의 강압 때문에 해야 하는 경우도 적지 않단다. 길드에 소속된 용병들 가운데 일부가 그런 불법적인 일을 하기도 하지만, 어떤 경우에는 소속된 길드 전체가 교묘하게 그 사실을 은폐하면서 그런 일을 자행하는 경우도 있지. 본인이 그런 사실을 알았을 땐 이미 발을 뺄 수 없을 정도로 깊게 관계되는 경우가 대부분이란다."

"그런 길드에서 빠져나오는 것이 그렇게 어려운 일인가요?"

"빠져나오는 게 어려운 것은 아니다만, 너희들도 생각을 해봐라. 자신들의 비리를 알고 있는 상대를 그냥 순순히 놓아줄 리 있겠니? 당연히 갖가지 위협이 뒤따르게 되지. 너희들도 알아두는 것이 좋으니 내 친구 이야기를 해주마. 그 친구와는 사설 용병 훈련소에서 처음 만났지. 나와는 마음도 잘 맞고 해서 꽤 친하게 지냈었는데, 학원을 졸업하고 그 친구는 좋은 대우를 보장해 주는 어느 용병 길드에 가입을 하게 되었단다."

굳은 표정으로 입을 여는 센드럭의 얼굴을 바라보며 일행들은 이야기에 귀를 기울였다.

"그 친구가 처음 맡은 일은 엘프들과의 전투였단다. 어느 영지에서 늘어나는 영지민들을 위해 산을 개간하다가 엘프들과 싸움이 벌어지게 되었는데 엘프들의 반격이 만만치 않아 상당한 피해를 입게 되었지. 그 친구가 속한 길드에서는 길드 전체가 그 싸움에 참전을 하기로 결정을 하였고, 1년이 넘는 지루한 전투 끝에 마침내 엘프들에게서 승리를 거두게 되었지. 갓 학원을 졸업한 그 친구가 그 전투에서 살아남은 것은 그야말로 천운이라고 하지 않을 수 없었지. 하지만 문제는 그 전투가 끝난 후에 문제가 발생했단다. 두둑한 보상금을 받고 기뻐하던 그 친구는 우연한 기회에 왜 엘프들과 싸움이 벌어지게 되었는지 그 이유를 알게 되었단다."

센드럭의 말에 니오브뿐만이 아니라 다른 아이들도 침을 삼키며 이야기가 이어지기를 기다렸다.

"사실 숲을 개간하려다가 엘프들과 싸움이 벌어지게 된 것이 아니라, 엘프들이 자신의 영지에 있다는 것을 알게 된 영주가 그들을 노예로 만들기 위해 욕심을 냈기 때문에 일어난 싸움이었지. 휴우~ 처음 그 사실을 알게 된 친구는 당연히 길드장에게 그 사실을 따졌고, 길드장은 친구가 받은 보상금이 바로 그 엘프들을 노예로 팔고 받은 돈이라는 것을 알려줬지. 너희들도 알다시피 우리 제국에서는 노예 매매가 금지되어 있지 않느냐? 길드장은 내 친구에게 그 사실을 들먹거리며 함부로 떠들고 다니지 말라고 경고를 했지. 하지만 그 친구는 자신이 고작 인간들의 성 노리개로 만들기 위해 엘프들과 싸웠다는 생각에 한동안 괴로워하다 노예로 팔려 나간 엘프들 가운데 일부라도 구하기 위</p>

해 노력했단다. 그러다 과거 동료였던 다른 용병들과 수도 없이 싸워야만 했지. 게다가 신변의 위협은 물론 협박도 수도 없이 받아야만 했지."

센드릭의 음성이 잦아들었다. 그런 센드릭의 표정을 살피며 세자르가 조심스럽게 질문을 했다.

"그럼… 그 친구 분은 어떻게 되셨나요? 노예로 팔린 엘프들을 구했나요?"

"혼자서 그 많은 용병들을 어떻게 당해낼 수 있겠니? 게다가 사설 용병 훈련소를 졸업한 지 고작 1년밖에 안 된 그 친구가 말이다. 결국 한쪽 팔이 잘린 채 은퇴를 해야만 했단다. 휴우~ 그러니까 너희들도 용병 길드에 가입할 생각을 하고 있다면 신중하게 따져 본 후 가입하라 충고하고 싶구나."

"명심할게요, 형."

"오빠 말대로 신중하게 따져 보고 결정할게요."

"형, 너무 걱정하지 마세요."

그런 아이들의 말에 센드릭은 카렌의 어깨를 가볍게 두드려 주었다.

"물론 카렌, 너는 알아서 잘할 것이라고 생각한다."

"걱정하지 마세요, 형. 그리고 전 들어갈 길드를 이미 정했어요."

"벌써?"

눈을 휘둥그레 뜨는 센드릭에게 카렌은 싱긋 미소를 지어주었다.

"전 동반자 길드에 들어가기로 결정했어요."

"동반자 길드?"

"예. 마침 아는 사람도 있고, 또 나름대로 알아보니 길드의 평판이 그리 나쁘지도 않더군요. 해서 동반자 길드로 정했어요."

카렌의 대답에 곰곰이 뭔가를 생각하던 센드럭은 곧 고개를 끄덕였다.

"거기라면 확실히 그리 나쁜 곳은 아니야. 길드의 규모는 그리 크지 않지만 길드원들의 실력도 괜찮고, 청부의 성공률도 높아 고객들이 자주 찾는 길드지. 그런데 동반자 길드에 아는 사람이 있다고 했니?"

"그래요. 조디라고 하는데……."

"조디? 네가 살모사 조디를 안단 말이야?"

"예, 우연히 만날 기회가 있어서 알게 되었어요."

"조디라면 괜찮은 녀석이라고 하더군."

"형도 조디 형을 알아요?"

"나도 소문으로 들어본 것뿐이지만 괜찮은 녀석이라고 하더군. 달리 사설 용병 훈련소에 다닌 것도 아니면서 바운티 헌터를 할 정도로 실력을 쌓은 굉장히 성실한 노력가라던데, 내가 보기에도 확실히 그런 것 같더군."

센드럭의 말에 카렌은 상처투성이의 얼굴에 사탕수수를 질겅질겅 씹던 조디의 얼굴을 떠올렸다. 대체 그런 살벌한 얼굴의 어딜 봐서 성실한 노력가라고 말을 하는 것인지 의문이 아닐 수 없었다. 그럼과 동시에 나이를 먹으면 지금과는 다른 시선으로 상대를 평가할 수 있을까 하는 생각이 들었다.

잠시 후.

"시간이 늦어 저희는 이만 아카데미로 복귀해야만 될 것 같아요. 오늘 언니를 만나게 되어 정말 반가웠어요."

"저희들도 카렌의 누님을 만나게 되어 영광이었습니다."

니오브와 아이들이 자리에서 일어나며 네로브에게 인사를 하며 식당을 나가려고 하자 황급하게 네로브가 입을 열었다.

"알리샤, 러셀, 잠깐만 기다려 줄래? 너희한테 꼭 하고 싶은 이야기가 있거든."

자신의 말에 두 사람은 의아한 표정을 짓다가 곧 자리에 앉자 이번엔 어리둥절한 표정을 짓고 있는 카렌을 쳐다보았다. 환하게 걸려 있던 네로브의 미소가 무슨 일 때문인지 엷어졌다.

한동안 세 사람의 얼굴을 쳐다보던 네로브는 나직한 음성으로 입을 열었다.

"다른 곳에서 태어나 우연인 것처럼 이곳에서 만났지만 너희들의 인연은 이미 오래전에 결정되어 있었던 일이란다. 특히 카렌, 너는… 아버지에 이어 그분이 채 끝내지 못한 뮤란 대륙과 이스턴 대륙에 드리워진 검은 그림자를 거둬야 하는 사명을 가지고 있단다. 그리고 러셀은 카렌과 함께 뮤란 대륙에 닥친 재앙을 막아야만 한단다."

"봉인을 완성시켜야 하는 거야?"

"그래, 하지만 그 일은 결코 쉽지만은 않을 거야. 무척이나 괴롭고 힘든 일이 될 거야."

"괴롭고 힘든 일?"

"아버지는 강한 적을 상대해야 했지만 넌 많은 적과 싸워야만 해. 물론 너는 그 일을 할 사람이 왜 너냐고 묻고 싶겠지?"

네로브의 말에 카렌은 그저 그녀의 얼굴을 바라볼 뿐이었다. 그리고 카렌 곁에 앉아 있던 러셀과 알리샤 역시 그녀의 설명을 기다렸다.

"그 일을 할 수 있는 사람은 너와 러셀뿐이란다. 물론 이 일을 알고 있는 사람도 없지만, 그들의 힘에 대항해 싸울 수 있는 능력이 있는 사람도 너희뿐이란다. 다른 사람의 도움을 받을 수도 없을 것이며, 고독한 싸움을 해야만 한단다."

네로브의 음성에는 짙은 연민이 배어 있었다.

"그럼 전 왜 부르셨나요?"

"알리샤는… 알리샤, 누가 너를 이렇게 만들었는지 알고 싶지 않니? 그리고 원래의 몸으로 되돌아가고 싶지 않니?"

"예?"

네로브의 말에 알리샤는 정말 놀랐는지 평소의 무표정한 얼굴이 사정없이 일그러졌다. 네로브가 자신을 연민이 섞인 눈초리로 쳐다보건 말건 알리샤는 뚫어져라 네로브를 쳐다보고 있었다.

"정말로… 누가 절… 이렇게 만들었는지…… 알 수 있단 말인가요? 정말?"

알리샤는 그 말이 그렇게도 충격적이었는지 인간으로 되돌아갈 수 있다는 말은 듣지도 못했다. 놀라기는 카렌이나 러쎌도 마찬가지였다.

"누나, 정말 알리샤가 원래의 몸으로 돌아갈 수 있단 말이야?"

"그래, 지금 당장은 아니지만…… 언젠가는 알리샤가 인간의 몸으로 돌아갈 수 있다고 그분께서 말씀하셨어. 그리고 때가 되면 알려주시겠다고 하셨으니 틀림없이 원래의 몸으로 되돌아갈 수 있는 방법이 있을 거야."

담담하지만 확신에 찬 네로브의 말에 멍한 표정을 짓고 있는 알리샤를 카렌과 러쎌은 정말 기쁜 듯 환한 얼굴로 쳐다보았다.

"알리샤, 원래의 몸으로 돌아갈 수 있대."

"정말 축하해, 알리샤."

카렌과 러쎌의 말에 알리샤는 고개를 돌렸지만 믿어지지 않는지 여전히 멍한 표정을 짓고 있었다. 그런 알리샤의 모습이 이해가 가는지 네로브는 엷은 미소를 지은 채 고개를 끄덕이고 있었다.

"알리샤, 내 말을 믿으렴. 틀림없이 원래대로 돌아갈 수 있을 테니까 지금 익히고 있는 힘을 더욱 완벽하게 만들도록 해야 해. 알겠니?"

"그, 그러니까… 지금 익히고 있는 이 무공을 완벽하게 익히기만 하면…… 날 이렇게 만든 자에게 복수를 할 수도, 또다시 인간이 될 수도 있다는 말인가요? 정말?"

"믿기 힘들겠지만 내 말을 믿으렴."

알리샤는 네로브의 말보다는 그녀의 얼굴에서 전해지는 정체를 알 수 없는 기운을 느끼고는 왠지 그녀를 믿을 수 있겠다는 느낌이 들었다.

"믿겠어요."

"실망하지 않을 거다. 그리고 카렌."

네로브의 부름에 카렌은 의아한 얼굴로 그녀를 바라보았다.

"앞으로 4년 후 5월 중순까지는 무슨 일이 있어도 바이샤르 제국의 동부에 있는 무디스라는 항구에 도착해야 한다는 것을 잊지 마."

"바이샤르 제국의 무디스 항구?"

"그래, 바로 그곳에서 새로운 인연이 널 운명의 길로 인도할 거야."

"새로운 인연이 운명의 길로……."

나직하게 중얼거리던 카렌은 왠지 그 길이 결코 쉬운 길은 아닐 것이란 생각을 지울 수 없었다.

제4장
첫 청부

첫 청부

"잘 가, 카렌. 그리고 몸조심해."

"걱정하지 마, 러쎌. 그럼 4년 후 바이샤르 제국의 무디스 항에서 보자."

"그래, 지금보다는 훨씬 강해져서 갈게."

"카렌, 먼저 가서 기다려. 나도 지금보다 강해져서 갈 테니까."

카렌은 러쎌과 알리샤의 배웅을 받으며 아카데미를 나섰다.

4년 동안 자신이 생활했던 아카데미를 떠나는 심정은 그야말로 시원섭섭함 그 자체였다.

러쎌이란 친구를 만난 일, 할아버지 카르메이안을 만난 일, 스승인 지옥마제를 만난 일, 알리샤를 만난 일, 철인대회에 대한 기억, 자신을 시기해 일어난 여러 가지 사건들 등등 지난 4년 동안의 시간들이 순식간에 뇌리를 스치고 지나갔다.

집을 제외하면 가장 오래 지낸 곳이지만 이상하게도 정이 들지는 않
았다. 자신을 성장시킨 곳임에도 불구하고 왜 정이 들지 않았을까? 오
히려 러쎌과 헤어져야 한다는 생각에 조금은 울적한 생각마저 들었다.
물론 몇 년 후에는 다시 만날 것임을 알지만 그래도 울적한 마음이 드
는 것을 피할 수는 없었다.

러쎌과 알리샤, 린네와 세자르가 멀어져 가는 자신의 뒷모습을 지켜
보고 있다는 것을 알고 있었지만 돌아보지는 않았다. 아니, 돌아볼 수
가 없었다. 만약 지금이라도 돌아서서 친구들의 얼굴을 보게 된다면
그렇지 않아도 울적하기 이를 데 없는 마음이 한동안 계속될 것 같은
생각이 들었기 때문이다. 아카힐의 추천장과 매직 칼리지 졸업장이 품
에 있는 것을 다시 한 번 확인한 카렌은 애초에 목표로 했던 동반자 길
드를 향해 빠르게 걸음을 옮겼다.

겨울로 들어서는 길목인 탓인지 오가는 사람들의 옷차림은 두텁기
이를 데 없었다. 그런 사람들의 모습을 보며 카렌은 동반자 길드를 향
해 걸음을 옮기며 앞으로 자신이 무엇을 어떻게 할 것인가에 대해 고
심을 하기 시작했다.
"거기 서!"
생각에 잠겨 얼마나 걸은 것일까?
누군가의 갑작스러운 제지에 고개를 들고 주위를 둘러보니 어느새
자신이 조금은 허름해 보이는 어느 건물 앞에 서 있다는 것을 그제야
깨달을 수 있었다. 그리고 자신의 앞을 가로막은 근육질의 용병의 모
습이 보였다.
20대 후반쯤으로 보이는 용병은 왼쪽 이마에서 왼쪽 눈을 지나 볼까

지 이어진 깊은 상처 때문에 상당히 험악해 보이는 인상을 가진 사내였다.

"꼬마야, 여긴 애들이 노는 놀이터가 아니다. 당장 꺼져라!"

유난히도 굵은 음성 탓인지 상당한 위압감이 느껴졌지만 그에 동요를 일으킬 카렌이 아니었다. 하긴 소드 익스퍼트 초급밖에 안 되는 상대에게 단순히 옷 밖으로 드러난 근육 때문에 겁을 먹는다는 것도 우스운 일 아닌가.

"여기가 동반자 길드 맞나요?"

"왜 묻는 거냐?"

잔뜩 인상을 쓰는 상대의 태도에도 카렌은 빙그레 미소를 짓고는 곧 대답했다.

"용병 등록을 하려고 왔어요."

"뭐? 용병 등록? 푸하하하! 낄낄낄! 아이고, 배야! 너 같은 꼬마가 용병 등록? 크하하하!"

뭐가 그리도 우스운 것인지 사내는 배를 잡고 웃기 시작했다.

자신이 이곳 길드에 가입을 하면 동료가 될 사이기에 조금 전 사내가 자신을 꼬마라고 불렀음에도 애써 태연한 표정을 유지하고 있었던 것이었는데, 이렇게 면전에서 노골적으로 자신을 비웃을 줄은 카렌도 미처 예상하지 못했다.

사실 사내가 자신을 보고 꼬마라고 불러도 할 말이 없는 것이, 열아홉 살이 다된 지금도 카렌은 키는 이제 160센티미터를 겨우 넘을 뿐이었다.

물론 아버지인 데미안도 엄청난 거구는 아니었지만 그래도 170센티미터는 훨씬 넘는 키를 가지고 있었고, 어머니인 데보라도 일반적인 여

성보다는 훨씬 큰 키의 소유자였다. 그럼에도 불구하고 자식인 자신은 왜 이렇게 키가 자라지 않는 것인지 정말 의문이 아닐 수 없었다.

사내의 웃음이 그치기를 기다렸지만 사내의 웃음은 좀처럼 그쳐지지 않았다. 그 모습에 눌러 참기로 한 애초의 결심이 흔들리는 것을 느끼며 카렌은 얼굴에 띠었던 웃음을 서서히 지웠다.

"뭐야? 뭐가 이렇게 시끄러워?"

걸걸한 음성과 함께 건물 안에서 역시 상당한 근육질의 사내가 걸어 나왔다.

30대 중반쯤으로 보이는 사내였는데, 대머리에 한쪽 눈에 안대를 하고 있는 것이 인상을 험악하게 보이게 만드는 사내였다. 눈살을 찌푸린 사내는 무표정한 얼굴로 서 있는 카렌과 그때까지도 배를 잡고 웃고 있는 사내를 번갈아 보고는 짜증스러운 음성으로 입을 열었다.

"꼬마야, 넌 뭐냐?"

"용병 등록을 하러 왔습니다."

"용병 등록? 그런데 저 자식은 왜 저렇게 웃고 있는 거야?"

"전 잘 모르겠습니다. 용병 등록을 하러 왔다고 말했을 뿐인데 그때부터 저렇게 웃고 있어서……."

"야, 렌스. 이 미친놈아! 그만 안 웃어?"

"큭큭큭, 제크님, 그, 글쎄 저 꼬마 녀석이 용병이 되겠다고…… 킥킥킥!"

렌스라 불린 사내는 참으로 다양한 웃음을 선보이며 여전히 배를 잡고 웃고 있었는데, 그 모습을 지켜보고 있던 카렌으로서는 참으로 짜증이 나는 일이었다.

"미친놈! 그리고 너, 용병이 되겠다고? 꼬마야, 좀 더 큰 다음에 찾아오는 것이 어떠냐?”

“제가 키가 좀 작아서 그렇지 나이마저 어린 것은 아닙니다.”

“몇 살이냐?”

“열여덟 살입니다. 몇 달만 있으면 열아홉이 됩니다.”

“열아홉? 내가 보기엔 열다섯이나 열여섯밖에 안 돼 보이는데?”

“여기 제국 아카데미 매직 칼리지 용병학과 졸업장이 있습니다.”

말과 함께 카렌이 내민 졸업장을 받아 든 제크는 찬찬히 내용을 살피다 카렌이 용병학과 정규 과정을 1년 먼저 조기 졸업했음을 깨닫고는 곧 관심을 드러냈다.

“호오~ 정말 제국 아카데미 매직 칼리지 용병학과를 조기 졸업했냐?”

“그렇습니다.”

“실력이 안 되면 결코 졸업시키지 않는 용병학과를 남들보다 1년 먼저 졸업했다? 제법 검에 소질이 있는 모양이군.”

제크의 말에 카렌은 그저 묵묵히 서 있을 뿐이었다.

그런 카렌의 모습을 살피던 제크는 그제야 카렌이 한 자루의 검은 허리에, 그리고 또 한 자루의 검은 등에 메고 있는 것을 발견할 수 있었다. 검은색에 가까운 하드 레더를 입고 서 있는 카렌의 태도를 살펴보던 제크는 의외로 카렌의 자세에 빈틈이 없다는 것을 깨닫고는 다시금 카렌을 꼼꼼히 살피기 시작했다.

물론 카렌이 말한 나이보다는 훨씬 어려 보였지만 어차피 실력이 전부인 용병 세계에서 실력보다 중요한 것이 또 뭐가 있겠는가? 게다가 적어도 소드 익스퍼트 초급 이상이 되어야만 졸업을 시킨다는 제국 아카데미 매직 칼리지의 용병학과를, 그것도 남들보다 1년 먼저 졸업했다면 카렌의 실력은 최소 소드 익스퍼트 중급 정도는 된다고 봐야 할 것이다.

소드 익스퍼트 중급.

자신도 제법 소질이 있다는 말을 들었고, 또 거의 10년 이상 용병 생활을 한 후에야 겨우 도달한 경지가 소드 익스퍼트 상급이었다. 그런데 이제 겨우 열 몇 살밖에 안 된 녀석이 벌써 소드 익스퍼트 중급이라니…… 순간적으로 질투와 시기심이 치미는 것을 느꼈지만 곧 마음을 안정시켰다.

지난 10년 동안의 용병 생활을 통해 깨달은 것이 있다면, 물론 실력도 중요하지만 대부분 실력보다는 상황에 맞는 임기응변이 더 중요하다는 것이다. 그리고 그 임기응변은 다양한 경험을 통해야만 얻을 수 있다는 것을 잘 알기에 카렌에 대해서는 곧 생각을 정리해 버렸다.

"제국 아카데미의 용병학과 졸업을 증명하는 졸업장이 틀림없군. 날 따라와라. 마침 길드장께서 이곳에 계시니까 내가 데려다 주마."

그리 다정다감한 성격은 아닌 듯 제크는 말을 마침과 동시에 그대로 몸을 돌려서는 건물 안으로 들어가 버렸다. 갑작스러운 제크의 행동에 잠시 멍해 있던 카렌은 휘둥그레진 눈으로 자신을 쳐다보고 있던 렌스를 흘깃 쳐다보고는 재빨리 제크의 뒤를 따라갔다.

제크의 발걸음이 멈춘 곳은 3층의 어느 방 앞이었다. 다른 방과 다를 것이 전혀 없는 곳이었는데, 문 앞에 선 제크의 태도는 경건하기 이를 데 없었다.

"로보님, 제큽니다."

"제크? 들어와."

조심스럽게 문을 연 제크를 따라 안으로 들어선 카렌은 거의 곰만한 덩치를 가진 털북숭이 사내 하나가 근엄한 표정을 지은 채 거대한 투 핸드 소드의 날을 세우고 있는 모습을 금세 발견할 수 있었다.

"무슨 일이야?"

"저희 길드에 가입하고 싶다는 아이가 있어서 말입니다."

"뭐?"

제크의 말에 사내, 로보는 투 핸드 소드를 내려놓고는 고개를 들어 카렌을 쳐다봤다.

눈이 마주친 순간 카렌은 로보가 거의 소드 익스퍼트 최상급에 육박한 실력을 가지고 있는 용병이라는 것을 직감적으로 깨달을 수 있었다. 커다란 육체에서 나오는 파워와 투 핸드 소드의 묵직함을 바탕으로 한 파워 검술을 익히고 있을 것이 분명해 보였다.

"여기 제국 아카데미 용병학과 졸업장이 있습니다."

제크가 내민 졸업장을 받아 든 로보는 뜻밖이라는 표정을 지으며 내용을 확인했다.

"몇 살이냐?"

"한, 두 달만 지나면 열아홉이 됩니다."

"열아홉이라…… 그럼 아론하고 동갑인가?"

"맞습니다."

"한 달 사이에 신입이 두 명이나 새로 들어오다니…… 살다 보니 이런 날도 있군. 카렌 에스지라… 자네가 졸업한 용병학과의 교관들의 추천장은 없나?"

"없습니다."

"조기 졸업을 통과했는데 교관의 추천장은 없다? 조금은 이상한 일이군. 일단 졸업장은 틀림없으니 자네의 길드 가입을 허락하도록 하지.”

어찌 보면 허망함을 느껴야 할 정도로 간단한 가입 절차였다.

나름대로는 실력 검증을 위한 시험을 치러야 할지도 모른다는 생각에 나름대로 마음의 준비까지 한 카렌이었다. 그런데 이렇게 간단한 허락이라니…….

“제크, 자네가 카렌의 가입 절차를 도와주도록 하게.”

“등급은 어떻게……?”

“1급으로 하게.”

“예? 하지만 1급이라면 로보님과 같은 급수입니다. 그리고 다른 길드원들도…….”

“어떤 자식이 감히 내가 내린 결정에 토를 달아? 불만있는 녀석들은 몽땅 나한테 데려와. 알아듣도록 내가 친절하게 두들겨 패면서 설명을 해줄 테니까 말이야.”

우두둑!

말과 함께 테이블 위에 있던 주먹을 움켜쥐자 소름이 오싹 끼칠 만큼 섬뜩한 소리가 들려왔다. 갑작스러운 로브의 반응에 제크는 찔끔하는 표정을 지었다.

“아, 아닙니다. 제가 알아서 하겠습니다. 그럼 나가보겠습니다. 따라와라.”

황급히 로보에게 인사를 한 제크는 방을 빠져나갔고, 카렌이 그의 뒤를 따라 방을 빠져나가려 할 때 다시 투 핸드 소드를 닦기 시작한 로보의 음성이 들렸다.

“나중에 실력을 확인하고 등급을 조정하기로 하자.”

“예?”

"그만 나가봐라."

그 말을 마지막으로 투 핸드 소드를 닦기에 여념이 없는 로브였다. 그런 로브를 바라보던 카렌은 자신이 로브를 너무 성급하게 평가했음을 깨달아야만 했다. 생긴 모습만 봐서는 굉장히 둔할 것만 같은데, 슬쩍 자신을 본 것만 가지고 실력을 평가하는 것만 봐도 결코 평범한 용병으로는 보이지 않았다.

가볍게 로브에게 목례를 보내고는 방을 빠져나왔다. 그리고는 제크에게 로브에 대해 물어보았다.

"저어~ 길드장은 어떤 분이신가요? 제가 보기엔 보통 분으로는 보이지 않는데……."

질문이 의외라고 생각했는지 제크는 발걸음을 멈추고 조금은 뜻밖이라는 표정으로 카렌의 얼굴을 쳐다보았다.

"길드장이 보통이 아니라는 것을 한눈에 알아보다니 너도 보통은 넘는 것 같구나. 로브 길드장으로 말할 것 같으면, 한마디로 정말 대단한 사람이라고 할 수 있지. 검술에 대해서는 아무것도 모르는 상태에서 용병이 되어 제일 밑바닥에서부터 지금의 위치에까지 순전히 혼자의 힘으로 모든 것을 이룬 사람이다. 실력은 1급, 거의 소드 익스퍼트 최상급에 도달한 사람이지. 하지만 실전에서만큼은 본인의 능력보다 훨씬 뛰어난 능력을 발휘하는 천부적인 전사라고 할 수 있지."

'실전에서 가진 실력 이상을 발휘하는 타입의 용병인 모양이군.'

"무슨 이유로 길드장이 너를 잘 봤는지 모르지만, 그래도 이제 아카데미에서 갓 졸업한 너한테 1급을 주다니…… 시기심과 질투 때문에 정신 나간 친구들이 널 그냥 두고 보지는 않을 테니 앞으로 조심해야 할 거다. 게다가 길드장이 언제까지나 널 보호해 줄 수는 없을 테니 너 자신은 스스로 지키도록 하는 것이 좋을 거야. 자신이 없으면 길드장에게 말해 빨리 등급을 낮춰달라고 하는 것이 좋을 거다.”

조금은 걱정이 섞인 제크의 말에 카렌은 빙그레 미소를 지을 뿐 가타부타 아무런 말이 없었다. 그 모습에 고개를 몇 번 젓던 제크는 다시 걸음을 옮겼다.

“제국 아카데미에서 잘 배웠을 테니 더 이상 이야기는 하지 않으마. 대신 될 수 있으면 동료들과 트러블을 일으키지 않도록 해라. 참! 특별히 꺼리는 일이 있나?”

“예?”

“하기 싫은 일 말이야. 위험한 일을 싫어하는 친구들도 꽤 많거든.”

“특별히 꺼리는 일은 없습니다.”

“말은 탈 줄 아나? 또 현재 가지고 있는 그 롱 소드 말고 사용할 줄 아는 무기가 있나?”

“아주 잘 타지는 못하지만 말을 탈 줄은 압니다. 그리고 다른 무기도…… 아주 잘은 아니지만 대충 사용할 줄은 압니다.”

“제법이군. 우선 기본적인 사항을 알려주지. 우리 길드 가입비는 1골드야. 지금은 돈이 없을 테니 나중에 청부를 맡게 되면 그때 가입비를 계산하기로 하지. 그리고 우리 길드에 들어온 청부는 1층 복도에 게시해 놓고 있으니 마음에 드는 청부를 골라 접수대에 신청하면 청부에 대한 정보와 청부금에 대해 알 수 있다. 그리고 청부를 해결하고 받은 임금의 1할을 길드에 수수료로 내야 한다는 것을 잊지 말고. 표정을 보니 1할이 많다고 느끼는 모양인데, 다른 길드는 보통 3할쯤 받는다는 것을 미리 알아두는 게 좋아. 그리고 거처는 될 수 있으면 여관 하나를 잡아두고. 설사 본인이 자리를 비워도 길드에서 연락이 갈 수 있으니까 말이야. 그리고 긴급한 상황에서 사용할 수 있는 힐링 포션이나 힐링 스크롤 같은 것은 미리미리 챙겨두는 것이 좋아. 뭐니뭐니해도 용병에게는 몸이 재산이니까."

투박하게 생긴 외모와는 달리 제크는 한 가지 한 가지 용병으로서 알아두어야 할 사항들을 꼼꼼하게 들려주었다.

제크를 따라 접수대에서 가입 서류를 작성한 카렌은 제크가 말한 1층 복도에 게시되어 있는 청부 내용이 적혀 있는 청부 서류들을 살피기 시작했다. 그리고 그중 하나를 자세히 살피기 시작했다.

분류:블루문 상단 호위
지역:수도에서 살레 성까지
시한:한 달
인원:총 15명(1급 2명, 2급 3명, 3급 10명)
임금:등급에 따라 차등 지급, 3급 2골드 이상

"블루문 상단 호위 모집이 끝났나요?"
"그렇지 않아도 1급 용병 하나가 부족했는데, 어때? 해보겠나? 한 달 동안이면 동료들과 사귈 수 있는 시간도 충분할 테고, 청부 자체도 그리 어려운 일은 아니니까 말이야."
"해보겠습니다."
조금은 성급하게 대답하는 카렌의 태도에 아직 나이가 어린 탓이라고 생각한 제크는 곧 고개를 끄덕이고는 카렌에게 손을 내밀었다. 갑작스러운 제크의 행동에 카렌이 의아스러움을 감추지 못하자 제크는 빙그레 웃음을 짓고는 그 이유를 설명해 주었다.

"그런 표정 지을 것 없다. 그 블루문 상단의 호위에 참가할 1급 용병 중 한 명이 바로 나니까."

"아~ 그러셨군요. 그럼 잘 부탁드리겠습니다."

그제야 카렌도 제크의 손을 잡았다. 그런데 몇 번 흔들다 손을 놓으려던 카렌은 제크의 손아귀가 점점 더 조여오는 것을 느꼈다. 아마도 자신의 힘을 테스트하는 듯 느껴졌다. 하지만 어제까지만 하더라도 타고난 힘의 화신인 러쎌과 육체적으로 부딪치며 대련을 할 때도 결코 힘에서 밀리지 않았던 카렌이었다. 겨우 이 정도 힘에 굴복할 리 만무했다.

카렌도 빙그레 미소를 지으며 제크의 손을 잡은 손에 슬쩍 힘을 주었다.

금세 항복하리라 생각했던 카렌이 오히려 미소를 지으며 대항하자 제크는 다시 한 번 손아귀에 힘을 주었다. 그러자 카렌 역시 즉시 반응했고, 그런 상황이 몇 번 반복이 되자 나중에는 제크의 얼굴이 시뻘겋게 변할 정도로 맞잡은 손에 힘을 주었지만 카렌의 태도는 조금의 변화도 없었다.

물론 그럴 리야 없겠지만 미소를 짓고 있는 카렌의 모습이 급기야는 마치 자신을 비웃는 것처럼 느껴지는 제크였다. 용병 생활을 시작한 지도 벌써 10여 년, 그럼에도 불구하고 이제 막 제국 아카데미를 졸업한 꼬마한테 힘에서 밀리다니…… 갑자기 수치스럽다는 생각에 손아귀에 너무 힘을 준 나머지 자신도 모르게 마나를 손으로 밀어 넣고 말았다.

우두둑!

뼈마디가 어긋나는 소리를 듣고서야 제크는 깜짝 놀라며 황급히 마나를 거둬들였다. 그리고는 카렌의 상태부터 살폈다.

"손은 괜찮으냐? 다친 곳은?"

"괜찮으니까 걱정하지 않으셔도 되요."

"정말 괜찮으냐?"

"마나로 손을 보호해서 전혀 다치지 않았으니까 걱정하지 마세요."

너무나 태연한 카렌의 태도에 제크는 마음을 놓으면서도 아들뻘밖에 안 되는 카렌을 상대로 힘 자랑이라니…… 이 무슨 유치찬란한 짓이란 말인가?

"정말 미안하다. 뭐라 사과를 해야 할지 모르겠구나. 출발은 이틀 후 아침이니 늦지 않도록 해라. 용병패는 그날 아침에 줄 테니까 그렇게 알아두도록 하고…… 내가 사과를 하는 의미에서 그날 네게 선물을 하도록 하마. 그러니 내 실수를 용서하기 바란다."

"다치지 않았으니 그렇게 미안해하실 필요없는데… 사과를 받아들이겠습니다. 그럼 이틀 후 아침에 뵙도록 하겠습니다."

"다른 것은 준비할 필요 없고, 저녁에 담요 대신 사용할 두툼한 여행용 케이프나 준비하도록 하거라."

"명심하겠습니다."

가볍게 목례를 취하고는 건물을 빠져나가는 카렌의 뒷모습을 잠시 바라보던 제크는 긴 한숨을 내쉬었다.

"휴우~ 내가 드디어 미쳤군, 미쳤어. 저렇게 어린아이를 상대로 힘 자랑이라니…… 창피해서 누구한테 말할 수도 없고…… 휴우~"

제크의 입에서는 긴 한숨이 저절로 흘러나왔다.

*   *   *

블루문 상단을 호위하기로 한 날, 아침 일찍부터 일어난 카렌은 가볍게 몸을 풀고는 카르메이안에게서 받은 마법 가방을 챙기고는 센드럭의 배웅을 받으며 여관을 빠져나갔다. 시간이 이른 탓인지, 거리는 군데군데 피곤한 표정으로 모닥불을 쬐고 있는 경비병들의 모습을 제외하고는 아무도 보이지 않았다.

걸음을 재촉해 동반자 길드에 도착을 하고 보니 제크를 비롯한 서너 명의 사내들이 역시 모닥불을 쬐며 몸을 녹이고 있었다.

"왔어?"

"안녕하셨습니까?"

"제크님, 그 밤톨만한 꼬마는 누굽니까? 조카라도 됩니까?"

제크 곁에서 불을 쬐고 있던 사내 가운데 말상의 사내가 물었다.

"바타, 말조심해라. 이번 블루문 상단 호위에 참가할 1급 용병 카렌이다."

"예? 바, 방금 저 꼬마가 1급 용병이라고 했습니까?"

"마, 말도 안 돼요. 저런 꼬마가 1급 용병이라니……."

"맞습니다. 제크님, 혹시 뭘 잘못 아신 건 아닙니까?"

제크의 설명에 근처에서 불을 쬐고 있던 용병들은 일제히 눈을 크게 뜨고는 카렌을 노려보듯 쏘아보았다. 갑작스레 용병들이 자신에게 놀람과 적의에 찬 시선을 보내자 카렌도 조금은 당황하지 않을 수 없었다.

"제국 아카데미 용병학과를 조기 졸업한 대단한 실력을 가지고 있는 청년이다. 모두 그렇게 알고 있도록. 카렌, 받아라. 네 용병패다."

제크가 말과 함께 내민 은으로 도금이 된 용병패를 카렌이 받아 드는 것을 보고서야 용병들은 조금 전 제크의 말이 결코 농담이 아니라는 것을 확인할 수 있었다. 용병패는 직사각형으로 생겨 앞과 뒤에는 같은 내용의 글이 새겨져 있었다.

가장 위에는 길드의 문장인 샤벨 타이거가 꽤나 세밀하게 새겨져 있었고, 그 밑에 동반자 길드라는 글과 카렌의 이름, 그리고 카렌의 등급을 나타내는 'I' 자가 새겨져 있었다.

"잘 간직하도록 해라. 다시 발급을 하려면 제법 돈이 들어가니까 말이다."

"알겠습니다. 그런데 상단 사람들과 운송해야 할 물건은 아직 오지 않은 모양이군요."

"준비할 것이 있어 조금 늦는다는구나. 하지만 곧 올 테니 우선 불이나 쬐고 있거라."

카렌은 제크의 말에 굳이 불을 쬘 필요가 없음에도 불구하고 모닥불 쪽으로 손을 내밀었다. 질투와 의심에 찬 용병들의 시선을 무시하기에는 그들의 시선이 너무 강렬했고, 또 신경이 쓰였다. 그러는 동안 호송에 참가할 용병들이 속속 도착을 했고, 그들 역시 동료들에게 무슨 말인가를 듣고는 한 명의 예외도 없이 카렌을 노려봤다.

카렌은 설마 자신의 첫 임무가 동료가 될 사람들의 의심과 불신 속에서 시작하게 될 줄은 몰랐는지라 조금은 무거운 마음이 들었다.

"저기 의뢰주가 오는군."

제크의 말에 고개를 돌리고 보니 60대로 보이는 노인 한 명과 30대 초반으로 보이는 건장한 체격의 사내가 대화를 나누며 다가오는 모습이 보였다. 그리고 그 뒤로 짐을 가득 실은 8대의 짐마차와 작은 마차가 따라오고 있었다. 마부석에는 마부와 짐꾼으로 보이는 건장한 체격의 사내가 타고 있었다.

"어서 오십시오."

"늦어서 미안하오. 이번에 운송할 마차는 8대요. 그리고 이번에는 내 아들인 사이먼이 인솔을 할 거요."

"사이먼님, 만나 뵙게 되어 반갑습니다."

"아버님을 통해 제크님의 이름을 워낙 자주 들은 탓인지 오늘 처음 뵙는데도 처음처럼 느껴지지 않는군요. 이번뿐만이 아니라 앞으로도 자주 만나게 될 것 같군요."

"저 역시 그렇게 된다면 좋겠군요. 사이먼님, 준비가 되셨으면 이만 출발하는 것이 좋을 것 같습니다."

"저는 모든 준비가 끝났습니다."

"그럼 출발을 하겠습니다. 뭣들 하고 있나? 잭슨과 카트는 나와 선두를 맡고, 필립과 콜린이 후방을 맡는다. 베리는 카렌과 함께 중앙을 맡으며 나머지 인원을 통제하도록. 준비가 모두 끝났으면 출발!"

일사천리로 하달되는 제크의 지시에 용병들 역시 일사불란하게 준비를 마치고는 곧 출발을 했다. 제크와 두 용병이 말을 타고 출발을 하자 그 뒤를 짐마차와 용병들이 따랐다.

"카렌이라고 했니?"

누군가의 부름에 고개를 돌려 보니 자신보다 머리 하나 정도는 큰 육중한 근육질의 사내 하나가 서 있었다.

"예, 제가 카렌입니다."

"1급 용병이라고?"

"길드장께서 그렇게 말씀하셨습니다."

"로보 길드장이? 길드장이 그렇게 말했다면 확실하겠지. 참, 제크님이 너에게 주라고 하시더구나."

말과 함께 사내가 내민 것은 말고삐였다.

"이건 웬 말입니까?"

"선물이라고 하면 네가 알 거라고 하던데? 난 베리라고 한다."

"만나서 반가워요."

"늦었다. 이야기는 가면서 하도록 하자."

베리의 말에 카렌은 재빨리 말에 올라탔다.

너무도 능숙한 카렌의 자세에 조금은 놀라면서 베리도 말에 오르고는 곧 출발을 했다. 두 사람의 뒤를 마차와 짐마차, 그리고 나머지 용병들이 뒤따랐다.

나름대로 들떠 있던 카렌과는 달리 나머지 용병들이나 마부들은 익숙한 듯 조금은 따분한 얼굴로 걸음을 옮기기 시작했다.

약 1시간 정도가 지나 수도 페인야드의 남쪽 성문을 통과한 일행들은 잠시 멈추었고, 마차 옆을 호위하며 따라오던 용병들은 재빨리 짐마차 뒤쪽의 빈자리에 올라탔다. 용병들이 모두 탄 것을 확인한 베리가 제크에게 신호를 보냈고, 그제야 일행들은 다시 출발을 했다.

수도인 페인야드가 평야지대에 위치한 탓에 불어오는 바람은 꽤나 쌀쌀했다.

용병들 가운데 일부는 그 바람을 견디기 힘든지 벌써부터 자신의 짐에서 두꺼운 로브나 케이프를 꺼내 입기 시작했다. 그 모습을 보고 쓴 웃음을 짓던 베리는 의외로 태연한 표정을 지은 채 말을 몰고 있는 카렌을 보더니 다른 용병들의 행동이 한심스러웠다.

"말을 타는 모습을 보니 꽤나 익숙해 보이는구나. 제국 아카데미에서 배웠니?"

"아카데미에서도 조금 배우기는 했지만 아카데미에 들어가기 전에 말 타는 법을 배울 기회가 있었어요."

용병이 단정한 옷차림이라고 하면 조금 이상하기는 하지만 지금 카렌의 차림은 상당히 깔끔해 보였다. 등에 메고 있는 조금 짧고 폭이 넓은 검은 검정색 여행복과 검정색 하드 레드와 어울리는 검은색 검집에 들어 있었는데, 허리에 차고 있는 검은 롱 소드와 바스타드 소드의 중간 정도 길이에 화려한 검집이 꽤나 인상적이었다.

금과 은, 그리고 금속과 나무가 절묘한 조화를 이뤄 굉장히 고급스러워 보이기도 했지만 표면에 새겨진 조각이 너무나 아름다워 검집만으로도 완성된 하나의 예술품이라고 해도 과언이 아닐 정도였다. 솔직히 이제 막 아카데미를 졸업한 어설픈 애송이에게는 너무도 아까운 물건이 아닐 수 없었다.

지금까지의 경험에 비추어 보면 이런 분에 넘치는 물건을 가지고 다닐 경우 본인이 원하든 원치 않든 간에 항상 사건, 사고가 끊이지 않고 일어났다. 당장 호송에 참가한 용병들만 하더라도 당장 카렌을 쳐다보는 눈초리가 심상치 않은 것을 보면 보나마나 호송 기간 중에 문제가 생길 것이 분명해 보였다.

속으로 깊은 한숨을 내쉬는 베리와는 달리 카렌은 조금 들뜬 표정으로 연신 주위를 두리번거렸고, 그런 카렌을 동료 용병들은 조금은 유치하다는 듯 쳐다보고는 자신들끼리 뭐라고 수군거렸다. 물론 카렌도 그런 용병들의 행동을 모르는 것은 아니었지만, 그래도 앞으로 한동안 함께 지낼 사이였기 때문에 일부러 모르는 척했다.

노상에서 미리 준비한 음식으로 간단히 점심을 해결하고는 한가롭게 이동을 해 해가 진 저녁 무렵에서야 작은 마을에 도착할 수 있었다. 일행들은 조금 큰 여관에 투숙해서는 짐마차를 모두 여관의 뒤에 세워두고서야 휴식을 취할 수 있었다.

카렌은 제대로 씻지도 못한 채 짐마차를 모두 세워두는 것을 확인하고서야 식당으로 향했다. 카렌이 들어가자 조금 큰 테이블에 앉아 있던 제크가 손을 번쩍 들어 자신을 부르는 모습을 발견했다. 그리고 그 테이블에는 사이먼이 앉아 있었는데, 두 사람만 따로 앉아 있는 모습이 마치 다른 용병들과는 차별을 두는 듯 보였다. 또한 그러고 보니 2급 용병들인 카트와 베니, 필립 역시 따로 앉아 있었다.

잠시 망설이던 카렌은 곧 제크에게로 다가가 테이블에 앉았다.

"오늘 수고 많았다."

"아닙니다. 저는 별로 한 것도 없는데 과찬의 말씀이세요."

"이렇게 어린 청년이 1급 용병이라니…… 이렇게 직접 만나고도 믿기 힘들군요. 자네, 카렌이라고 했나?"

사이먼의 인사에 카렌은 출발하기 전 들었던 그의 이름을 떠올렸다.

"그렇습니다, 사이먼님."

"만나서 반갑네. 그리고 자넨 아무것도 한 것이 없다고 했지만 다른 용병들과 함께 있어주는 것만으로도 힘이 되는 존재가 바로 1급 용병이라네. 다시 말해 오늘 자네가 실질적으로는 아무것도 한 것이 없을지 몰라도 알게 모르게 많은 일을 한 것이라네. 또 그런 이유 때문에 상인들이 비싼 임금을 치르면서도 1급 용병을 고용하려고 하는 것이지."

사이먼의 설명에 카렌은 고개를 끄덕이면서도 따로 떨어져 앉은 용

병들이 신경 쓰여 그들 쪽을 계속 살피고 있었다. 그런 카렌의 태도에
제크는 미소를 지었다.

자신도 첫 호송 때 지금의 카렌처럼 의문을 느꼈다.

다 같은 용병들인데 왜 식사 때나 휴식 때 다른 용병들과 따로 떨어
져서 행동을 하는 것인지 정말 의문이 아닐 수 없었다. 그들의 행동을
지켜보면 마치 자신들은 특별한 존재라고 잘난 체하는 것처럼 느껴졌
었다. 하지만 그들이 왜 그렇게 유별난 행동을 하는지 알게 된 것은 몬
스터들과 전투를 치르고 난 후부터였다.

몬스터와 전투가 시작되자 평소 눈꼴시리게 행동했던 용병들이 누
구보다 앞장서서 몬스터들과 싸웠고, 동료들이 위험하면 그들을 구하
기 위해 자신의 위험을 기꺼이 감수했다. 그렇기에 하급 용병들과 다
른 대접을 받는 것이 당연하며, 또한 앞으로 더 나은 대접을 받기 위한
나름대로의 권리라는 것을 알게 되자 용병들의 행동을 이해하게 되었
다. 그리고 이제는 카렌에게 그것을 알려줄 차례가 된 것이다.

물론 카렌이 그런 점을 이해를 하든 못하든 간에 말이다.

"제크님, 호송을 하기에 날씨가 그리 춥지는 않을 것 같지 않습니
까?"

"예, 다행히도 날씨가 많이 도와주는 것 같습니다."

"샬레 성까지 별일이 없어야 할 텐데……."

"저희가 입수한 정보로는 몬스터 토벌이 지속적으로 이루어졌기 때
문에 몬스터의 출몰은 걱정하지 않아도 될 것 같습니다."

"갑작스럽게 출몰하는 몬스터도 걱정이긴 합니다만, 샬레 성으로 가
는 길에 칸데나 협곡이 있지 않습니까?"

"예, 샬레 지방으로 가려면 칸데나 협곡을 반드시 통과해야만 합니

다만……."

사이먼의 말이 이해가 가지 않는지 제크는 고개를 갸웃거렸다.

"혹시 슘이라는 사람을 아십니까?"

"슘? 슘이라…… 아~ 혹시 수도에서 곡물상으로 큰돈을 벌었다는……."

"맞습니다. 그 슘이란 사람이 글쎄, 칸데나 협곡에서 산적들을 만나 운반하던 곡물을 모두 털렸다고 하더군요."

"예?"

깜짝 놀라던 제크는 이해가 되지 않는 점이 있는지 뭔가를 곰곰이 생각하기 시작했다.

"만약 그런 일이 있었다면 벌써 소문이 자자하게 퍼졌을 텐데…… 이번에 정보를 취합할 때 왜 그런 이야기를 듣지 못했는지 이유를 알 수 없군요."

"저는 슘, 그분께 직접 들었는데, 그분도 처음에는 샬레 성의 영주께 그 일을 하소연했답니다. 영주께서는 당연히 군사를 출동시켰고요. 하지만 산적들은 전혀 발견하지 못했답니다. 물론 그 후에도 산적들은 나타나지 않았고요. 그게 벌써 세 달 전 일입니다."

"흐음~ 카렌, 네 생각은 어떠냐?"

"예?"

갑작스러운 제크의 질문에 카렌은 당황하지 않을 수 없었다.

"제국 아카데미에서 이런 상황에 대한 지식을 습득했을 것 아니냐? 그에 대한 네 생각은 어떠냐는 것이다."

"잠시 시간을 주십시오."

제크에게 양해를 구한 카렌은 생각에 골몰하면서도 자신보다 경험이 많은 용병들이 훨씬 많음에도 불구하고 왜 자신에게 상황에 대해서 묻는 것인지 그것이 의문이 아닐 수 없었다.

"일단은 조심을 하는 수밖에 없을 것 같습니다. 그리고 사이먼님과 제크님이 허락을 하신다면, 칸데나 협곡을 지날 때만큼은 일행들보다 제가 먼저 수색을 할 수 있도록 해주십시오."

카렌의 대답이 정답은 아니지만 일행들을 먼저 생각하는 모습이 사이먼이나 제크의 눈에는 좋게만 보였다. 그리고는 카렌의 말에 대해 나름대로 판단을 내렸다.

"나는 호송을 의뢰한 의뢰주로서 물건의 안전이 무엇보다 중요하네. 화물의 안전을 위한 것이라면 나는 허락을 하겠네."

"호송에 의욕을 보이는 점은 용병으로서 환영할 만한 일이지만 경험이 부족한 널 앞세울 일은 없을 거다."

"아닙니다. 아카데미에서 정찰과 수색에 대해 배웠고, 꽤 우수한 점수를 받았습니다. 호송에 위험이 될지도 모르는 일을 먼저 제거하고 싶습니다."

"으음~ 일단 상황을 두고 보도록 하자꾸나."

식사를 마친 일행들은 각자 자신의 방으로 향했고, 카렌은 제크와 같은 방을 썼다.

조금은 지루한 여행이 계속되었다.

처음 모든 일에 관심을 보이던 카렌도 지루한 일상이 계속되자 지금은 그저 말을 모는 데만 신경을 쓸 뿐 다른 일에는 관심을 보이지 않았다. 그래도 요즘은 연환상충폭뢰기의 이해에 대해 고심을 하느라 하루가 해가 어떻게 가는지 모를 정도였다.

"저기가 칸데나 협곡이다."

갑작스러운 베리의 말에 고개를 든 카렌은 베리가 가리킨 곳을 바라보았다.

마치 신이 거대한 도끼로 내려친 듯 보이는 협곡은 햇볕조차 들지 않아 컴컴한 것이 마치 지옥으로 들어가는 입구처럼 보였다. 그리고 협곡 양옆으로는 그리 높지 않은 돌산이 있었는데, 그 넓이가 너무나도 좁아 도저히 마차나 짐마차가 지날 수 있을 만한 곳이 아니었다.

결국 택할 수 있는 길은 협곡밖에 없었다.

"협곡이 그리 좁아 보이지는 않네요?"

"눈이 꽤 좋구나. 입구가 저렇게 좁아 보여도 마차가 대여섯 대 정도는 나란히 달릴 수 있을 정도로 넓지. 안으로 들어갈수록 점점 더 넓어졌다가 출구에서는 다시 좁아지지. 쉽게 말해 오크 통처럼 생겼다고 보면 된단다."

"사람들이 몸을 숨길 만한 장소가 협곡 안에 있나요?"

"몸을 숨길 장소?"

카렌의 질문에 골똘히 생각하던 베리는 곧 고개를 흔들었다.

"내가 알기로 협곡 안에는 몸을 숨길 만한 장소가 없단다."

"굴이라도 파고 그곳에 숨는다면……."

"하하하, 무엇 때문에 그걸 묻는지는 알겠다만, 저기 칸데나 협곡은 사암(砂巖)으로 이루어진 협곡이란다. 굴을 판다는 것을 그야말로 자살을 하려고 발악을 하는 것이지. 굴은 고사하고 아마 절벽을 건드리기만 해도 무너져 내릴걸?"

베리의 대답에 카렌은 나름대로 생각을 해보았지만 도저히 산적이 나타날 만한 곳이 없었다. 물론 산적이 꼭 나타난다고 생각하는 것도 우스운 일이지만 조금은 불길한 예감이 드는 것이 왠지 산적들이 꼭 나타날 것만 같았다.

"협곡의 길이는 얼마나 되나요?"

"아침에 출발하면 저녁이나 되어야 협곡을 빠져나갈 수 있을걸?"

두 사람이 대화를 나누는 사이 칸데나 협곡의 입구에 도착한 일행들은 그곳에서 야영을 했다. 하급 용병들이 식사 준비를 하는 동안 카렌은 주변을 둘러보았다.

협곡으로 이어진 길을 제외하고는 주변이 꽤 평탄한 지역이었기에 누군가 일행에게 접근한다면 금세 알아챌 수 있는 지형이었다. 나무도 없고, 풀도 없고 보이는 것은 그저 누런 흙뿐인 황량한 황무지였다.

"카렌! 식사하자!"

베리의 부름에 카렌은 일행들에게로 발걸음을 옮겼다. 묵묵히 식사를 마친 카렌은 잠자리에 누워 자는 척하며 혹시 있을지도 모르는 기습을 대비해 밤새 야영지 주변을 경계했지만 자신이 우려했던 사태는 일어나지 않았다.

아침 일찍 식사를 마치고 이동 준비를 하던 제크에게 슬쩍 제안을 했다.

"제크님, 제가 정찰을 했으면 합니다만……."

"내 생각에는 굳이 정찰을 할 필요는 없을 것 같다. 차라리 일행들에게 주의를 주고 조심하는 것이 좋을 것 같다."

"제크님의 뜻이 그러시다면……."

자신의 자리로 돌아온 카렌은 제크에게 자신의 예감을 말하지 않은 것이 과연 잘한 것인지 아닌지 쉽게 판단을 내릴 수 없었다.

제크의 경험과 판단을 믿기로 하면서도 나름대로 조심을 해야겠다고 생각한 카렌은 협곡 안으로 들어섬과 동시에 마법 가방에 넣어두었던 활을 꺼내 슬쩍 손에 쥐고는 언제든 화살을 날릴 수 있는 준비를 한 다음 주위를 경계하기 시작했다.

그런 카렌의 태도에 베리는 입맛을 다시며 고개를 흔들었다. 말린다고 해서 될 일이 아니었다. 그도 경험이 쌓이면 이렇듯 경계를 풀지 않는 일이 얼마나 피곤한 일인지 곧 알게 될 것이기 때문이다.

역시 예상대로 점심 시간이 지나도록 아무런 일도 일어나지 않았다. 조금 늦은 식사를 한 일행들은 지체없이 출발했다. 일행들이 칸데나 협곡의 출구에 거의 도착했을 때였다.

황혼에 물든 협곡의 출구를 바라보던 제크는 그제야 겨우 안도의 한숨을 내쉴 수 있었다. 비록 카렌에게는 별일없을 것이라 말하긴 했지만 솔직히 자신이 없었다.

이제 1킬로미터만 더 가면 협곡이 끝나니 산적들의 습격은 없다고 판단한 것이었다.

"와~"

"멈춰라!"

"움직이는 놈은 모두 죽여 버리겠다!"

엄청난 고함 소리가 협곡 안을 울렸다.

깜짝 놀란 일행들은 그 자리에 멈춰 주위를 두리번거렸지만 고함을 지른 존재를 그 어디에서도 찾을 수 없었다.

"위예요."

일행들에게 주의를 준 카렌은 즉시 말 위에서 짐마차 위로 뛰어올라 가자마자 활시위를 당기고는 지체없이 놓았다.

휙!

"아악!"

쿵!

절벽에서 밧줄을 타고 내려오던 산적 가운데 한 명이 카렌이 쏜 화살에 허벅지를 맞고는 비명과 함께 아래로 떨어졌다.

휙! 휙! 휙!

카렌은 조금의 망설임도 없이 절벽을 타고 내려오는 산적들을 향해 화살을 날렸다.

산적들이 20미터의 절벽을 내려오는 동안에 카렌의 화살에 맞아 아래로 떨어진 산적들은 모두 8명에 달했다. 정말 믿기 힘들 정도의 속사가 아닐 수 없었다. 그러는 동안 다른 산적들은 모두 절벽을 내려와 칸데나 협곡의 출구를 막은 채 일행들을 포위했는데, 그 수가 40여 명이 넘어 보였다.

활을 내려놓고 샤이닝 블레이드를 뽑아 든 카렌은 짐마차에서 뛰어내려 와 전면에 서 있는 산적들의 모습을 살펴봤다. 모두 엉성한 자세로 무기를 들고 있었는데, 개중에는 나무 몽둥이를 들고 있는 이도 보였다.

서너 명 정도가 제법 실력이 있어 보였지만, 전반적으로는 용병들에 비해서는 현격하게 수준이 낮아 보였다. 하지만 산적들의 숫자가 3배에 가까운 40명이 넘다 보니 마음을 놓을 수 있는 상황이 아니었다.

"원래는 약간의 통과세만 받고 보내주려고 했는데 감히 우릴 공격해? 가진 것을 몽땅 그 자리에 놓고 꺼져라. 목숨만은 살려주겠다."

산적들의 두목으로 보이는 텁석부리사내의 말에 제크는 슬쩍 뒤를 돌아보았다.

마차에서 내린 사이먼이 골치 아프다는 표정을 짓고 있는 모습이 보였다. 사실 사이먼으로서는 카렌의 성급한 공격 때문에 상황이 어렵게 된 것 같아 그가 원망스럽기까지 했다. 때에 따라서는 산적이 말한 대로 그저 약간의 돈을 집어주면 상단 행렬을 그냥 보내주는 경우도 적지 않았다.

용병들은 굳이 목숨을 걸고 싸우지 않아서 좋고, 의뢰주는 화물이 안전해 좋고, 산적들은 굳이 싸우지 않아도 돈을 챙길 수 있으니 약간의 수수료를 건네는 것이 점점 관행처럼 되어가는 중이었는데, 카렌 때문에 모든 것이 틀어진 것이었다.

"이보시오. 내 섭섭지 않게 통행료를 지불할 테니 우리를 이만 보내주시오."

"닥쳐! 너흴 봐주는 것도 우리에게 부상자가 나오지 않았을 때지, 부상자가 생긴 지금 네놈들에게 베풀 자비는 더 이상 없다. 당장 무장을 해제하고, 모든 물건을 그 자리에 둔 채 꺼져라!"

두목의 외침 소리에 섞여 화살을 맞은 산적들의 구슬픈 신음 소리가 주위의 분위기를 더욱 무겁게 만들었다.

사이먼은 고심에 빠졌고, 제크는 그런 사이먼의 눈치를 살피고 있었다. 사이먼이 어떤 결정을 내리느냐에 따라 쉽게 현 상황을 무마시킬 수도 있겠지만, 그게 아니라면 상당한 피해를 입어야만 상황을 종료시킬 수 있을 것이다. 산적들, 혹은 자신들이 전멸할 수도 있는 일이었다. 고심에 빠진 사이먼과 제크의 얼굴을 잠시 바라보던 카렌은 어금니를 깨물고는 깊게 심호흡을 했다.

"제크님, 사이먼님을 보호해 주세요."

이미 샤이닝 블레이드를 검집에 집어넣은 카렌은 제크에게 말을 건넴과 동시에 앞으로 뛰어나갔다. 그리고는 15미터 밖에 있는 산적 두목을 향해 그대로 몸을 날리며 두 발로 산적 두목의 가슴을 걷어찬 것이다.

퍽!

덩치도 작은 카렌에게 맞은 것이라고는 믿을 수 없을 정도로 산적 두목은 뒤로 몇 미터나 날아가 버렸고, 지면으로 내려섬과 동시에 카렌은 자세를 낮추고는 근처에 있던 산적들의 발목을 걸어찼다. 둔탁한 소리가 들림과 동시에 산적들은 자신의 발목을 움켜잡으며 그 자리에 주저앉았지만, 이미 카렌은 다른 산적들을 향해 몸을 날린 후였다.

불과 눈을 몇 번 깜빡일 사이에 벌어진 일이라 산적들뿐만 아니라 용병들도 무슨 일이 일어난 것인지 정신을 차리지 못하고 있었다. 그래도 경험이 풍부한 제크였기에 재빨리 지시를 내렸다.

"카트, 베리, 필립, 정신 차리고 마차를 철저히 호위해."

말과 함께 사이먼의 곁으로 이동하는 제크를 보고서야 세 용병은 정신을 차리고 다른 용병들에게 지시를 내려 짐마차 쪽으로 이동하였다. 그러면서도 산적들 속을 무인지경으로 헤집고 다니는 카렌의 몸놀림을 정신없이 바라보고 있었다.

직접 자신의 눈으로 보고 있으면서도 믿을 수 없는 광경이 계속되었다.

방금도 턱을 차인 한 산적이 그 자리에 주저앉은 채 기절하자 그 등을 밟고 몸을 날려 멍하니 서 있던 두 산적의 목을 양쪽 팔뚝으로 강타했다. 거의 20명에 가까운 동료들이 쓰러지고서야 산적들은 정신을 차리고 카렌을 향해 무기를 휘둘렀다. 하지만 카렌의 움직임에는 조금의 변화도 없었다.

자세를 낮춰 산적들 틈으로 파고든 카렌은 산적들의 복부를 향해 힘껏 주먹을 휘둘렀다.

퍽!

저절로 몸이 움츠러들 만큼 소름끼치는 소리와 함께 산적들은 거품을 물고 뒤로 넘어갔고, 지체없이 앞으로 달려나간 카렌은 무기를 든 산적들의 손목을 걷어차고는 그대로 턱을 향해 발을 휘둘렀다.

공격받은 산적들이 정신을 잃는 것을 확인할 사이도 없이 재차 앞으로 몸을 날린 카렌은 산적들을 공격하면서 언젠가 스승인 지옥마제가 한 말을 떠올렸다.

"…카렌아, 인간의 몸은 헤아릴 수 없이 많은 급소로 이루어져 있단다. 굳이 무기의 날카로움이나 단단함을 빌리지 않더라도 인간의 주먹이나 발길질로도 상대를 제압함은 물론 목숨마저 간단하게 빼앗을 수 있단다. 충격을 받으면 목숨과는 상관없지만 기절을 할 수밖에 없는 혼혈(昏穴), 또 타격을 받으면 마치 마비가 온 것처럼 꼼짝도 할 수 없는 마혈(痲穴), 맞는 순간 지독한 통증에 시달리게 되는 통혈(痛穴), 약하게 타격을 받아도 즉시 목숨을 잃게 되는 사혈(死穴) 등등 약 백여덟 개 정도의 중요한 혈도가 인체 곳곳에 퍼져 있지. 만약 네가 이 혈도를 확실하게 숙지하고 있다면 굳이 무기를 들지 않더라도 능히 상대를 물리칠 수 있을 게다."

카렌의 발이 크게 허공에서 반원을 그리자 마지막까지 버티고 있던 산적이 관자놀이에 강렬한 타격을 받고는 그 자리에 쓰러져 버렸다.

끙끙 앓는 소리를 내며 여기저기 나뒹굴고 있는 산적들의 모습을 보고서야 카렌은 호흡을 정리하고는 일행들이 있는 곳으로 발걸음을 옮겼다. 굉장히 오랜 시간이 지난 것처럼 느껴졌지만 실제로는 불과 15분 정도의 시간밖에 지나지 않았다.

아무 일도 없었다는 듯 카렌이 평소의 표정 그대로인 채 다가오자 그때까지 카렌을 우습게 여겼던 용병들은 자신도 모르게 움찔하며 뒤로 물러섰다. 그런 용병들의 태도에 카렌은 쓴웃음을 짓고는 사이먼과 제크에게 말을 건넸다.

"사이먼님, 제크님, 특별히 저희가 피해를 입은 것도 없으니 그냥 가는 것이 어떨까요?"

카렌의 말에 정신을 차린 사이먼은 사방에 쓰러져 신음을 토해내는 산적들의 모습을 보고는 제크를 바라봤다.

"제, 제크님, 제가 생각해도 그냥 지나치는 것이 좋을 것 같습니다."

"사, 사이먼님의 뜻이 그러시다면…… 즉시 이동 준비를 해라!"

제크의 호통 소리에 정신을 차린 용병들은 황급히 이동 준비를 마쳤고, 그것을 확인하자마자 즉시 출발 신호를 내렸다.

지면을 나뒹굴고 있는 산적들을 뒤로한 채 일행들은 서둘러 그 자리를 떠났다.

일행들이 이동을 멈추고 야영을 한 것은 목적지인 샬레 성까지 반나절 정도 떨어진 곳이었다. 이전과 달라진 점이라고는 야영지에 도착할 때까지 일행들은 단 한 마디의 말도 나누지 않았다는 것이고, 또 저녁 준비를 하는 동안 될 수 있으면 카렌 주위로는 아무도 가지 않으려 했다는 점이었다.

결국 베리가 카렌을 부르고서야 식사를 할 수 있었다.

"술 마실 줄 아니?"

"예? 조금은 마실 줄은 압니다만……."

"그럼 한잔 받아라."

말과 함께 제크는 별로 깨끗해 보이지 않는 강철 컵 하나를 카렌에게 내밀었다. 강철 컵에 절반 정도 술을 채워준 제크는 자신의 잔에도 술을 채우고는 카렌 곁에 털썩 주저앉았다. 가만히 술잔을 내려다보고 있는 카렌을 흘깃거린 제크는 한 모금의 술을 마시고는 길게 한숨을 내쉬었다.

"휴우~ 내가 40년 가까이 살아오면서 아까처럼 놀라기는 머리털 나고 처음이었다. 40명도 넘는 산적들을 주먹질과 발길질만으로 완전히 박살을 내다니…… 그것도 제국 아카데미에서 배운 것이냐?"

"아닙니다. 맨손 격투술은 사부님께 배운 겁니다."

카렌의 대답에 제크의 외눈에는 부러움이 가득 찼다.

"사부라고? 사부가 무슨 말이냐?"

"사부란 스승과 같은 말입니다. 맨손 격투술과 검술은 그분께 배웠습니다."

"용병인 처지에 스승에게서 검술을 배울 수 있다니…… 대단한 행운아군."

그 말을 하는 제크의 음성에는 진한 부러움이 묻어 있었다.

"사부님께 뭔가를 배운다는 것이 그렇게 행운인가요?"

"당연하지. 네가 생각할 때 사설 용병 학원이라도 다닌 용병이 과연 얼마나 될 것 같으냐? 전체 용병으로 보면 3할도 채 되지 않는다는 것을 아는지 모르겠다. 나도 용병 학원이라도 다녀 기초적인 검술이라도 익혔다면, 그때 그토록 허무하게 한쪽 눈을 잃지는 않았을 것이다. 으드득!"

왼쪽 눈을 잃었을 당시의 생각이 나는지 제크는 이를 갈았다.

카렌은 용병이 되려면 모두 자신처럼 제국 아카데미나 사설 용병 학원에서 검술을 배워 용병이 되는 줄 알고 있었기에 놀라지 않을 수 없었다.

"너처럼 스승에게서 검술과 여러 가지 지식들을 전수받는 경우는 그야말로 극소수에 불과하다는 것을 알아야 한다. 게다가 너처럼 뛰어난 실력을 가지려면 그 스승이라는 사람의 실력이 상당히 뛰어난 것 같은데, 그런 경우는 더욱 드물다고 할 수 있지."

"제크님의 말씀대로라면 용병들은 제자를 잘 받아들이지 않는 모양이군요?"

"몸이 성한 채 은퇴를 하는 용병은 거의 찾아보기 힘들지. 또 그런 자들 가운데 자신의 제자를 가르칠 만한 실력을 가진 자는 더욱 드물고 말이야. 결론적으로, 그런 사람에게 검술을 전수받은 너는 대단한 행운이란 이야기지."

"그렇군요."

사실과는 다르지만 자신이 지옥마제를 만난 것은 정말 행운이란 점을 스스로도 인정하고 있었기에 그렇다고 대꾸를 한 것뿐이다. 그리고는 자신이 궁금하게 생각했던 점을 물어봤다.

"제크님, 내일이면 샬레 성에 도착하지 않습니까?"

"그렇지."

"샬레 성에 도착하면 청부가 완료되지 않습니까? 그런 다음에는 저희는 뭘 하나요?"

"청부가 완료된 다음?"

"예."

그제야 카렌이 뭘 묻는 것인지 깨달은 제크는 빙그레 미소를 지었다.

"그러니까 네 말은 청부가 완료된 다음 우리가 뭘 하는지 궁금하다는 거냐?"

"예."

"에, 또~ 일단 청부가 완료된 후에는 길드로 되돌아가는 것이 원칙이지만, 이번처럼 먼 곳으로 장거리 청부를 수행하는 경우에는 길드로 바로 복귀하기가 어렵지 않겠니? 우리 길드와 동맹 관계에 있는 길드에서 이곳에서 우리가 할 만한 일이 있는지 알아보고 그 청부를 맡는 것이 일반적이란다."

"그럼 제크님께서는 어떻게 하실 생각인가요?"

"일단 샬레 성에 도착하면 하루나 이틀 정도 푹 쉰 다음 다른 일거리를 알아볼 생각인데…… 무슨 계획이라도 있는 거냐?"

"그런 것은 아니고…… 그냥 다음에는 어떤 일을 하게 될지 궁금해서요."

"청부를 완수한 다음에는 푹 쉬면서 체력을 회복하는 것도 중요하니 다른 일은 신경 쓰지 말고 구경이라도 다니며 쉬도록 하거라."

"알겠습니다."

"오늘 수고 많았다. 일찍 쉬도록 하거라."

제크가 떠난 후 카렌은 들고 있던 술을 단숨에 마셔 버렸다.

"크윽!"

신음이 절로 나올 만큼 독한 술이었지만 그리 싫은 느낌은 아니었다.

모닥불의 온기를 느끼며 자리에 누운 카렌은 양손에 느껴지는 샤이닝 블레이드와 헬 블레이드의 촉감을 느끼며 눈을 감았다.

다음날, 속도를 높인 호송 행렬은 정오가 약간 지나 샬레 성에 도착할 수 있었다.

평지에 우뚝 선 샬레 성의 위용은 처음 보는 사람은 압도당할 만큼 위풍당당했다.

20미터에 가까운 성벽도 위압적이었지만 거의 10미터에 이를 정도로 넓은 해자와 수면 위로 삐죽이 솟아 있는 날카로운 강철 기둥의 모습은 정말 소름이 오싹 끼칠 정도였다.

물론 고향인 싸일렉스에 있는 공작 성이나 히그리안 성과 비교해서 단지 규모로만 따지면 샬레 성보다는 훨씬 웅장했다. 그러나 익숙한 싸일렉스의 성벽보다는 황량한 들판에 우뚝 서 있는 샬레 성이 훨씬 더 위압감을 풍기고 있었다.

샬레 성의 북쪽 성문에 있는 경비병들은 의외로 특별한 검문검색 없이 일행들을 통과시켰고, 일행들은 수월하게 샬레 성안으로 들어설 수 있었다. 거침없이 앞장서는 제크의 뒤를 따라가던 일행들은 사이먼이 투숙하기로 예약이 되어 있던 여관으로 향했다.

"제크 아저씨, 어서 오세요. 아침부터 기다리고 있었어요."

이제 겨우 12, 3세쯤 되어 보이는 소년이 갑자기 골목 안에서 뛰어나와 가장 앞쪽에 있던 제크의 말고삐를 움켜잡았다. 흠칫 놀라던 제크는 소년의 낯이 익은 것을 확인하고서야 빙그레 미소를 지었다.

"폴, 아니냐?"

"헤헤헤, 다른 분들도 어서 오세요."

주근깨투성이이긴 했지만 환하게 웃는 모습이 귀여워 보기 좋았다.

"목욕부터 하셔야죠? 다 준비를 해두었으니까 먼저 씻으세요."

"잠깐 기다리거라. 사이먼님, 짐마차를 창고에 보관하는 것이 어떻겠습니까?"

"만나기로 한 날짜가 내일이니까 일단 그렇게 하는 것이 좋을 것 같습니다."

"그럼 먼저 들어가서 쉬고 계십시오. 제가 창고에 두고 오겠습니다."

"아닙니다, 제크님. 제크님도 사이먼님과 쉬고 계십시오. 제가 필립과 카트와 함께 창고에 짐마차를 두고 오겠습니다."

"그래? 그럼 부탁하겠네. 카렌, 들어가자. 사이먼님도 들어가시지요."

베리의 말에 제크는 고개를 끄덕이고는 식당으로 향했고, 베리는 다른 용병들과 함께 짐마차를 창고에 넣기 위해 이동했다.

식당 안으로 들어와 보니 조금은 낡아 보이는 테이블 여덟 개가 전부였다. 그렇지만 깨끗하게 청소가 되어 있어 정갈하다는 느낌이 들었다.

그들이 자리에 앉자마자 주방에서 배불뚝이 중년 사내 하나가 크게 웃으며 걸어나왔다.

"하하하, 제크, 어서 오게. 그렇지 않아도 언제 도착하나 기다리고 있었네."

"늦기는…… 우린 제 시간에 도착한 거란 말이야, 이 친구야."

"하여간 무사한 것을 보니 이곳으로 오는 동안 어려운 일은 당하지 않았던 모양이군."

"무사하다고? 말도 말게. 칸데나 협곡에서 산적들을 만났다네."

"칸데나 협곡에서 산적들을 만났다고? 그렇게 토벌대를 보내 샅샅이 뒤져도 코빼기도 보이지 않더니! 산적들의 습격을 받았다면 피해가 적지 않았을 텐데……."

"피해? 여기 이 친구가 다 해결했지."

제크의 말에 배불뚝이 주인은 눈을 크게 뜨고 믿지 못하겠다는 듯 카렌을 처다보았고, 카렌은 쑥스러워하며 난처한 표정을 지었다.

"이 어린 친구가 해결했다니? 그게 무슨 말인가? 산적들의 수가 얼만데 이 어린 친구가 다 해결했단 말인가?"

"물론 자네는 보지 못했으니 내 말을 믿지 못하는 것도 당연해. 하지만 이 친구의 몸놀림이 얼마나 환상적이던지. 40명이 넘는 산적들을 단지 주먹과 발로만 모조리 쓰러뜨렸다네. 자네도 그걸 봤어야 했는데 말이야. 그렇지 않습니까, 사이먼님?"

"하하하, 저도 지금까지 살아오면서 어제처럼 놀라보기는 정말 처음이었습니다. 상대를 그런 방법으로 제압할 수 있다는 걸 처음 알게 되었으니까요. 하하하!"

유쾌한 듯 웃는 두 사람의 모습이 이해가지 않는지 배불뚝이사내, 디치는 두 사람의 모습을 처다보다가 카렌을 보고는 도저히 믿지 못하겠다는 듯 고개를 저었다.

"그럼 뭐야? 이 어린 친구가 너클 마스터라도 된단 말인가?"

"너클 마스터? 허허허, 그럴 수도 있겠군. 아니, 너클 마스터가 맞아. 너클 마스터가 아니면 어떻게 그런 모습을 보여줄 수 있겠어. 맞아, 너클 마스터가 틀림없어."

"정말 너클 마스터란 말인가? 그럼 저 친구가 가지고 있는 두 자루의 검은 뭔가? 설마 폼으로 가지고 다니는 것은 아니겠지?"

"아직 검을 쓰는 것은 보지 못했지만 검술 실력은 주먹을 쓰는 실력보다는 뛰어나지 않겠나? 난 그렇게 생각한다네."

제크의 단언에 디치는 어이없어 하면서도 카렌에게서 눈을 떼지 않았다. 그러면서도 친구의 말을 도저히 믿을 수 없었다.

그도 그럴 것이 저렇게 고생이라고는 한 번도 해보지 않은 것처럼 보이는 저렇게 귀엽게 소년이 너클 마스터라니…… 그런 말을 어떻게 믿을 수 있겠는가? 하지만 디치도 과거 용병 생활을 해보았기에 지금처럼 세상에는 직접 경험하지 못하면 믿지 못할 일이 무수히 벌어진다는 것을 잘 알고 있었다.

"너클 마스터란 말이지. 이거 대단한 영광인걸. 잠시만 기다려 주십시오. 곧 특별식을 준비해 대접해 드리겠습니다."

사이먼에게 양해를 구한 디치는 주방 안으로 향했고, 그때까지 쑥스러워하고 있던 카렌을 향해 사이먼이 입을 열었다.

"참, 너무나 놀라 미처 어제는 말을 못했는데…… 내일 자네들 임금을 지불할 때 카렌, 자네한테는 조금 더 넣기로 했으니 그렇게 알고 있도록 하게."

"예? 그렇게 하지 않으셔도 되는데……."

그런 카렌의 대답에 사이먼과 제크는 어이가 없다는 표정을 지었다.

"허허허, 정말 뜻밖의 대답이군."

"그러게나 말입니다. 돈이 필요없다니? 그럼 자네는 무엇 때문에 용병이 된 것인가? 명성이나 명예 때문에? 그것도 아니라면……."

"전… 강해지려고 용병이 되었습니다. 그러기 위해서 많은 경험을 해보려고 합니다."

"강해지겠다고? 대체 얼마나 강해지겠다는 거지? 너만한 나이에 그렇게 강한데도 만족을 못한단 말이냐?"

카렌의 대답이 기가 막힌지 사이먼은 고개를 흔들었다. 하지만 카렌은 자신이 용병이 되겠다고 결심했던 처음의 마음을 떠올리느라 사이먼의 말을 듣지 못했다.

"더욱 많은 경험을 해 지금의 벽을 뛰어넘어야만 해요. 더 이상 강해질 수 없을 만큼, 아니, 인간의 한계를 넘어설 만큼 강해져도 결코 충분하지 않아요."

말을 하면서도 과거 자신의 아버지와 어머니, 그리고 그들의 동료들이 모두 죽음을 경험했던 만큼 자신 역시 목숨이 위험하다는 것을 깨닫고 있었다.

소드 그렌저인 아버지도 죽음을 맞이할 수밖에 없을 정도로 상대는 강하다는 것을 알고 있기에 조금이라도 더 강해져야 한다는 생각을 거의 강박적으로 가지고 있다는 것을 본인은 전혀 깨닫지 못하고 있었다.

카렌의 대답에서 그가 지금 강박관념에 사로잡혀 있다는 것을 사이먼은 금세 깨달을 수 있었지만 그것을 그리 심각하게 생각하지는 않았다. 어렸을 때 가졌던 생각이 평생을 가는 것도 아니고, 카렌도 나이를 먹고 여러 가지 경험을 하다 보면 생각이 바뀔 것이라 생각했기 때문이다.

"글쎄다. 강해지기를 원하는 마음은 잘 알겠다마는 생각한 만큼 강해지지 않는다고 하더라도 결코 실망하지 않았으면 좋겠구나. 강해지려고 노력하는 마음만 잊지 않으면 언젠가는 강해지지 않겠니?"

"사이먼님의 말씀 명심하겠습니다."

자신이 왜 강해지려 하는지 그 목적을 모르는 사이먼으로서는 당연한 말이겠지만, 강해질 수 있는 시간이 불과 4년밖에 남지 않았다는 사실이 얼마만큼 중압감으로 어깨를 짓누르는지 어떨 때는 숨쉬기조차 버거울 정도였다.

카렌이 자신의 말을 순순히 받아들이는 모습에 기분이 좋아진 사이먼은 카렌의 어깨를 가볍게 두드리며 크게 웃음을 터뜨렸다.

"하하하, 자네하고는 또 함께 일을 했으면 좋겠군. 자넨 정말 기분 좋은 친구야."

사이먼의 칭찬을 듣는 동안에 디치가 갖가지 음식을 가져왔고, 창고에 물건을 맡기러 갔던 용병들과 마부, 그리고 짐꾼들이 돌아오면서 갑자기 식당이 시끌벅적하게 변했다.

다소 좁기는 했지만 좁은 자리에서 껴안고 서로 부대끼며 술을 마시며 떠들면서 호송 청부가 무사히 완료된 것을 진심으로 기뻐했다.

다른 용병들과 어울려 몇 잔의 술을 마신 카렌은 온몸이 뜨거워지면서 왠지 기분이 좋아지는 것을 느꼈다. 지금껏 누군가와 이런 식으로 어울려 본 적이 없는 카렌으로서는 이런 자리가 너무나 마음에 들었다.

누군가와 함께한다는 것이 이렇게 가슴을 유쾌하게 만드는 것인 줄은 몰랐다.

그래서 이승을 떠난 지옥마제가 사람들과 부대끼며 여러 가지 감정을 느껴보라고 한 것일지도 모르겠다는 생각이 들었다. 그렇게 카렌은 동료들과 어울려 밤이 늦도록 술을 마시며 그날 하루를 즐겼다.

"애고고, 골치야."

카렌은 여느 날처럼 벌떡 일어나려다가 두통과 함께 뇌가 머리 속에서 빙글빙글 도는 희한한 경험을 해야만 했다. 자신도 모르게 갈증을 풀려고 주위를 둘러보다 정신없이 자고 있는 제크를 발견하고서야 어젯밤 일이 생각났다.

정말 그렇게 정신없이 놀아본 적은 난생처음이었다.

알지도 못하는 노래를 엉터리로 따라 부르기도 했고, 용병들의 무용담을 들으며 환호성을 터뜨리기도 했다. 또 호기있게 다른 이와 술잔을 부딪치기도 했다. 그러다 하나둘 술에 취해 널브러진 것을 카렌이 주인인 디치의 안내로 일일이 방에 눕혀준 다음에야 방으로 돌아와 잠이 들었던 것이다.

흔들리는 머리 때문에 조심스럽게 자리에서 일어난 카렌은 옷을 걸치고는 조용히 방을 빠져나왔다.

"어? 벌써 일어나셨어요?"

커다란 음성에 가까스로 진정시켰던 두통이 다시 시작될 것만 같았다.

상대를 확인하고 보니 디치의 아들 폴이었다.

"무, 물 좀 줄래?"

"잠깐만 기다리세요."

카렌은 폴이 내민 물을 받아 마시고서야 조금은 정신이 깨어나는 것을 느꼈다.

"여기 공터가 있니?"

"여관 뒤뜰이 있긴 한데 물건들이 쌓여 있어서 비좁을 거예요."

"잠깐 앉아 생각할 것이 있으니 좁은 것은 상관없다."

"그럼 뒤뜰로 가보세요. 조금 있다가 식사 시간이 되면 부르러 갈게요."

"그래."

대충 대답한 카렌은 문을 통해 뒤뜰에 도착했다.

폴의 말처럼 여관에서 필요로 하는 여러 가지 물건들이 조금은 난잡하게 쌓여 있었다. 하지만 겨울임에도 불구하고 남쪽 지방인 탓에 바깥 날씨도 그리 춥게 느껴지지는 않았다.

비교적 평평한 곳을 찾은 카렌은 가부좌를 틀고 앉았다.

지면에서 차가운 기운이 올라왔지만 견디지 못할 정도는 아니었다. 천천히 호흡을 정리한 카렌은 지그시 눈을 감고 호흡에 모든 신경을 집중하기 시작했다.

시원한 공기가 호흡을 통해 들어왔고, 호흡을 통해 들어온 마나가 카렌의 의도에 따라 단전에 모이기 시작했다. 단전에 조금씩 축적되던 마나는 이미 단전을 지배하고 있던 연환상충폭뢰기에 흡수를 당했고, 연환상충폭뢰기는 천천히 카렌의 혈도를 따라 이동을 하기 시작했다. 처음엔 느린 속도로, 조금씩 속도를 높여가며, 그러면서도 서서히 강해졌다.

처음 단순히 혈도를 따라 흐르던 마나가 두 번의 소주천이 지나자 조금씩 음양의 기운을 띠기 시작했고, 다섯 번의 소주천이 끝나자 완벽한 음양이기로 바뀌어 조금씩 충돌을 일으키기 시작했다. 카렌은 지체 없이 대주천으로 운용하며 혈도를 따라 움직이기 시작했다.

평온하기만 하던 카렌의 얼굴도 이때부터 조금 얼굴이 찌푸려지기 시작했다.

처음 느릿느릿 움직이던 연환상충폭뢰기는 얼마 되지 않아 무서운 속도로 혈도 속을 질주하기 시작했다. 그에 따라 몸속에서 느껴지는 고통도 점점 심해지기 시작했다. 독맥을 따라 올라가던 폭뢰기의 기운은 일전의 통증 때문에 백회혈까지 올라가지 못하고 혈도를 우회해 다시 임맥을 따라 내려가기 시작했다.

라이오너를 받아들일 당시 혈도 속의 노폐물을 완전히 태워 버리긴 했지만 평소 자주 활용하던 혈도가 아니었기에 무지막지한 양의 연환상충폭뢰기가 지나기에는 너무 협소하기만 했다. 본능적으로 우회시키기는 했지만 순간 아깝다는 생각을 했다.

그렇게 열여덟 번의 대주천을 마쳤을 때 카렌은 더 이상은 마나를 통제할 자신이 없었기에 서둘러 운공을 마칠 수밖에 없었다.

격렬하기 들끓는 마나를 잠재우기 위해 몇 번의 심호흡을 한 후에야 카렌은 가만히 눈을 떴다. 단전의 상태를 확인하던 카렌은 지옥마제가 이승을 떠난 후 한동안 정체되어 있던 연환상충폭뢰기가 어느새인가 성장해 있는 것을 깨닫게 되었다. 그뿐 아니라 지금까지는 전혀 느낄 수 없었던 라이오너의 존재까지 희미하게나마 느낄 수 있었다.

기가 막히지 않을 수 없었다.

죽어라 연환상충폭뢰기에 매달리고 고민을 했을 때는 제자리걸음만 하던 것이 오히려 시간에 쫓겨 거의 한 달 동안이나 운공을 하지 못했는데, 오히려 연환상충폭뢰기의 양이 성장해 있는 것이 아닌가? 그동안 연환상충폭뢰기의 연성에 매진했던 카렌으로서는 정말 맥이 빠지는 일이 아닐 수 없었다.

가만히 호흡을 멈춘 카렌은 단전에서 소용돌이치고 있던 연환상충폭뢰기를 오른손으로 보냈다. 오른손의 변화를 지켜보던 카렌은 시간이 지나도 아무런 변화가 생기지 않자 조금은 실망한 표정을 지었다.

사부인 지옥마제가 연환상충폭뢰기가 5성에 도달하게 되면 마나를 손에 주입했을 때 방전이 일어나게 된다고 했다. 그렇지만 아직 5성의 경지에는 도달하지는 못했는지 손에서는 아무런 변화도 보이지 않았던 것이다.

연환상충폭뢰기가 5성에 달하면 라이오너와의 친화력을 본격적으로 늘려볼 생각을 하고 있었기에 아쉽다는 생각이 먼저 들었다. 카렌이 자리를 털고 일어났을 때였다.

“손님, 식사 준비가 다됐어요. 식사하러 오세요.”

“알았다.”

식당에 가보니 식사를 하러온 사람은 절반도 채 되지 않았다.

술도 검술 실력에 따라 차이가 나는 것인지 제크나 베리, 필립, 카트는 그런대로 깔끔해 보였는데 나머지 용병들은 부스스한 모습이 대부분이었고, 그나마도 나머지 사람들은 아직 일어나지도 못한 모양이었다.

“햐~ 설마 카렌이 이렇게 술을 센 줄은 몰랐는데?”

“그러게 말이야. 이거 오늘 저녁에 한잔 더 해야 되는 거 아니야?”

“대단한데?”

“별말씀을 다 하세요. 그런데 나머지 분들은……?”

“피곤한 모양인데 더 자도록 그냥 두고 우리들끼리 식사를 하도록 하자꾸나.”

제크의 말에 자리에 앉은 카렌은 다른 용병들과 함께 식사를 시작했다.

“카렌, 나를 따라 이곳 길드에 가볼 테냐?”

“예, 가보고 싶어요.”

“그럼 같이 가자꾸나.”

제5장
야생마 생포 작전

야생마 생포 작전

제크와 함께 거리로 나온 카렌은 날씨가 겨울답지 않게 따스한 것을 느끼며 주변을 구경하기에 여념이 없었다. 수도나 싸일렉스처럼 큰 도시와는 달리 샬레 성이 비록 화려하지는 않았지만 모든 것이 아기자기한 것이 호기심을 끌기 충분했다.

겨울 날씨답지 않게 따스한 햇살이 내리쬐는 거리를 오가는 사람들의 얼굴에는 한결같이 희미하지만 분명하게 그림자가 드리워져 있었다. 그런 모습이 이해가 되지 않는지 카렌은 고개를 갸웃거렸다. 그런 카렌의 태도가 신경 쓰였는지 제크가 슬쩍 물어봤다.

"카렌, 아까부터 뭘 그리 살피고 있는 거냐?"

"다른 게 아니라 사람들의 얼굴이 어두운 게 무슨 걱정이 있는 것 같아서……."

"걱정? 그런데?"

"문제는 조금 전부터 본 사람들 전부가 그렇게 보여서……."

"휴우~ 그럴 만도 하지. 여기 샬레 성을 비롯해 이 일대 영지를 다스리는 사람은 펠링턴 자작이란 귀족인데, 영지민들에게 거두는 세금이 만만치 않은 모양이더라. 너도 봤다시피 이 일대는 너무나 척박해 농작물을 재배하기 결코 좋은 땅이 아니거든. 결론적으로는 장사를 해서 세금을 내야 한다는 말인데, 생각을 해봐라. 이렇게 작은 마을에서 무슨 장사를 하겠냐? 당연히 영지민들로서는 세금을 못 낼 수밖에 없지."

"영지민들이 세금을 못 낼 것을 알고도 그렇게 과중한 세금을 거둬들이는 영주라면 세금을 못 내는 영지민들을 가만둘 리는 없을 텐데요."

"때문에 영지민들은 고리대금업자에게 고리로 돈을 빌리거나 영주에게 몸으로 때울 수밖에 없는 상황이지."

"고리대금업자에게 돈을 빌리는 것은 이해가 가지만 영주에게 몸으로 때우다니…… 그건 또 무슨 말씀이세요?"

"세금을 못 낸 영지민들을 영주가 그냥 놔둘 리 만무하지 않느냐? 세금을 내지 못한 영지민들은 영주의 농토에서 강제 노역을 해야만 하지. 그래서 빚을 탕감하면 뭐 하겠니? 다음 해에 또다시 빚이 생겨 또 강제로 노역을 해야 하는데 말이다."

제크의 말에 카렌은 기가 막혔다.

"그럼 이런 사실을 수도에 알리면 되지 않나요?"

"후후후, 수도에 알린다고? 그렇게 해서 알리면 뭐가 달라진다던?"

"예?"

"사실 펠링턴 자작이 매기는 세금은 다른 지역에 비하면 그렇게 많은 것은 아니란다. 다만 이 지역이 너무 낙후되고 척박한 곳이라 별다른 수입원이 없다는 것이 문제지."

제크와 대화를 나누는 동안 두 사람은 조금 허름한 건물 앞에 도착할 수 있었다.

"여기가 용병 길든가요?"

"그래, 수도에 있는 우리 길드와는 비교할 수도 없을 만큼 허름한 곳이지만 역사는 우리보다 훨씬 오래되었지. 게다가 길드장인 피레 씨는 우리 길드장에게 처음으로 검술을 가르쳐 준 양반이라 우리 길드와는 아주 친밀한 관계를 유지하고 있지."

건물 안은 찾는 이가 없는 탓인지 거의 텅 비어 있었다.

카운터에 앉아 꾸벅꾸벅 졸고 있던 늙은 용병은 갑자기 들려온 발자국 소리에 놀라 고개를 쳐들었다가 상대를 확인하고는 심드렁한 표정을 지었다.

"아침부터 누군가 했더니…… 제크구나. 어제 왔다고 하더니 밤새 술이라도 퍼마신 모양이군. 그래가지고 언제 돈을 모아 정착할 거냐?"

"피레 길드장님은 날 만날 때마다 정착하라는 소립니까? 내 나이가 몇 살인데……."

"너 정도 솜씨로는 몇 년 버티기 힘들다고 했잖아. 또 버틴다고 하더라도 험한 꼴만 볼 텐데……. 에잉~ 무슨 미련이 그렇게 많다고 이 바닥을 떠나지 않겠다고 고집하는지 모르겠다. 게다가 점찍어놓은 여자가 있는 것도 아니면서 말이야."

"허엄~ 거참, 길드장님은 옆에 애도 듣고 있는데 무슨 말씀을 하시는 겁니까?"

"엥? 그 꼬마는 뭐냐? 내가 그 산도적 놈 길드에 있는 녀석들은 대부분 아는데 그 꼬마는 처음 보는데?"

"카렌입니다. 카렌 에스지가 제 이름입니다."

"카렌 에스지? 제국 아카데미 출신이냐?"

"그렇습니다만……."

"역시 그 꼬마였군."

뜻밖에도 퓌레가 카렌을 아는 척하자 오히려 제크가 놀랐다.

"길드장님이 어떻게 카렌을 아십니까?"

"쯧쯧쯧, 한심한 놈. 카렌 에스지라면 제국 아카데미에서 열리는 철
인대회의 목검 결투에서 3년 연속 우승을 거둔 아이 아니냐? 그럼 지금
까지 같이 다닌 아이가 어떤 아이인지도 모르고 있었던 거냐? 휴우~
저렇게 둔한 녀석이 무슨 용병을 한다고…… 쯧쯧쯧."

퓌레의 혀 차는 소리에 제크의 얼굴이 붉어졌지만, 그보다는 설마
자신과 한 달 동안이나 같이 생활했던 어린 청년이 철인대회의 두 영
웅 가운데 한 명인 그 카렌일 줄은 몰랐기에 그의 놀라움은 클 수밖에
없었다.

"네가 바람의 카렌이라고 불렀던 정말 그 카렌이 맞단 말이냐?"

"멍청한 놈, 사람을 못 알아보기만 하는 게 아니라 의심까지 많으
니…… 대체 어디다 저걸 써먹어. 여기 오면서 칸데나 협곡에서 습격
하는 산적들을 저 꼬마가 몽땅 해치웠다며? 그 실력을 보고도 눈치채
지 못했단 말이냐?"

두 사람의 대화를 들으면서 카렌은 퓌레의 눈썰미가 보통이 아님을
깨닫고 있었다.

간간이 보이는 섬뜩한 눈초리도 놀라운 일이었지만 무엇보다 방심
하듯 앉아 있는 모습에서 결코 허점을 발견할 수 없었기 때문이다. 실
력이 결코 자신보다 뛰어날 것 같아 보이지는 않았지만 그렇다고 반드

시 승리를 거둔다고 장담할 수도 없는, 정말 기묘한 분위기를 가진 노인이었다.

자신을 뚫어져라 쳐다보고 있는 카렌과 눈이 마주친 노인은 갑자기 묘한 웃음을 흘리기 시작했다.

"클클클, 눈초리가 상당히 도발적인 것을 보니 이 늙은이한테 승부욕을 느낀 모양이구나. 하지만 그렇게 뚫어져라 노려볼 필요 없다. 네 녀석이 나보다 강하니까 말이다."

"저, 전 그런 뜻으로 길드장님을 본 것이……."

"퇴레 길드장님, 그게 무슨 말입니까? 카렌이 길드장님보다 강하다니요? 농담이시죠?"

"멍청한 놈, 내가 언제 실력에 대해서 농담하는 걸 봤냐? 그리고 저 꼬마는 확실히 나보다 강하니까 내 말을 믿어라. 뭐냐, 그 표정은? 건방지게 지금 내 말을 의심하는 거냐?"

"아, 아닙니다, 길드장님."

"그건 그렇고, 여긴 뭐 하러 왔냐?"

"사이먼 씨의 청부를 완수했기에 다른 청부가 있나 보러 왔습니다."

"접수된 청부는 두 개뿐이다."

"뭡니까?"

"하나는 야생마 떼를 생포하는 것이고, 또 하나는 트렝커터를 퇴치하는 일이다."

"트렝커터? 그 빌어먹을 마물이 나타났다는 말입니까?"

깜짝 놀라는 제크의 모습에 트렝커터란 몬스터가 보통 몬스터가 아님을 직감할 수 있었지만 그런 이름은 정말 처음 들어봤다. 제크의 표정이 워낙 심각하게 굳어져 있어 쉽게 물어볼 엄두가 나지 않았다. 그런 카렌의 궁금증을 눈치챘는지 푀레가 입을 열었다.

"클클클, 트렝커터가 어떤 몬스턴지 궁금한 모양이구나. 내가 가르쳐 주랴?"

"부탁드리겠습니다, 길드장님."

"트렝커터는 쉽게 말해 산악 거미란다."

푀레의 설명에도 카렌은 이해가 되지 않는지 고개를 갸웃거렸다.

"아직 산악 거미를 본 적이 없는 모양이구나. 산악 거미는 원래 예전부터 있었던 주먹만한 크기의 몬스턴데 주로 산악 지형에서 살지. 하지만 마신전쟁 이후에 무슨 이유 때문에선지 크기가 엄청나게 커져 높이가 3미터가 훨씬 넘는데다 길이가 7미터가 넘는 엄청난 괴물이 되었지. 껍데기가 엄청 딱딱한데다가 두꺼워서 소드 오러를 자유자재로 사용하는 소드 익스퍼트 최상급의 기사나 용병이 아니면 결코 상대할 수 없는 마물이지. 게다가 입에서 내뿜는 독 안개나 들판 이곳저곳에 마구 쳐놓는 거미줄은 정말 골칫거리가 아닐 수 없지. 그런데 더 큰 문제는 무리 생활을 절대 하지 않는 이 트렝커터가 근처에 집단으로 나타났다는 것이지. 그래서 지금은 칸데나 협곡을 제외하고는 샬레 성으로 들어올 수 있는 길이 완전히 봉쇄된 상황이지."

푀레의 설명에 카렌은 고개를 끄덕였고, 제크는 생각할 필요도 없다는 듯 결정을 내렸다.

"어차피 우리가 받은 청부는 완수를 했고, 시간 여유도 충분하니까 야생마를 생포하는 것이 좋을 것 같다. 저희가 그 청부를 맡겠습니다."

"쯧쯧쯧, 경박하기는…… 자세히 알아보지도 않고 그렇게 청부를 쉽게 맡다가는 낭패를 본다고 내가 누누이 말을 했건만 하나도 나아진 것이 없구나."

"그 청부가 그렇게 위험한 청부란 말입니까?"

제크의 반문에 푀레는 어쩔 수 없다는 듯 고개를 흔들고는 설명을 해주었다.

"지금 영주의 성에 하크 패거리와 줄랑 패거리가 머물고 있다. 너희까지 참가하면 일단 인원수는 될 것 같으니 한번 해보던지. 하지만 방심은 안 하는 것이 좋을 거다. 그 야생마 떼를 몰고 다니는 우두머리 녀석이 보통 녀석이 아니거든."

"우두머리가 보통이 아니라니요? 그래 봐야 고작 말 아닙니까?"

"이런 바보 같은 녀석, 똑똑히 들어라. 지금까지 그 야생마 떼를 사로잡으려고 몰려들었던 용병들이 얼마나 되는지 아느냐? 게다가 그 우두머리 녀석한테 당해 부상을 입은 녀석이 또 얼마나 되는지 알았다면 감히 고작 말이라는 소리는 못할 거다."

"그렇게 특별한 말인가요?"

푀레의 단호한 말에 제크는 조금 풀이 죽은 음성으로 질문했다.

"특별하지. 암, 특별하고말고. 검정색 말이 얼마나 날쌘지 우리는 그 녀석을 다크 윈드(검은 바람)나 블랙 데빌(검은 악마)이라고 부른다. 게다가 그놈은 얼마나 영악한지, 인근의 야생마들을 몽땅 제 부하로 만들어 이제는 거의 2,000여 마리나 되는 야생마들을 끌고 다니고 있지. 단순히 야생마가 늘어난 것이라면 별 문제가 아닐 수도 있지만, 문제는 그 녀석들이 얼마 되지 않는 농장물이나 과수원의 과일까지 모조리 먹어치운다는 것이지. 또한 그 녀석들을 쫓으려다 영지민은 물론 용병들 몇몇이 다치기도 했지. 지금은 샬레 성의 골칫거리가 되었지."

"영주가 보상금은 얼마나 걸었습니까?"

“야생마 한 마리당 65실버.”

“예? 말 한 마리에 4, 5골드는 너끈히 받고도 남을 텐데, 겨우 65실
버랍니까?”

“하지만 말들이 많잖아. 몇 마리만 잡아도 많은 돈을 만질 수 있으
니 사방에서 모여드는 멍청이들이 적지 않아. 그러니까 하기 싫으면
하지 마.”

곰곰이 고심을 하던 제크는 카렌에게 그의 의사를 물어보았다.

“카렌, 어때? 해보겠니?”

“야생마를 생포하는 일은 한 번도 해본 적이 없긴 하지만…… 한 번
해보고 싶군요.”

“그래? 저희도 접수시켜 주십시오.”

“정보비는 2골드야. 잊지 마.”

“2골드? 싸지는 않군요.”

“까불지 마라. 다른 패거리한테는 5골드씩 받았지만 너희 길드는 그
래도 안다고 싸게 받는 거야. 떼먹을 생각하지 말고 꼭 가지고 와.”

“걱정하지 마십시오. 언제 저희가 돈 떼먹은 적 있습니까?”

피레의 말에 제크는 조금은 흥분한 얼굴로 강변했다. 하지만 피레는
아랑곳하지 않았다. 오히려 카렌이 흥미를 보이는 것이 더 그의 관심
을 끄는지 카렌에게 질문을 던졌다.

“꼬마야!”

“영감님, 저는 꼬마가 아니고 카렌이란 이름이 있거든요.”

입술을 삐죽 내민 카렌의 모습에 피레는 되레 기분이 좋은 듯 웃음
을 터뜨렸다.

“클클클, 재미있는 꼬마야. 스승이 누구기에 널 이렇게 키웠는지 만

나보고 싶군. 정말 네가 특별한 경험을 하고 싶다면 샬레 성을 떠나 동남쪽으로 130킬로미터쯤 가면 발렉이란 작은 마을이 나오는데, 난 그곳으로 가라 권하고 싶구나.”

“발렉……”

카렌이 나직하게 중얼거렸지만 오히려 그 모습이 신경 쓰였는지 제크가 살짝 인상을 쓰며 입을 열었다.

“길드장님, 아무것도 모르는 카렌을 유혹하지 마십시오.”

“멍청한 놈, 저 꼬마는 평범한 꼬마가 아니야. 자신의 검을 더욱 날카롭게 갈기 위해 용병이 된 녀석이란 느낌이 강하게 들어. 그런 향기를 진하게 풍기는 녀석이야. 너 같은 녀석하고는 질적으로 다른 녀석이니까 신경 쓰지 말고 네 할 짓이나 해.”

자신의 말을 듣는 상대의 기분은 전혀 생각지 않는 푀레의 말에 카렌은 약간은 조마조마한 심정으로 제크를 쳐다보았다. 하지만 제크는 별로 기분 나쁜 기색없이 나름대로의 생각에 빠져 있을 뿐이었다.

“오늘 저녁까지 멍청이들을 데리고 영주의 성으로 가봐. 내가 보내서 왔다고 말하면 알아서 해줄 거야.”

“알았습니다. 그럼 나중에 찾아뵙겠습니다.”

“클클클, 꼬마야! 또 만나자.”

“영감님은 정말 기억력이 형편없으시네요. 하지만 또 만날 일이 있을지 모르겠군요.”

“클클클, 세상일이란 언제 어떻게 될지 모르지. 그러니까 함부로 장담하지는 않는 것이 좋을 게다.”

푀레의 말이 끝나기도 전 제크와 카렌은 길드를 빠져나가고 없었다. 크게 기지개를 켠 푀레는 따스한 햇살을 받으며 다시 꾸벅꾸벅 졸기 시작했다.

여관으로 돌아온 제크는 잡담을 나누고 있던 베리와 필립에게 지시를 내렸다.

"베리, 필립. 새 일거리가 있다. 빨리 나머지를 몽땅 끌고 와라."

"새 일거리요? 젠장, 어제 겨우 하루밖에 쉬지 못했는데 또 무슨 청부란 말입니까?"

"휴우~ 제크님은 다 좋은데 쉴 시간을 제대로 안 준단 말이야."

필립과 베리는 투덜거리며 자리에서 일어나 아직까지 자고 있을 동료들에게로 향했다.

잠시 후, 하나같이 심통이 난 표정으로 용병들이 모여들자 제크는 자신이 피레에게 들은 이야기를 해주었고, 잘만하면 큰돈을 만질 수 있다는 말에 용병들은 금방 희희낙락하며 좋아했다. 그런 용병들의 태도에 카렌은 어이없어 하면서도 또 한편으로는 용병들의 행동이 이해가 되었다.

사실 뭐 때문에 용병이 되려고 했겠는가?

거의 대부분이 돈 때문이었다. 하지만 용병이 된다고 하더라도 모두가 큰돈을 벌 수 있는 것은 아니었다.

기껏 청부를 완료해도 몇십 실버가 고작이었다.

이번처럼 한 달이나 걸리는 장거리 청부를 맡아야 겨우 2골드를 받을 수 있을 뿐이다. 그런데 며칠만 고생하면 몇 골드나 되는 큰돈을 만질 수 있다는데 누가 그런 일을 마다하겠는가? 게다가 지금처럼 야생마 떼를 사로잡는 경우에는 한 번에 거의 몇백 마리를 잡을 수 있기 때문에 한 사람 한 사람이 받게 되는 금액은 더욱 커지게 되는 것이다.

어느 틈엔가 불만이 사라진 용병들을 바라보던 제크가 마지막으로 한마디했다.

"점심 식사를 한 후 잠깐 휴식을 취했다가 오후에 출발할 테니까, 그때까지는 모두들 준비를 마치도록 해라. 참, 베리는 사이먼 씨에게 다녀오도록 하게. 사정을 이야기하면 아마 청부 대금을 내주실 거네."

"알겠습니다."

베리가 나간 후 용병들은 그 짧은 사이에도 쉬려는지 자신의 방으로 가 잠을 청하기도 하고, 또 휴식을 취했다.

카렌은 여관의 옥상으로 올라가 가볍게 몸을 풀면서 왜 연환상충폭뢰기가 그동안 정체를 보인 것인지 그 이유에 대해서 생각해 보았지만 도저히 그 연유를 알 수 없었다.

사부인 지옥마제도 어느 정도 경지에 도달하면 육체적인 훈련보다는 명상을 통한 깨달음을 얻어야 한다고 했다. 하지만 그 깨달음이 무엇을 말하는 것인지 카렌은 전혀 짐작이 되지 않았다. 결국 카렌이 내린 결론은 이렇게 정체를 보이는 연환상충폭뢰기에 계속해서 매달리느니, 차라리 존재감이 겨우 느껴지기 시작한 라이오너와 친해지는 것이 더 낫겠다는 생각이 들었다.

"라이오너!"

혹시나 하는 마음에서 라이오너를 불러봤지만 역시나 라이오너는 마나 홀에서 꼼짝도 하지 않았다. 카렌이 라이오너의 존재를 느낄 수 있을 때는 오직 연환상충폭뢰기의 기운을 끌어올릴 때뿐이었다. 가만히 눈을 감고 라이오너를 느끼기 위해 신경을 집중하고 보니 단전 속에서 약하게 진동하는 라이오너의 존재를 확실하게 느낄 수 있었다. 하지만 카렌이 느끼는 크기는 겨우 바늘 끝보다도 작기만 했다.

"카렌, 어딨어? 가야 할 시간이다."

베리의 음성이었다.

입맛을 다시며 자리에서 일어난 카렌은 금세 여관의 현관으로 내려갔다. 그리고는 자신의 말을 찾아 말의 안장을 잡고는 지면을 박차며 단숨에 올라탔다. 그 모습을 지켜보던 용병들은 하나같이 휘파람을 불며 카렌의 날쌘 동작에 놀라워했다.

휘이익!

"제법인데? 정말 제법이야!"

"대체 제국 아카데미에서는 뭘 가르치기에 저런 녀석이 튀어나온 거야?"

"뭐야? 너 잘하면 제국 아카데미에 입학한다고 설치겠다?"

"저 녀석만큼 뛰어난 실력을 가질 수만 있다면 입학하지 못할 것도 없지."

"얼씨구, 놀고 있네."

"시끄럽다! 출발한다!"

필립의 호통 소리에 용병들은 금세 조용해졌고, 다섯 마리의 말과 여관에서 빌린 두 대의 짐마차에 나눠 탄 용병들은 서서히 출발했다. 펠링턴 자작이 있는 영주의 성까지는 그리 멀지 않은지 여관을 출발한 지 두 시간 반 정도가 지나자 조금은 높아 보이는 언덕 위에 우뚝 서 있는 성 하나를 만날 수 있었다.

일반적인 성들이라면 다 가지고 있는 해자가 없는 대신 날카로운 강철 침이 삐죽이 붙어 있는 강철 기둥들이 성벽 주위에 배치되어 있는 것이 상당히 흉물스럽게 보였다. 성의 입구를 지키고 있던 네 명의 병사 가운데 비교적 나이가 들어 보이는 병사 하나가 앞으로 나서며 일행들을 제지시켰다.

"멈춰라! 너희들은 누구냐?"

"우린 동반자 길드 소속 용병들이오. 영주께서 청부하신 야생마 생포를 위해 왔소."

"당신이 리더요?"

"잠시 리더를 맡고 있소. 제크라고 하오."

"잠깐만 기다리시오. 내가 시종장님께 말씀을 드리고 오겠소."

중년 병사가 성문 안으로 사라진 지 얼마 되지 않아 곧 다시 나타났다.

"따라오슈."

퉁명스러운 말을 내뱉은 중년 병사가 앞장을 섰고, 일행들은 마차와 말에서 내려 중년 병사를 따라갔다.

성문까지 이어진 길을 따라가던 일행들은 30분 정도가 지나서야 내성에 도착할 수 있었고, 그곳에서 내성을 지키고 있던 병사에게 일행들을 인계했다. 30대 초반으로 보이는 병사는 상당히 거만하고 고압적인 자세로 제크와 일행들을 훑어보았는데, 당하는 쪽인 제크와 일행들은 결코 유쾌한 기분이 될 수 없었다.

"따라와라."

다짜고짜 반말이었다.

성미가 급한 카트가 발작을 일으키려고 했지만 옆에 있던 베리의 제지로 억지로 화를 눌러 참아야만 했다. 다른 용병들도 모두 심기가 불편한지 인상을 쓰고 있었다.

그 병사를 따라 내성으로 들어선 일행들은 넓은 연병장 여기저기에 아무렇게나 무질서하게 앉아 휴식을 취하고 있는 기사들을 발견할 수 있었다. 그들을 발견하자마자 제크와 용병들은 은연중에 고개를 반대쪽으로 돌린 채 걸음을 옮기고 있었는데, 카렌으로서는 쉽게 받아들이기 힘든 모습이었다.

원래부터 기사와 용병들의 사이가 서로 좋지 않다는 것은 카렌도 알고 있었던 사실이지만 일부러 고개를 돌려야 할 정도로 서로를 인정할 수 없는 것인지 정말 이해가 되지 않았다.

"코메!"

"옛? 부르셨습니까, 미레트님?"

조금 전 제크와 일행들을 대할 때의 거만했던 표정은 어디론가 사라진 채 두 손을 싹싹 비비며 굽실거리면서 별로 인상이 곱지 않은 말상의 기사에게 다가갔다.

"저 냄새 나는 떨거지들은 뭐냐?"

"영주님께서 의뢰하신 청부가 있지 않습니까?"

"아~ 그 야생마 떼를 사로잡는 것 말인가?"

"그렇습니다, 미레트님."

"돈밖에 모르는 저런 것들을 보니 내 눈이 썩는 것 같다. 당장 연병장 근처에서 치워라."

"당장 치우겠습니다. 그럼."

굽실거리던 코메는 황급히 인사를 하고는 일행들에게로 다가왔는데, 가까이 다가왔을 땐 이미 조금 전의 그 거만한 표정을 다시 짓고 있었다.

"따라와라."

기사를 대할 때와는 판이하게 다른 병사의 태도에 이젠 카렌마저도 화가 치밀 지경이었다. 하지만 병사는 아랑곳하지 않는 듯 걸음을 옮겼고, 제크는 자신도 흥분했지만 금방이라도 폭발할 듯 보이는 용병들을 다독거리며 병사의 뒤를 따라갔다.

거의 30분 정도가 지나서야 일행은 겨우 펠링턴 자작이 거처하는 본 건물에 도착할 수 있었다. 내성의 성벽과 이어진 다른 성들과는 다른 구조를 가지고 있었는데, 그런 탓인지 본 건물의 외형은 너무나 화려하게만 느껴졌다.

"기다려."

그 말만을 남긴 병사는 또 조금 전과는 달리 무척이나 조심스러운 태도로 계단을 올라가서는 조심스럽게 입을 열었다.

"내성 서문을 담당하고 있는 코멥니다. 시종장님을 뵙고 싶습니다."

"기다리세요."

음성이 가는 것을 보면 여인의 음성이 분명한 듯한데, 말의 내용은 거의 코메에 비견될 정도로 싸가지가 없었다. 하지만 그런 상대의 반응을 당연하게 여기는 듯한 코메의 태도에 용병들은 더욱 분노를 느끼지 않을 수 없었다.

약자나 자신보다 지위가 낮은 자들에게는 거만하고 고압적인 태도를 보이다가 자신보다 강하거나 지위가 높은 자들을 만나면 마치 강아지가 된 듯 꼬리를 흔드는 코메의 태도가 곱게 보일 리 만무했다.

물론 카렌은 나름대로 이유가 있어서 용병이 된 것인지만 누구에겐가, 혹은 무엇인가에 소속되지 않은 용병들의 자유로움이 좋게 보였던 것도 사실이었다. 하지만 그 이면에 이런 아픔과 괴로움이 있을 줄은 몰랐다.

언젠가 러셀과 조디가 말했던 귀족들의 횡포도 횡포였지만, 자유인이라고 생각했던 용병들의 처지나 대우가 어떤지 알게 되니 그저 씁쓰

름할 뿐이었다.

그러는 사이 콧수염을 멋지게 기른 중년 사내 하나가 상당히 거만한 표정으로 뒷짐을 진 채 현관에 서서 일행들을 내려다보고 있었다. 콧수염 중년의 태도가 워낙 당당하고 고압적으로 보여 카렌은 처음 그가 이곳의 영주인 펠링턴 자작인 줄 알았다.

“저자들이 영주님의 청부를 맡겠다고 온 자들인가?”

“그렇습니다, 스카라 시종장님.”

“차림새가 상당히 지저분한 자들이군. 누가 책임자인가?”

“책임자는 나서라.”

코메의 말에 제크는 어금니를 깨물며 한 걸음 앞으로 나섰다.

“제가 이들의 책임자인 제큽니다.”

“제크? 영주님께는 내가 말씀드리겠다. 자네가 이자들을 다른 용병들이 묵고 있는 숙소로 데려다 주도록 하게.”

“걱정하지 마십시오. 제가 데려다 주겠습니다.”

“믿겠네. 그럼.”

콧수염 중년은 그 말만을 남기고 건물 안으로 사라졌고, 그가 사라지자마자 살살거리던 코메의 태도가 또다시 돌변했다.

“제길, 언제나 이 신세를 면할지…… 따라와.”

“이봐, 젊은 친구. 말 좀 조심하지?”

사실 안대를 하고 있는 제크가 웃지 않고 있으면 꽤나 험악스러운 얼굴이었다. 게다가 탄탄한 체격까지 가지고 있으니 위압감 역시 보통이 아니었다. 그런 탓에 코메도 멈칫거리며 뒤로 물러섰다.

“뭐, 뭐 하는 짓이냐?”

“젊은 친구, 나도 성질이 꽤 더러운 녀석이거든. 자네한테 계속해서 반말을 듣게 된다면 자네의 그 예쁜 머리통을 꼭 박살 낼 것 같거든. 그래서 하는 말인데, 말을 좀 가려서 해줬으면 좋겠거든. 자네 생각은 어떤가?"

비록 낮은 음성이었지만 분명하고도 박력이 넘치는 음성이었다.

화가 나는지 잠시 붉어졌던 코메의 얼굴을 제크가 계속해서 뚫어져라 쳐다보고 있자 코메는 곧 고개를 떨궜다.

"아, 알았소. 따, 따라오시오."

코메는 앞장서서 걸음을 옮기며 어금니를 깨물었다.

자신이 지금의 내성 병사가 되기 위해 얼마나 노력을 했고, 또 얼마나 많은 뇌물을 상납했는지 모른다. 그런데 어느 들판, 어느 계곡에서 죽어갈지도 모르는 저런 용병 나부랭이한테 무시를 당하다니…… 속으로 이를 갈던 코메는 어느 순간 회심의 미소를 지었고, 그 모습을 본 사람은 카렌뿐이었다.

'재수없는 인간, 뭔가 꿍꿍이가 있는 모양인데 그리 쉽지는 않을 거다.'

코메의 안내를 받은 일행들은 영주가 거처하는 본 건물에서 한참이나 떨어진, 크지만 상당히 낡은 건물로 향했다. 무슨 목적으로 이런 건물을 세운 것인지 용도를 전혀 짐작할 수 없는 커다란 건물이었다.

"여기 다른 용병들이 있으니 함께 지내면 될 것이오. 별도의 지시는 아마 시종장님께서 하실 거요."

말을 마친 코메는 곧바로 돌아가지 않고, 창고처럼 생긴 건물 안으로 들어가 버렸다.

일행들은 어이없어 하며 곧 건물 안으로 들어가다 코메가 웬 털북숭이한테 귓속말을 하는 광경을 목격했다. 무슨 이야기를 하는지는 모르겠지만 자신들을 힐끔힐끔 쳐다보는 것을 보면 결코 좋은 이야기를 하지는 않을 것임을 직감할 수 있었다.

음흉하게 느껴지는 미소를 지으며 건물을 빠져나가는 코메를 쳐다보던 제크는 털북숭이가 계속해서 자신을 노려보는 것을 느끼고는 천천히 고개를 돌렸다.

'하필이면 저 자식이 오다니…… 이거 골치 아픈 일이 생길지도 모르겠는데?'

"호오~ 이게 누구신가? 제크 나으리가 이렇게 궁벽한 시골까지 무슨 일이신가?"

"피스타, 오랜만이다."

"무척 오랜만이지. 옆구리에 네놈이 새긴 칼자국이 다 아물 정도로 말이야."

마지막 말을 내뱉는 털북숭이, 피스타는 금방이라도 허리의 칼을 뽑을 듯 으르렁거렸다.

피스타의 행동에 그 뒤쪽에 있던 20명 정도 되는 용병들도 일제히 험악한 표정을 지으며 일행들을 노려봤다. 하지만 인상이라면 제크도 결코 순한 인상은 아니었다.

"그게 내 잘못인가? 너와 네 형, 줄랑이 우리를 습격하지 않았다면 부상을 입을 일도 없었을 거다. 네가 다친 것은 그저 돈만 많이 받을 수 있다면 무슨 일이든 하는 너희 형제의 욕심 때문이다."

"그러니까… 네 말은 넌 아무런 잘못도 없고, 나랑 형이 무조건 잘못했다? 헛소리하지 마라. 넌 뭐 때문에 용병이 된 거냐? 돈을 벌기 위해서 아니냐? 게다가 돈만 많으면이라니? 상인들끼리 청부해 대신 싸운 상태에서 누가 옳고, 누가 틀리다는 거냐?"

"맞아, 용병들한테야 돈을 많이 주겠다는 사람이 옳은 거지, 뭐가 옳다는 거야?"

"거럼, 거럼. 난 돈만 많이 준다면 무슨 짓이든 하겠다."

피스타의 말에 뒤에 서 있던 용병들이 일제히 떠들어대기 시작했다.

일행들은 자연스럽게 제크 근처로 모여들었다.

40명 가까운 용병들이 팽팽하게 대립하자 분위기는 금세 흉흉하게 변했다. 카렌이 슬쩍 상대의 실력을 살펴보니 걱정해야 할 만큼 실력이 뛰어난 자는 보이지 않았지만, 문제는 비슷비슷한 실력에 숫자에서 뒤지니 자신이 싸움에 참가하지 않으면 자신들 일행이 상당히 곤란한 입장에 처할 것이 분명했다.

팽팽하게 맞서고 있는 두 무리와는 달리 한 무리는 한쪽에 마련되어 있는 나무로 만든 침상에 앉아 태연하게 그 광경을 지켜보고 있었다.

"자신있으면 어디 뽑아보시지?"

"네놈을 베는 데 누가 1코퍼만 준다고 해도 망설이지 않겠다."

제크도 피스타와 쌓인 감정이 보통이 아닌지 조금도 참으려 하지 않았다.

"그 1코퍼 내가 줄까?"

옆에서 들린 음성에 고개를 돌려 보니 제크처럼 훤한 대머리에 꽤나 험상궂은 인상을 가진 거인 하나가 옆에 놓인 모닝스타를 만지작거리고 있었다.

"하크님, 오랜만입니다. 오르고니아 왕국으로 돌아가셨다는 말을 들었는데 대체 언제 오신 겁니까?"

"나? 왕국을 떠난 지 조금 됐지."

"그런데…… 하크님은 언제쯤에 은퇴를 하실 겁니까?"

"왜? 날 은퇴시키고 싶어?"

"그런 것이 아니라 용병 생활을 한 지 벌써 40년이나 지나지 않았습니까? 나이도 60이 가까워지셨는데, 그만큼 하셨으면 이제 그만 쉴 때도 되지 않았습니까?"

"킬킬킬, 살다 보니 별 거지 같은 이야기를 다 들어보겠네. 이놈아, 이 하크를 은퇴시키려면 너 같은 허접한 녀석 수십 명 가지고는 어림도 없느니라."

두 사람의 대화를 듣던 카렌은 모닝스타를 만지작거리던 대머리거한의 나이가 겉보기에는 40대 중반쯤으로밖에 보이지 않았는데 놀랍게도 60대 가까이 되었다는 사실에 깜짝 놀라지 않을 수 없었다.

그보다 더욱 놀라운 것은 카렌의 기감이 대머리 거한의 실력이 소드 마스터가 넘는다고 알려온 것이었다. 그러고 보니 조금은 경망스럽게 느껴지는 말투와는 달리 그의 눈은 차분하게 가라앉아 있었고, 그의 전신에서는 꽤나 강력한 마나가 흘러나오고 있었다.

그런 기운을 느끼자마자 갑자기 그와 싸우고 싶다는 생각이 들었다.

지금까지 한 번도 누군가와 싸우고 싶다는 생각이 들지 않았는데, 왜 하크를 보는 순간 싸우고 싶다는 생각이 드는 것인지 카렌도 영문을 알 수 없었다.

카렌이 그런 자신에 대해 이상하다 생각하고 있을 때 하크가 입을 열었다.

"피를 볼 게 아니라면 대충 그쯤에서 그만둬라. 너희들은 애들 보기 창피하지도 않나?"

제크는 물론 피스타도 하크의 말을 무시할 수 있는 입장이 아니었는지 얼마 되지 않아 대치 상태를 풀고 뒤로 물러섰다. 하지만 불편한 심기를 드러내기라도 하듯 하크 패거리를 가운데에 두고 양편으로 나눠진 채 휴식을 취했다.

잠시 후 10여 명의 시종과 시녀들이 음식들을 들고 나타났고, 용병들은 식사를 마친 후 일찍 잠자리에 들었다. 카렌은 이렇게 많은 용병들과 한곳에서 잠을 자보기는 처음인 탓에 좀처럼 잠을 청할 수 없었다.

카렌이 잠을 이루지 못하고 이리저리 뒤척거리자 조금 떨어진 곳에 누워 있던 하크가 불쑥 말을 건넸다.

"왜? 잠이 안 오냐?"

"예?"

"산책이라도 하지 않겠냐?"

"그렇게 하는 것이 좋을 것 같습니다."

하크의 말에 카렌은 어차피 잠이 올 것 같지도 않아 금방 대답을 하고는 자리에서 일어났다. 숙소를 빠져나간 카렌은 하크가 좀처럼 멈출 생각을 하지 않자 대체 어디로 가는지 궁금함을 참지 못해 막 입을 열려는 순간 하크가 발걸음을 멈췄다. 그리고는 천천히 몸을 돌려세웠다.

2미터에 육박하는 큰 키에 도저히 60대 노인이 가질 수 없는 금방이라도 터질 듯해 보이는 근육에서 뿜어져 나오는 기운은 웬만한 사람은 숨도 크게 쉴 수 없을 정도로 위압적이었다. 하지만 카렌은 긴장은 했을지언정 겁을 먹지는 않았다.

은연중에 방어 자세를 취하고 있는 카렌의 태도를 본 하크는 갑자기 피식 미소를 지었다.

"이상하게도 널 보고 있으려니까 과거 내가 만났던 분이 생각나는

구나.”

“무슨 말씀이신지……?”

“넌 내가 알고 있던 그분과 이상할 정도로 비슷한 분위기를 가지고 있단 말이다.”

“……..”

“긴장할 필요 없다. 그러고 보니 벌써 거의 30년 가까운 시간이 흘렀군.”

뒷짐을 진 채 밤하늘을 바라보는 하크의 뒷모습에서는 세월의 흔적을 역력하게 느낄 수 있었다.

“내가 그분을 만난 것은 서른이 갓 넘어 나름대로 모닝스타의 하크라고 조그만 명성을 얻었을 때였지. 그 당시 트레디날 제국은 과거의 영광을 되찾기 위해 루벤트 제국에게 선전포고를 했던 트렌실바니아 왕국의 입장이었지. 물론 나는 트렌실바니아 왕국 사람은 아니지만 입장이 비슷했던 오르고니아 왕국 출신 용병으로 제국 전쟁에 참전을 했었지. 그때 그분을 만났지. 그분은 당시 나이가 10대 후반이었지만 11군단의 사령관을 맡고 계셨었어.”

“10대 후반에 군단 병력의 사령관을 맡았다고요?”

“허허허, 누가 들어도 믿을 수 없는 이야기지. 하지만 제국 전쟁에 참가한 적이 있는 사람이라면 누구든 잘 아는 이야기야. 게다가 후방에서 명령만 내리는 다른 군단장들과는 달리 그는 언제나 선두에 서서 적들과 싸웠지.”

카렌은 아련한 눈길로 말을 잇고 있는 하크를 바라보며 그가 존경한다는 사람이 대체 누구인지 상당히 궁금했다.

“특히 제국 전쟁을 끝내게 된 실질적인 원인이 된 카라딘 전투는 지금 다시 생각해 봐도 소름이 오싹 끼칠 정도로 충격적이었지. 그 광경에 당시의 전투에 참가했던 사람이라면 아군이나 적 구분할 것 없이 모두 충격을 받아 한동안 악몽을 꾸어야만 했을 거야. 나도 그랬었거든."

"혹시… 그분이……."

"그래, 트레디날 제국의 영웅이시자 우리 뮤란 대륙의 영웅이신 데미안 폰 싸일렉스 공작 전하시지."

역시나 자신이 생각했던 대로 아버지에 대한 이야기였다.

물론 많은 사람들에게 존경을 받는다는 것은 알고 있었지만, 검술을 익힌 기사들이거나 몬스터에게 괴롭힘을 당하던 힘없는 영지민들이 대부분이라 알고 있었다. 그런데 설마 용병인 하크가 아버지를 존경하고 있을 줄은 상상도 못했다.

"싸일렉스 공작님을……."

"공작 전하라고 부르거라."

하크의 단호한 음성에 카렌은 어쩔 수 없이 호칭을 바꿀 수밖에 없었다.

"싸일렉스 공작 전하를 상당히 존경하시는가 보군요."

"상당히? 허허허, 재미있는 말이구나. 하지만 상당히란 말 가지고는 부족하구나. 나, 하크가 세상을 살아오면서 유일하게 존경했고, 지금도 존경하고 있는 분이다. 놀라운 검술 실력도 검술 실력이지만, 그보다는 마음이 훨씬 따스하신…… 마치 태어나 한 번도 느껴보지 못한 아버지의 엄함과 속 깊은 사랑을 느끼게 해주신 분이시지."

친자식은 느껴보지도 못했던 부정(父情)을 다른 사람이 느꼈다는 사실에 카렌은 순간적으로 강한 질투심이 일었다. 갑자기 카렌에게서 풍겨지는 분위기가 달라지자 하크는 영문을 모르겠다는 듯 카렌을 쳐다보다가 다시 밤하늘로 눈을 돌렸다.

"이기지 못할 상대라고 판단이 되면, 아니, 반드시 이길 수 있다고 장담할 수 있는 상대가 아니라면 함부로 투기(鬪氣)를 보이지 마라. 상대를 자극한다는 것 자체가 아직 정신 수양이 덜된 것을 증명하는 것밖에 되지 않으니까. 꽤 잘 다듬어지긴 했지만 아직은 어려. 지금의 네 수준에 만족한다면 이런 충고가 필요없겠지만, 만약 좀 더 높은 곳에 이르고자 한다면 감정을 감추는 법도 배워두는 것이 좋아. 참, 내가 너를 부른 이유는 다름이 아니라……."

단순히 밤에 산책하기 위한 것이 아님을 깨달은 카렌이기에 하크의 말에 귀를 기울였다.

"이번에 야생마 생포가 끝나면 뭘 할 거냐?"

"예?"

"아무런 계획도 없다면 나와 함께 좋은 일 한번 해보지 않겠나?"

"좀 더 자세히 설명해 주시겠습니까?"

"간단히 말해 트렝커터를 같이 해치우자는 말이다. 설마 아직 소드 오러를 사용하지 못하는 것은 아니겠지?"

"그런 것은 아니지만…… 야생마 생포가 끝나면 제크님과 수도로 돌아가야……."

"네가 할 생각만 있다면 내가 길드장인 로보에게 편지를 써줄 테니까 그건 신경 쓸 필요 없다. 물론 로보라면 당연히 이해해 줄 것이고 말이야."

"하지만 그건 길드장님에 대한 예의가 아닌데……."

"아니야, 그건 실력에 대한 당연한 권리 행사지. 또 자주는 곤란하지만 어쩌다 한 번쯤은 그래도 되고 말이야. 더구나 경험과 실력을 동시에 늘릴 수 있는 기회니 한 번 해보는 것이 좋을 거다.”

“그렇게까지 말씀하신다면…… 한 번 해보겠습니다.”

“좋아, 그럼 오늘은 푹 쉬라고. 아무래도 내일쯤 영주의 명이 있을 것 같으니까.”

“그럼 먼저 들어가겠습니다.”

카렌이 숙소로 돌아가고도 하크는 한동안 그 자리를 지키고 있었다.

역시나 하크의 예상대로 당장 야생마 떼를 생포하라는 영주의 명이 내려졌다.

일단은 경험이 많은 하크를 우두머리로 정해 야생마들을 생포하기로 했는데, 영주가 요구한 것은 최소 500마리 이상이었다. 쉽지 않은 요구였지만 용병들은 자신들에게 돌아올 배당금이 크다는 사실에 불평 한마디 하지 않고 영주의 성을 출발했다. 다만 야생마 생포에 말은 반드시 필요하기 때문에 영주의 성에서 10여 마리의 말들을 추가로 더 빌려야만 했다.

야생마가 출몰한다는 지역은 샬레 성 북부 평원 지역이었다.

인원이 많은 탓인지, 아니면 길이 좋지 않은 탓인지 야생마가 출몰한다는 지역에 도착하고 보니 거의 저녁 무렵이 다 되었다. 일단 일행들에게 휴식을 지시한 하크는 제크와 피스타, 그리고 카렌을 불렀다.

제크는 카렌의 실력을 알기에 아무 소리도 하지 않았지만, 그렇지 않아도 하크 때문에 심사가 꼬였던 피스타는 노골적으로 툴툴거렸다.

“젠장, 이런 꼬마는 왜 부른 거요?”

“피스타님, 제 이름은 꼬마가 아니라 카렌입니다. 카렌 에스지가 제 이름이니까 앞으로는 이름을 불러주십시오.”

"흐흐흐, 재수없는 자식이군. 꼬마야, 내가 꼬마라면 꼬마인 거야. 그리고 함부로 말대꾸하지 않는 것이 좋을 거다. 귀족들의 노리개로 팔리고 싶지 않으면 말이야."

피스타의 말에 카렌은 순간적인 분노를 참지 못하고 그를 노려보았다. 하지만 피스타는 그런 카렌을 가소롭다는 듯 쳐다보고는 카렌의 머리를 함부로 쓰다듬었다.

"흐흐흐, 자식이 이제 보니 상당히 귀엽게 생겼구나. 내가 돈 많은 과부를 하나 알고 있는데 내가 소개를…… 컥!"

카렌의 엄지가 피스타의 목을 파고들었다.

엄지손가락의 절반 정도가 파고들었고, 피스타는 양손으로 목을 움켜쥔 채 그 자리에 주저앉아 그저 컥컥거리고만 있었다. 하지만 카렌은 그런 피스타를 그냥 둘 생각이 없었던 모양이다. 재차 피스타의 등 몇 곳을 검지로 쿡쿡 찔렀다. 그 순간 피스타는 얼어버린 사람처럼 눈만 껌뻑껌뻑할 뿐 그 자리에서 꼼짝도 못하고 있었다.

"앞으로 내 앞에서 한 번만 더 그 더러운 입을 연다면 그 자리에서 평생 동안 침대에 누워 수프만 먹도록 만들어주마. 의심이 생기거나, 날 이길 자신이 있다면 언제든 덤벼라."

"흐흐흐, 네 녀석은 언젠가 그 주둥아리 때문에 큰코다칠 줄 알았다. 꼴좋구나."

"죄송합니다, 하크님."

"아니다. 저 녀석이 언젠가는 그 말버릇 때문에 누군가에게 크게 혼이 날 줄 알았는데, 저 녀석의 임자가 너일 줄은 미처 몰랐구나. 그것보다 오늘 내가 너희를 부른 것은 다름이 아니라 야생마를 생포할 때 누군가가 야생마 떼를 분리시키는 역할을 해야 하는데 누가 그 역할을 할 것이냐 하는 문제 때문이다.”

“하크님, 몇 번 해본 경험도 있으니 저희가 하겠습니다.”

“제크, 네가 나서준다면 믿을 수 있지. 그럼 저녁 식사를 일찍 하고 빨리 자도록 준비시켜라. 그리고 경계를 세우는 것도 잊지 말도록 하고.”

“알겠습니다.”

제크가 하크의 지시를 전달하자 용병들은 일사불란하게 움직여 야영과 식사 준비를 마쳤고, 세 팀의 용병들 가운데 일정한 수의 용병들을 뽑아 불침번을 세우고서야 일행들은 잠자리에 들 수 있었다.

위치가 트레디날 제국 최남단인 탓에 모닥불 몇 개만으로도 충분히 밤을 보낼 수 있었다. 아직까지 들판이 여명에 잠겨 있었지만 불침번은 일행들을 깨우기 시작했고, 잠에서 깬 용병들은 주위가 아직 어두운 것을 보고는 어리둥절한 표정을 짓다가 불침번에게 화를 내기 시작했다.

“뭐야? 아직 날도 안 밝았잖아!”

“이 자식, 이게 무슨 짓이야?”

“꼭두새벽부터 깨우다니…… 너 죽고 싶냐?”

“아, 아니에요. 하크님이 깨우라고 하셔서 깨운 거란 말이에요.”

불침번은 억울하다는 표정으로 항변을 했고, 성을 내던 용병들도 ‘하크’라는 한마디에 찍소리도 못하고 잠자리에서 일어나 주변을 정리한 후 아침 식사 준비를 시작했다. 그런 용병들을 지켜보던 하크가 한마디 했다.

“헛소리할 시간 있으면 아침이나 빨리 먹도록 해. 아침마다 야생마 떼가 이 근처를 지난다고 했으니 그때를 노려야겠다. 제크는 팀원들과 함께 야생마 떼를 분리할 준비를 하도록 하고, 피스타는 나와 함께 제크가 분리시킨 야생마들을 신속하게 근처에 있는 목장 안으로 이동시킨다. 질문있나?"

"……."

"없으면 빨리 식사를 마쳐라. 그리고 너!"

"저 말입니까?"

"그래, 식사를 들고 저쪽에서 전방을 감시하도록 해라. 아마 곧 야생마 떼가 근처를 지날 거다."

하크의 말에 지적을 받은 용병은 음식 접시를 들고는 투덜거리며 비교적 높은 곳으로 가 전방을 주시했다. 식사를 마친 용병들은 휴식을 취하고 있었고, 야생마 떼를 분리시킬 임무를 맡은 제크와 일행들은 말들의 상태를 살피고 있었는데, 특이하게도 말의 안장에는 일정한 길이를 가진 밧줄이 묶여 있었다.

처음 보는 광경에 카렌은 일렬로 쭉 이어진 말들을 살피고 있었는데, 밧줄의 상태를 점검하던 제크가 피식 미소를 지었다.

"신기한 모양이구나."

"예, 이런 모습은 처음 봐요."

"야생마들이 우두머리를 따라 이동을 할 때, 우리는 야생마 떼의 중간을 파고들어야 한단다. 말의 안장에 묶어둔 밧줄은 바로 야생마들을 앞뒤로 분리시키는 역할을 하지."

"그렇게 쉽게 분리가 되나요?"

카렌이 고개를 갸웃거리자 피식 웃음을 터뜨리던 제크는 곧 설명을 해주었다.

"그렇게 쉽게 분리가 될 리 있겠느냐? 우리가 야생마 떼를 파고들어 일렬로 쭉 늘어서서 차차 속도를 줄이면 자연스럽게 분리가 된단다.

하지만 수백 마리의 말들을 겨우 스무 마리도 안 되는 말들로 분리시키려면 무엇보다 동료들과의 간격을 유지해야 하는데, 그러려면 뛰어난 기마술이 필수지. 말들이 온순한 것처럼 보여도 한 번 성이 나면 도저히 통제가 안 되거든. 말들에게 밀리지 않으면서 점차적으로 속도를 줄이는 것이 무엇보다 중요하다는 것을 명심하거라. 그리고 너희들도 잘 들어둬."

갑작스런 제크의 말에 말들을 돌보고 있던 다른 용병들도 일제히 제크를 쳐다봤다.

"가끔 가다 멍청한 녀석들이 말들을 공격하거나 말들 사이를 연결한 밧줄을 자르는 경우가 있는데, 그건 본인만 죽는 것이 아니라 동료들의 목숨까지 위험하게 만든다는 것을 명심해라. 만약 그런 멍청한 짓을 하는 녀석이 있다면, 내가 땅 끝까지 쫓아가서라도 반드시 죽여 버릴 테니까 명심하는 게 좋을 거다."

"알았으니까 협박 좀 하지 마쇼."

"그러게 말이야. 제크님은 다 좋은데 저게 문제라니까."

"처음 하는 것도 아닌데 뭘 그렇게 걱정하는 거요?"

제크의 말에 용병들은 하나같이 퉁명스럽게 대꾸를 하고는 돌아섰다.

바로 그때였다.

카렌은 희미하게 발밑이 진동하는 것을 감지하고는 무엇인가가 다가오는 것을 직감했다. 하지만 이 정도 진동이 느껴지려면 대체 얼마만큼 크고, 또 얼마만큼 많은 수여야 하는지 짐작조차 가지 않았다. 그리고 숨을 몇 번 내쉬었을 때쯤 감시를 하고 있던 용병이 벌떡 일어나며 크게 외쳤다.

"왔다! 야생마 떼가 왔다!"

"준비해라!"

하크의 외침에 야생마 떼를 분리시키기로 한 용병들은 말 위에 올랐고, 다른 용병들은 긴 막대를 챙겨 들었다.

"베리가 가장 앞쪽을, 필립이 가장 뒤쪽을 맡는다. 나와 카렌은 중앙을 맡겠다. 다시 한 번 말하지만 명령에 철저히 복종해라."

두두두두두~

제크의 말이 끝나기도 전 지축을 뒤흔드는 굉음과 함께 지평선이 검게 물들었다.

진동이 얼마나 컸던지 말에 타고 있음에도 온몸이 흔들릴 정도였다.

"모두 준비해라!"

두두두두두~

제크의 외침이 끝나기도 전 검게 물들었던 지평선이 순식간에 눈앞으로 다가왔다.

가장 앞쪽엔 짙은 검은색의 말 한 마리가 달리고 있었고, 그 뒤를 헤아릴 수도 없을 만큼의 많은 말들이 뒤따르고 있었다. 그 모습은 카렌으로서는 난생처음 보는, 그야말로 전율이 저절로 느껴질 만큼 장관 중에 장관이었다.

야생마들의 이동 속도는 믿을 수 없을 만큼 빨랐다.

저 멀리 있다고 느끼는 순간 자욱한 흙먼지를 일으키며 일행들 곁을 스치고 지나쳤다.

"지금이다! 출발!"

하크의 외침에 말에 타고 있던 용병들이 일제히 달리기 시작했다.

가장 앞쪽에서 달리던 베리는 야생마와 달리는 속도가 같아지는 순

간 조금씩 야생마들 사이로 파고들었다. 베리와 연결된 말을 탄 용병
은 밧줄이 팽팽해진 것을 느끼는 순간 조심스럽게 미친 듯이 달리는
야생마들 사이로 말을 몰아갔다.

그렇게 용병들이 야생마들 사이로 파고들었고, 제크의 손짓에 차츰
차츰 간격을 완전히 늘인 일행들은 어느 순간 차츰 달리던 말의 속도
를 늦추기 시작했다. 물론 카렌도 영지에 있을 때 기사들의 검술 훈련
때 함께 기마 훈련을 받았기에 말을 타는 것은 문제가 없었지만, 지금
과 같은 야생마를 생포하는 훈련은 받은 적이 없어 솔직히 조금은 당
황하지 않을 수 없었다.

좌우를 보며 말의 속도를 조절하던 카렌은 자신의 말이 달리는 속도
가 늦어짐에 따라 밧줄에 의해 행동에 제약을 받던 야생마들의 속도
역시 조금씩 늦어지는 것을 오래지 않아 깨달을 수 있었다.

하크의 신호에 의해 즉시 움직였건만 밧줄 그물에 걸린 야생마의 숫
자는 겨우 4, 500마리밖에 안 되어 보였다. 말을 탄 용병들의 속도가
현저하게 늦어지자 미리 대기하고 있던 용병들이 긴 막대를 휘두르며
야생마들의 이탈을 제지했고, 말을 탄 제크 일행들은 야생마들을 자극
하지 않으려고 최대한 조심하면서 야생마들을 한쪽 방향으로 이동시키
기 시작했다.

외곽에 위치했던 야생마들은 인간들의 방벽을 돌파하려고 몇 번이
나 도전을 했지만 용병들의 매질을 견디지 못하고 무리로 되돌아갔다.
그렇게 조심스럽게 이동하던 용병들은 미리 마련되어 있는 목책(木柵)
안으로 야생마 떼를 몰았다.

턱! 쾅!

야생마들이 목책 안으로 들어가자마자 미리 대기하고 있던 용병이

목책의 문을 닫았고, 근처에 있던 용병은 목책의 바닥에 말뚝을 박아 목책의 문을 고정시켰다. 그러고서야 목책 주위에 모여 있던 용병들은 그 자리에 주저앉으며 안도의 한숨을 내쉬었다.

목책 안의 낯선 풍경에 불안을 느끼는 듯 이리저리 서성이던 야생마들은 한쪽에 쌓여 있는 건초를 발견하긴 했지만 선뜻 다가서는 말이 없었다. 하지만 한 마리가 먹기 시작하자 곧 다른 야생마들도 다가가 건초를 먹기 시작했다.

"얼추 한 500마리쯤 되어 보이는군. 별 탈 없이 무사히 끝난 것 같아 다행이군."

"하크님, 저기 이상한 놈이 있습니다."

누군가의 말에 고개를 돌리고 보니 떠오르는 태양을 배경으로 검은색 말 한 마리가 그야말로 위풍당당한 모습으로 동료들이 갇혀 있는 목책을 쳐다보고 있었다. 하지만 카렌의 눈에는 인간들에게 사로잡힌 동료를 구하기 위해 고심을 하고 있는 것처럼 보였다.

"제크님, 저 녀석이 푀레님이 말한 다크 윈든가 블랙 데빌인가 하는 녀석인가 보죠?"

"그런 모양이구나. 하지만 야생마 주제에 도망도 가지 않고 저렇게 버티고 있는 모습은 나도 처음 보는구나."

"제가 보기에는 꼭…… 우리에게 사로잡힌 동료들을 구하려고 방법을 찾는 것처럼 보이는데요?"

"뭐라고? 허허허, 제아무리 거칠고 사납다 해도 고작 야생마에 불과한 저 녀석이 어떻게 이 동료들을 구한다는 거냐? 푀레님의 말씀을 너무 심각하게 생각한 모양이구나. 야생마가 제아무리 뛰어나다고 해도 설마 인간을 당해낼 수 있다고 믿는 것은 아니겠지?"

"하하하!"

"킥킥킥."

제크의 말에 근처에 있던 용병들은 일제히 웃음을 터뜨렸지만 카렌은 왠지 안심이 되지 않았다. 그러는 사이 몸을 돌린 다크 윈드는 어디론가로 달려갔고, 그 모습을 보고 용병들은 다시 한 번 웃음을 터뜨렸다.

잠시의 휴식 후 사로잡은 야생마의 처리에 대해 하크와 제크, 피스타가 의견을 나누고 있을 때 카렌은 용병들에게 밧줄로 올무를 만들어 말을 사로잡는 법을 배우고 있었다.

올무가 서로 엉키지 않게 머리 위에서 몇 번 돌리다 말의 목을 향해 정확히 던지면 올무가 순식간에 줄어들어 야생마를 사로잡게 되는 것이었다. 하지만 인간의 힘으로 야생마의 힘을 당해낼 수 없기 때문에 올무의 반대쪽은 반드시 자신이 타고 있는 말의 안장에 묶어두어야만 한다는 것을 용병들은 수도 없이 강조했다.

목책 안으로 들어가 몇 번 올무를 던져 보았지만 올무는 번번이 빗나가 카렌의 오기를 자극했다. 다른 용병들이 점심 식사를 하고 있는 동안에도 카렌은 올무 던지기를 연습했고, 마침내 흰점박이 야생마 한 마리를 잡는 데 성공하고서야 올무 던지기 연습을 그만두었다. 보기와는 달리 경험 없이는 상당히 위험한 일이었다.

카렌이 막 목책을 빠져나왔을 때 근처에 있던 용병 하나의 얼굴이 새하얗게 질려 버렸다.

"저, 저, 저……."

용병이 손으로 가리킨 곳을 바라보니 다크 윈드가 남은 야생마들을 이끌고 목책을 향해 일직선으로 달려오는 모습이 보였다.

"피해!"

하크의 외침에 용병들은 근처에 있던 말에 올라탄 채 황급히 그 자리를 떠났다. 하지만 탈 말이 부족한 관계로 두 명씩 탄 탓에 달아나는 속도는 결코 빠를 수 없었다. 용병들이 그 자리를 떠나자마자 야생마 떼가 목책을 덮쳤다.

특히 가장 앞쪽에 서 있던 다크 윈드는 어이없게도 거의 어린아이 몸통 크기만한 목책을 몸으로 들이받아 박살을 내버렸다.

쾅! 우두둑!

그것이 시작이었다.

뒤이어 달려오던 야생마들도 목책을 몸으로 들이받아 무너뜨렸다. 다크 윈드는 목책 안에 갇혀 있던 야생마들을 가로질러서는 반대편 목책 역시 박살 내며 통로를 만들었다. 그런 다크 윈드의 뒤를 따라 야생마 떼가 이동을 했고, 남은 것은 형체도 알아볼 수 없을 만큼 박살이 난 목책뿐이었다.

미처 말을 타지 못해 멍하니 그 모습을 지켜보고 있던 카렌은 야생마 떼가 사라지지 않은 채 마치 자신을 비웃듯 서 있는 것을 발견하는 순간 가슴속에서 뜨거운 것이 치미는 것을 느끼지 않을 수 없었다. 특히 무리의 앞에 서서 힝힝거리는 다크 윈드의 모습을 보는 순간 다크 윈드를 자신의 발밑에 굴복시키고 싶다는 강렬한 욕망을 느꼈다.

"건방진 놈, 네 눈에는 인간이 그렇게 우습게 보이냐? 그렇다면 내가 기필코 네 주인이 되어주마. 나와라!"

카렌은 손에 올무를 움켜쥔 채 몇 걸음 앞으로 나섰고, 그 모습을 보고 야생마들의 우두머리인 다크 윈드 역시 몇 걸음 앞으로 걸어나왔다.

마치 대결을 벌이는 사람들처럼 서로를 노려보는 카렌과 다크 윈드.

카렌은 거의 본능적으로 댄싱 스텝을 밟으며 앞으로 뛰어나갔고, 거리가 10미터쯤 남았을 때 번개처럼 올무를 던졌다. 그리고 올무는 초보자가 던진 것이라고는 믿을 수 없을 정도로 정확하게 다크 윈드의 목에 휘감겼다. 하지만 그것은 카렌이 올무를 잘 던져서라기보다는 다크 윈드가 그 자리에서 꼼짝도 하지 않았기 때문이다.

마치 상대가 무슨 짓을 하든 간에 자신에게는 아무 소용도 없다는 듯 태연한 다크 윈드의 행동에 카렌은 순간적으로 자존심이 상하는 것을 느껴야만 했다.

"이 빌어먹을 짐승이…… 컥!"

무심코 분노를 터뜨리던 카렌은 다크 윈드가 순간적으로 달려나가자 미처 손을 놓을 사이도 없이 끌려갈 수밖에 없었다. 카렌은 미처 모르고 있었지만, 이 방법은 다크 윈드가 지금까지 사냥꾼들을 물리친 방법이었다.

그 어떤 사냥꾼도, 또 어떤 말도 자신의 힘과 속도를 당해낼 수 없었다.

흙먼지를 일으키며 다크 윈드에게 끌려가던 카렌은 처음 손을 놓아버리려고 하다가 곧 생각을 고쳐먹었다. 어떻게든 이 오만하고 자신만만하기 이를 데 없는 짐승을 굴복시켜야 한다는 생각밖에 들지 않았다.

"빨리 인원을 파악해 보고해라!"

하크의 명령에 의해 동료들을 파악하던 제크는 갑자기 불안한 생각이 들었다. 어디에도 카렌의 모습이 보이지 않았기 때문이다.

말의 수는 29마리, 용병의 수는 60명. 목책을 떠나 이곳에 도착한 말은 28마리뿐이었다. 그렇지 않아도 말이 부족했는데 그나마도 1마리가 부족하다면 4명이나 탈출을 하지 못했다는 말이 된다. 게다가 그 4명 가운데는 카렌까지 포함되어 있다는 사실을 제크는 도저히 믿을 수 없었다.

비록 급박한 상황이었다고는 하지만 자신보다 실력이 뛰어난 카렌이 탈출을 하지 못했다는 것을 믿을 수 없었다.

"저흰 데카와 케쉰이 당했습니다."

"하크님, 카르타가 안 보입니다."

"저희는 카, 카렌이……."

"모두 4명인가?"

"하크님! 하크님! 저, 저길 보십시오!"

누군가의 외침에 고개를 돌린 하크와 용병들은 검은 말, 다크 윈드에 걸린 올무와 그 올무를 잡은 채 정신없이 끌려가고 있는 카렌의 모습을 발견하고는 경악하지 않을 수 없었다.

"그 손을 놔! 놓으란 말이야!"

"저런 멍청한……!"

"죽으려고 작정을 했군. 블랙 데빌이라 불리는 저 다크 윈드를 잡으려고 하다니……."

"어휴~ 저걸 어째."

용병들이 안타까워하는 사이 카렌이 다크 윈드에게 끌려 용병들의 시야에서 사라진 것은 그야말로 순식간의 일이었다.

한편 카렌은 마나를 끌어올려 전신을 보호하면서 다크 윈드의 목에 걸린 올무를 천천히 당기기 시작했다.

쾅!

카렌의 몸과 부딪친 제법 큰 바위 하나가 산산조각이 나서 허공에 흩어졌다. 하지만 다크 윈드도, 카렌도 아랑곳하지 않은 채 자신이 할 일만 했다.

마침내 다크 윈드의 목에 매달리는 데 성공했지만 일반 말보다도 더 큰 다크 윈드와의 신장 차이 때문에 목에 대롱대롱 매달릴 수밖에 없었다. 올무와 갈기를 양손에 움켜잡은 카렌은 심호흡을 한 다음 다크 윈드와 호흡을 맞추기 시작했다.

인간이 아닌 탓에 호흡을 맞추는 것이 쉽지는 않았지만 다크 윈드 역시 숨을 쉬는 동물이라 호흡을 하지 않을 수는 없었다. 다크 윈드와 숨소리에 맞는다고 느끼는 순간 카렌은 다크 윈드의 등 위로 올라탔다.

히히히힝~

두두두~

등 위에서 느껴지는 이물감에 다크 윈드는 크게 울부짖고는 다시 지면을 박차며 그대로 허공으로 뛰어올랐다. 마치 미쳐 버린 듯 이리저리 날뛰었지만 한 번 등에 찰싹 달라붙은 카렌은 떨어질 줄을 몰랐다.

아무리 몸부림을 쳐도 카렌은 등 위에 찰싹 들러붙어 떨어지지 않자 다크 윈드는 날뛰기를 포기하고는 그대로 달려나가기 시작했다. 다크 윈드는 무서운 속도로 황야를, 계곡을, 산등성이를 뛰어넘었다.

그러는 사이 어느덧 낮이 지나 황야에는 땅거미가 지기 시작했지만 카렌은 다크 윈드의 목에 걸린 올무와 갈기를 움켜잡은 채 매달리기에 열중한 나머지 미처 주위를 둘러볼 사이도 없었다.

시간이 지나 다크 윈드의 미친 듯한 움직임이 차츰 잦아들자 카렌은 그제야 다크 윈드도 지친 모양이라고 생각했다. 그러나 그것은 카렌의 오산이었다.

평소 무엇을 주식으로 삼는 것인지 다크 윈드는 지치지도 않았다. 카렌이 몸을 일으키는 것을 느끼자마자 다시 미친 듯이 달리기 시작했다. 그러나 잘못 생각한 것은 다크 윈드도 마찬가지였다.

이미 소드 마스터에 육박하는 마나와 그 운용법을 익히고 있는 카렌이었기에 2, 3일 정도 식사를 하지 않거나 잠을 자지 않는 것은 그리 문제될 것이 없었다. 다크 윈드가 다시 달리기 시작하자 카렌은 황급히 자세를 낮추며 이를 부드득 갈았다.

아무리 준마(駿馬)라고 하더라도 정작 최고 속도로 달릴 수 있는 시간은 고작 1, 2시간 정도에 불과하다. 달리다 휴식하고, 다시 달리다 휴식하고를 반복하는 것이지, 이 미친 말처럼 7, 8시간을 단 한 번도 쉬지 않은 채 미친 듯이 달릴 수는 없는 것이다. 게다가 가리는 길도 없었다. 돌길이든 산길이든 평지든 개울이든 전혀 가리지 않은 채 보기만 해도 눈이 핑핑 돌 정도로 무서운 속도로 달릴 뿐이었다.

얼마나 달렸던 것인지 샬레 성에서 어느 정도 멀어졌는지 짐작조차 되지 않았다.

말 타는 것에 익숙한 카렌조차 이젠 전신에서 약하게 통증이 느껴지기 시작했다. 그러는 사이 어두웠던 세상이 다시 밝아오기 시작했다. 그럼에도 블랙 윈드는 지치지 않았는지 달리는 속도는 조금도 변하지 않았다. 정말 가공할 체력이 아닐 수 없었다.

카렌은 다크 윈드의 목에 매달린 채 이대로 있을 수만은 없다고 판단했다.

다크 윈드를 굴복시킬 수 있는 방법을 고심하다 언젠가 지옥마제에게 배웠던 잡공(雜功) 하나가 생각났다.

물론 지옥마제가 잡공이라고 했으니 카렌도 그런 줄 알고 있었다.

또 그걸 배우면서도 과연 이것을 어디다 쓸까 하는 생각을 했었다.

그 괴상한 기술의 이름은 천근추(千斤墜).

말 그대로 자신의 체중을 순간적으로 몇백 킬로그램으로 늘릴 수 있는, 오직 그것뿐이었다. 그래도 한 가지 장점은 어떤 자세에서든 사용할 수 있다는 것이었다.

지옥마제가 잡스러운(?) 기술이라고 한 천근추를 사용할 결심을 한 카렌은 천근추를 펼치면서 동시에 팔과 다리에 힘을 주어 다크 윈드의 목과 복부를 동시에 조이기 시작했다.

다크 윈드는 금방이라도 떨어뜨릴 수 있을 것이라 생각했던 카렌이 마치 찰거머리처럼 달라붙어 떨어지지 않자 정말 미칠 것 같았다. 어제저녁 몸을 일으켰을 때 떨어져 나갈 것이라 생각했는데 떨어지기는 커녕 더욱 찰싹 달라붙더니, 지금은 아예 갑자기 등 뒤에 커다란 바윗덩어리 하나를 올려놓은 것처럼 무거워지는 것이 아닌가? 게다가 목과 복부가 조여 숨쉬기조차 쉽지 않아 더욱 분노가 치밀었다.

허리가 끊어질 듯 아파오고, 조금씩 호흡이 가빠지기는 했지만 그래도 아직은 참을 만했다. 게다가 전신에서는 아직 힘이 넘쳐 나고 있었다. 자신의 등 위에 올라탄 이깟 작은 인간쯤은 얼마든지 날려 버릴 자신이 있었다.

히히히힝~

앞발을 쳐든 채 크게 한 번 울부짖은 다크 윈드는 또다시 달리기 시작했다.

창공 높이 떠 있던 태양이 어느새 석양을 만들고는 금세 사라졌고, 밤하늘을 밝히던 달도 어느새 여명에 모습을 감췄다. 날뛰고, 달리기를 반복하며 또 하루가 지난 것이다. 이틀 동안 내리 달린 다크 윈드의 체력도 엄청났지만, 움켜잡은 손을 한 번도 풀지 않은 채 계속 매달려 있는 카렌의 오기 역시 정말 대단했다.

한 마리 말과 인간의 오기와 자존심 싸움은 드디어 3일째를 맞이했다.

영원히 지치지 않을 것처럼 보였던 다크 윈드도 마침내 피로를 느끼는 것인지 숨소리가 많이 거칠어졌다. 그러나 달리는 속도는 조금도 늦어지지 않았다. 오히려 이전보다 더 빨라진 것 같다는 느낌마저 들었다.

끝도 보이지 않은 지평선을 향해 얼마나 달렸을까?

언제부턴가 다크 윈드의 몸에서 피처럼 붉은 땀이 흐르기 시작했다. 다크 윈드의 갈기를 움켜잡고 있던 손에도 피처럼 붉은 땀이 묻어 났지만 긴장의 끈을 풀지 않은 탓에 카렌은 미처 깨닫지 못하고 있었다.

영원히 지칠 것 같지 않았던 괴물 같은 체력의 다크 윈드도 정오를 지나며 드디어 거친 호흡을 내뱉기 시작했다. 다크 윈드의 등 위에 있던 카렌도 지치기는 마찬가지였다. 단 한 번의 휴식이나 수면도 없이 이틀을 보낸 적은 처음이었다.

물론 선택의 여지도 없었지만 무엇보다 물을 마시고 싶었다. 그러는 사이 다시 주위가 어두워지기 시작했다. 3일째 밤마저 깊을 대로 깊어졌다.

다크 윈드의 발걸음이 차츰차츰 늦어져 결국 느린 걸음으로 바뀌었다가 드디어 완전히 멈춘 것은 다시 1시간 정도가 지났을 때였다.

잔뜩 우거진 숲은 태양이 떠 있을 때도 어두웠지만 태양이 지고 있는 지금의 숲 안은 칠흑처럼 어두웠다. 다크 윈드의 등 위에서 마치 풀무에서 나오는 바람처럼 거친 숨소리를 들으며 카렌은 다크 윈드가 전신에서 미약하지만 경련을 일으키는 것을 느낄 수 있었다.

털썩!

몇 걸음을 옮기다 멈추고 또 몇 걸음을 옮기다 멈추기를 반복하다 결국 경련을 심하게 한 번 일으키고는 쓰러져 버렸다. 다크 윈드가 쓰러지는 것을 느끼는 순간 카렌은 손을 풀고 뛰어내리려 했지만 지난 3일 동안 워낙 힘을 주어 움켜잡은 탓에 근육이 굳어져 버려 도저히 손을 풀 수 없었다.

어쩔 수 없이 카렌은 다크 윈드와 함께 지면을 뒹굴고 말았다.

"헉헉헉!"

푸르릉~ 푸르릉~

한 마리 말과 인간 한 명은 지면에 아무렇게나 드러누워 가쁜 숨을 몰아쉬었다.

잠시의 시간이 지난 후 먼저 자리에서 일어난 생명체는 카렌이었다. 아무래도 육체의 한계에 이른 다크 윈드보다는 회복 방법을 알고 있는 카렌이 먼저 일어날 수밖에 없었다.

"으이그, 이렇게 지독한 녀석은…… 잠깐만 기다려라."

카렌은 쓰러져 숨을 몰아쉬고 있는 다크 윈드의 뺨을 툭툭 친 다음, 사정없이 목을 흔드는 다크 윈드의 반응에는 아랑곳하지 않은 채 비틀거리는 걸음으로 어디론가로 걸음을 옮겼다.

완전히 어두워진 숲에는 오직 다크 윈드뿐이었다. 태어나 달리기 시작해 지금처럼 극도로 지쳐 보기는 난생처음이었다.

일어나려고 몇 번이나 바둥거려 봤지만 전신에서 일어나고 있는 경련만 더 심하게 만들 뿐이었다. 재차 버둥거리던 다크 윈드는 이내 포기를 하고는 축 늘어졌다.

카렌이 돌아온 것은 바로 그때였다. 뭔가를 들고 있었는데, 그것이 무엇인지 궁금하지도 않았을뿐더러 카렌 자체에게 신경도 쓰고 싶지 않았다.

축 늘어져 있던 다크 윈드는 자신의 입가에 뭔가 차갑고 시원한 것이 닿는 것을 느끼고는 눈을 떴다. 물이었다.

"마셔, 조금씩."

카렌이 커다란 나뭇잎을 접어 만든 나뭇잎 컵에 물을 담아온 것이었다. 카렌이 주는 물이었기에 다크 윈드는 입을 다물고 물을 거부하려고 했지만 육체는 그런 주인의 뜻을 우습게 거부했다.

할짝할짝.

지독한 갈증을 견디지 못한 다크 윈드는 카렌이 주는 물을 받아 마셨고, 다크 윈드가 더 이상 물을 받아 마시지 않자 카렌은 그제야 쓰러져 다시 휴식에 들어갔다.

제6장
다크 윈드와 트렝커터

아마도 깜빡 잠이 든 모양이었다.

황급히 눈을 뜨고 보니 주변은 아직도 짙은 어둠에 쌓여 있었고, 괴물 같은 체력을 가진 다크 윈드도 잠에 취해 있었다.

마음을 놓고 일어난 카렌은 가부좌를 틀고 운공에 들어갔다.

숲이라 호흡을 통해 들어온 공기 속의 마나가 서늘하면서도 상쾌하게 느껴졌다.

소주천을 통해 단전으로 들어온 마나가 두 가지 기운으로 나뉘는 것을 확인하고는 즉시 대주천을 운용했다. 숲에서 형성된 마나 탓인지 연환상충폭뢰기의 기운이 가일층 거세진 것 같은 느낌이 들었다.

역시나 대주천이 열여덟 번에 이르자 폭발적인 위력과 통증을 참지 못해 운공을 중단하고는 심호흡을 몇 번이나 하고서야 겨우 들끓는 기운을 잠재울 수 있었다. 천천히 눈을 뜬 카렌은 뜻밖에도 다크 윈드가 엎드린 채 자신을 빤히 쳐다보고 있는 것을 발견하고는 흠칫 놀라지 않을 수 없었다.

시간이 얼마나 지난 것인지 이미 아침을 맞이하고 있었다.

밝은 햇살 아래 드러난 다크 윈드의 몸은 카렌의 상상과는 전혀 달랐다.

윤기 있는 검은색 털로 뒤덮여 매끄러울 것 같았던 다크 윈드의 몸은 그야말로 상처의 종합 전시장이었다. 길게 찢겨진 상처도 있었고, 깊게 패인 상처도 보였다. 또 짐승의 발톱에 할큄을 당한 흔적도 보였고, 몇 군데에는 부러진 화살 끝이 그대로 보이기도 했다.

마치 백전노장처럼 보이는 다크 윈드의 몸에 카렌은 전율과 함께 작은 감동이 느껴졌다. 그리고 왠지 당당하고 오만하게만 보였던 다크 윈드의 태도가 이해되었다. 하지만 호감은 호감이고, 다크 윈드를 굴복시키고 싶은 마음은 조금도 줄어들지 않았다. 아니, 오히려 상처투성이인 모습을 보니 더욱 다크 윈드를 굴복시키고 싶었다.

태어나 지금껏 무엇인가를 이토록 소유하고 싶었던 적은 단 한 번도 없었다.

소유란 표현이 이상하긴 했지만 처음 다크 윈드를 보았을 때부터 그를 자신만의 것으로 만들고 싶다는 생각밖에 들지 않았다.

푸르릉!

크게 목을 내저은 다크 윈드는 투레질과 함께 그 자리에서 벌떡 일어섰다.

그 기세가 얼마나 힘찼는지, 그때까지 가부좌를 풀고 있지 않고 있던 카렌이 자신도 모르게 벌떡 일어나 방어 자세를 취했을 정도였다.

히히히힝~

마치 그런 카렌의 행동을 비웃기라도 하듯 다크 윈드는 짧게 콧소리를 내고는 주변에 있던 풀을 뜯기 시작했다. 그 모습에 카렌은 엷은 수치심과 함께 수그러들려던 오기가 다시 들끓는 것을 느꼈다.

"좋아, 누가 이기나 한번 해보자."

그 자리에 털썩 주저앉은 카렌은 비상 식량으로 준비한 육포를 꺼내 씹으면서 다크 윈드를 노려보았다.

잠깐의 휴식 시간이 지나고 다크 윈드가 풀 뜯기를 멈추고는 고개를 쳐들자 카렌은 상대의 행동에 먹고 있던 육포를 질겅질겅 씹으며 일어섰다. 그 모습을 본 다크 윈드는 숲을 빠져나갔다. 마치 카렌이 자신을 쫓아올 것을 조금도 의심하지 않은 듯 말이다.

그런 모습에 카렌은 기가 막혀 하면서도 다크 윈드의 뒤를 쫓아갔다.

숲을 빠져나와 황야가 시작되는 곳에 도착한 다크 윈드는 카렌이 도착하기를 기다렸다.

이윽고 마주친 두 존재.

서로를 노려보던 두 존재는 서로를 향해 무서운 속도로 달려갔다.

다크 윈드가 일직선으로 달려가는 반면, 카렌은 댄싱 스텝을 밟으며 지그재그로 달려나갔다. 마주치려는 순간 다크 윈드는 앞다리를 쳐들고는 그대로 내려쳤다.

쾅!

다크 윈드의 앞발굽에 내리 찍힌 지면은 거의 20센티미터 이상 깊숙이 패였다. 하지만 카렌은 이미 다크 윈드의 몸통 밑으로 파고든 후였다. 순간적으로 어떻게 대처해야 할지 당황하지 않을 수 없었다.

인간이라면 충격이 적은 곳을 골라 타격을 가하겠지만, 동물인 다크 윈드는 어떻게 해야 충격을 줄 수 있는지 판단이 서지 않았다. 그런 탓에 카렌은 자신도 모르게 양손을 활짝 편 채 다크 윈드의 복부를 힘껏 밀어 쳤다.

펑!

하지만 현격한 체중 차이 때문인지 다크 윈드는 꼼짝도 하지 않았다.

그런 다크 윈드의 모습에 카렌은 지체없이 뒤로 물러서며 다시 공격 자세를 취했지만 다크 윈드가 그보다 더 빠르게 반격 자세를 취했기에 함부로 공격을 할 수 없었다.

다크 윈드의 반응을 인간으로 따지면 거의 소드 익스퍼트 상급이나 최상급에 비견될 정도로 눈부신 몸놀림이었다.

설마 다크 윈드의 몸놀림이 이렇듯 빠를 줄은 몰랐기에 솔직히 카렌도 놀라지 않을 수 없었다. 카렌이 잠시 멈칫하는 사이 다시 한 번 몸을 돌린 다크 윈드는 그대로 뒷발을 날렸다.

쾅!

거의 본능적으로 양팔로 앞가슴을 보호한 채 마나를 끌어올린 카렌의 양팔과 부딪친 다크 윈드의 뒷발은 커다란 폭발음을 냈다.

다크 윈드에 비해 상대적으로 가벼운 카렌은 거의 10미터에 가까운 거리를 날아가 최대한 신체의 급소를 보호하면서 지면을 굴렀다.

얼마나 굴렀을까?

마나 덕에 별다른 충격을 받지 않은 카렌은 그 자세에서 벌떡 일어섰고, 그런 카렌의 모습을 이해할 수 없는지 다크 윈드는 고개를 잠시 갸웃거리다가 곧 다시 덤벼들었다.

앞발 찍기, 뒷발 차기, 들이박기 등등 몇 가지는 말로서 보일 수 있는 당연한 반격이었지만 나머지는 카렌으로서도 난생처음 경험해 보는 것이었다. 말이 물어뜯다니…… 카렌도 직접 당해보지 않았다면 믿지 못했을 것이다. 하지만 방심할 사이가 없었다. 그도 그럴 것이 다크 윈드의 반응이 너무 빨랐기 때문이다.

도저히 3일 동안 쉬지도, 제대로 자지도 못했다고는 믿을 수 없을 만큼 활기차고 역동적인 움직임이었다. 처음에는 다크 윈드의 행동에 따라 반응을 보이던 카렌도 서서히 시간이 지날수록 피로가 쌓이는 것을 느끼지 않을 수 없었다.

나름대로 충분히 쉬었다고 생각했지만 육체의 피로는 그렇게 쉽게 사라지는 것이 아니었다. 시간이 지날수록 육체의 반응은 늦어졌고, 결국 나중에는 팔 한 번, 다리 한 번 움직이기도 힘든 극도의 피로감에 시달려야 했다. 결국 일방적인 다크 윈드의 공격에 카렌은 최대한 신체를 보호하면서 한동안 피할 수밖에 없었다.

싸움이 벌어진 지 거의 네 시간이 지나고서야 둘 사이의 균형이 조금씩 무너지기 시작했다. 일방적인 공격을 퍼붓느라 체력을 급격하게 소모한 다크 윈드에 비해 최대한 체력을 보존한 카렌은 이제부터 자신이 공격할 시간이 되었음을 직감했다.

다크 윈드가 카렌을 깔아뭉개기 위해 앞발을 높이 쳐드는 순간, 카렌은 그대로 지면을 박차고는 자세를 낮춰 다시 한 번 다크 윈드의 배 밑으로 파고들었다. 카렌이 자신의 밑으로 파고들자 다크 윈드는 자세를 약간 낮추었다. 하지만 그런 행동은 카렌이 바랐던 것이다.

다크 윈드가 자세를 낮추자마자 카렌은 거의 지면에 주저앉다시피 하고는 그대로 다크 윈드의 발목을 걸어찼다.

쿵!

설마 카렌이 자신의 발목을 걸어찰 줄은 상상도 못했기에 다크 윈드는 맥없이 쓰러질 수밖에 없었다.

카렌의 발길질이 설마 자신을 쓰러뜨릴 수 있을 정도로 충격이 큰 것도 예상 못한 일이었지만, 정작 문제는 자신이 그런 충격에도 쓰러질 정도로 체력이 형편없이 떨어졌다는 사실을 전혀 깨닫지 못하고 있었다.

버둥거리는 다크 윈드의 위로 올라타기는 했지만 무엇을 어떻게 해야 좋을지 카렌은 결정을 내릴 수 없었다. 몇백 킬로그램이 넘는 말을 60킬로그램밖에 안 나가는 자신이 어떻게 감당하겠는가?

다크 윈드가 크게 몸부림을 치자 카렌은 허공으로 날아갈 뻔하다가 다크 윈드의 갈기를 잡아 가까스로 몸을 고정시킬 수 있었다. 체중의 차이란 어쩔 수 없는 것이었다.

"라이트닝 포스!"

번쩍!

카렌의 외침과 동시에 다크 윈드의 몸에 댄 카렌의 오른손에서 섬광이 번쩍였고, 그 순간 다크 윈드는 격렬하게 몸을 떨다가 곧 고개를 떨궜다. 카렌과 싸우느라 온몸이 땀에 흠뻑 젖어버린 것이 결정적이었다. 물론 카렌도 쩌릿한 것을 느끼긴 했지만 다크 윈드가 겪은 충격에는 비교할 수도 없을 정도로 미약한 것이었다.

"헉헉헉! 정말 징그러울 정도로 강한 녀석이야."

정말 몸서리가 쳐질 정도로 강한 체력을 가진 녀석이었다.

다크 윈드의 체력도 정말 놀라운 것이었지만, 그것보다는 라이오너가 기가 막힐 정도로 정확한 타이밍에 자신의 말을 들어준 것에 더 놀라워하는 카렌이었다.

다크 윈드와 조금 떨어진 곳에 앉아 쓰러져 있는 다크 윈드의 모습

을 보니 갑자기 그를 소유하려고 했던 자신이 너무 탐욕적으로 느껴졌
다. 자신의 친구들과 잘 지내고 있는 그를 자신의 탐욕 때문에 강제로
헤어지게 만드는 것이 과연 옳은 일인가 하는 생각이 들었다.

푸르르!

잠시 후 고개를 흔들며 다크 윈드가 벌떡 일어섰다. 정신을 차리려
는지 두어 번 더 목을 흔들던 다크 윈드는 조금 떨어진 곳에서 자신을
쳐다보고 있는 카렌의 모습을 발견하고는 흠칫 놀라며 뒷걸음질을 쳤
다.

"많이 아팠냐?"

카렌은 말을 꺼내면서도 다크 윈드가 자신의 말을 알아들을 리 있겠
느냐는 생각에 고개를 저었다. 다크 윈드가 고개를 갸웃거리는 모습을
본 카렌은 자리에서 일어나 옷에 묻은 흙을 털어냈다.

툭툭!

그렇지만 4일 동안 땀을 흘리고, 흙바닥을 뒹군 탓에 옷은 이미 엉망
이었기에 몇 번 턴 것으로는 표시도 나지 않았다. 혀를 찬 카렌은 그때
까지 자신을 쳐다보고 있는 다크 윈드를 보고는 입맛을 다셨다.

다크 윈드를 포기하려니 아쉬운 마음밖에 들지 않았다.

애써 마음을 접고 돌아선 카렌은 우선 허기진 배부터 채우기 위해
사냥을 하기로 했다. 숲이 가까운 곳에 있는 것은 다행이었지만 사냥
감을 구하는 것은 결코 쉬운 일이 아니었다. 게다가 사냥 도구도 없었
다.

나직하게 한숨을 내쉰 카렌은 숲으로 향했다.

거의 두 시간이 지나서야 카렌은 돌팔매질로 토끼 두 마리를 잡을
수 있었다.

힘들게 불을 피워 토끼를 굽기 시작하면서 카렌은 토끼가 한시라도 빨리 익기만을 목이 빠져라 기다렸다.

꼬르륵~

뱃속에서 천둥소리가 연이어 들려오자 카렌은 더 이상 참지 못하고 토끼를 꿴 나뭇가지를 들고는 황급하게 뜯어먹기 시작했다. 고기가 완전히 익지 않아 약간 피가 배어 나왔지만 카렌은 신경도 쓰지 않았다.

한 손으로는 허겁지겁 토끼 고기를 뜯으면서도 다른 한 손으로는 남은 토끼를 꿰어 모닥불 위에 올려놓았다. 한 마리를 다 먹어 바닥에 뼈다귀만 남았을 때가 되서야 일단 급한 허기를 면할 수 있었다. 남은 토끼가 익기를 기다리며 입맛을 다시고 있을 때였다.

부스럭거리는 소리에 고개를 돌리고 보니 이미 어디론가 사라진 줄 알았던 다크 윈드가 수풀 사이에 우뚝 선 채 자신을 바라보고 있었다.

"어라? 너 안 가고 뭐 하고 있어? 빨리 가."

카렌의 말에 다크 윈드는 가기는커녕 오히려 몇 걸음 앞으로 걸어오더니 카렌의 곁에 털썩 주저앉아서는 앞발 사이에 머리를 두고는 카렌을 빤히 쳐다보았다. 뜻하지 않은 다크 윈드의 행동에 카렌은 기가 막혔다.

"야, 임마! 니가 왜 여기 있는 거야? 너, 내 곁에 있다는 게 어떤 건지 알아? 내 곁에 있으면 넌 네 맘대로 달릴 수 있는 자유는 끝이야, 끝이라고. 너 정말 그러고 싶어? 너, 내 말이 무슨 뜻인지는 알고 있냐?"

카렌이 뭐라고 떠들건 말건 다크 윈드는 그저 카렌을 쳐다볼 뿐이었다.

나직하게 한숨을 내쉬며 고개를 젓던 카렌은 불 위에 올려놨던 토끼가 타는 것을 발견하고는 깜짝 놀랐다.

"이크크크, 아까운 고기만 다 탈 뻔했네."

황급히 불 위에서 고기를 내린 카렌은 다크 윈드가 자신을 쳐다보건 말건 토끼 고기를 열심히 먹기 시작했다. 태어나서 이렇게 알뜰하게 고기를 먹어보기도 처음이었다.

조금은 아쉬운 듯 토끼의 다리뼈를 핥던 카렌은 미련을 버리고 다리뼈를 집어 던졌다.

"그런 대로 허기는 면했으니 이제 출발을 해볼까? 그런데 제크님이나 다른 사람들이 아직도 샬레 성에서 날 기다리고 있을까? 돈 한 푼 없어 아무도 없으면 정말 곤란한데……."

나직하게 중얼거리던 카렌은 곧 숲을 빠져나왔고, 샬레 성이 있는 남동쪽을 향해 걸음을 옮겼다.

다각다각!

느닷없이 들려오는 경쾌한 말발굽 소리에 고개를 돌려 보니 다크 윈드가 따라오는 것이 아닌가?

카렌과 눈이 마주치자 슬쩍 고개를 돌리고는 딴청을 부렸다. 그런 태도에 카렌은 어이가 없었지만 자신이 말을 한다고 들을 다크 윈드도 아니기에 카렌은 신경도 쓰지 않은 채 부지런히 발걸음을 재촉할 뿐이었다.

그때부터였다.

외면하기와 관심 끌기의 고집 싸움이 시작되며, 다크 윈드와 카렌의 불꽃 튀는 2차전이 다시 시작된 것이다.

꼬박 3일이 걸렸다.

걷고, 달리고를 반복해서 겨우 샬레 성 외곽에 도착한 것이었다. 그래도 샬레 성으로 오는 3일 동안 얻은 성과가 있다면, 경공의 기초를 확실하게 익혔다는 것이다.

처음 경공이란 것을 지옥마제에게 들었을 때 대체 이런 것을 왜 익혀야만 하는 것인지 그 이유를 알 수 없었다. 장거리를 가려면 말을 이용하거나 이동 마법진을 이용하면 되지 않겠느냐는 생각 때문에 익힐 생각조차 하지 않았다.

하지만 생각 외로 상당히 복잡할 것 같았던 경공의 마나 운용 방법은 너무나 간단했다.

체내의 마나를 활용해 발바닥의 중심으로 보낸 다음 지면을 박찰 때 생기는 반발력으로 몸을 앞으로 이동시키는 것이었다. 물론 몸의 중심을 잘 잡아야 함은 기본이었고, 체내의 마나를 정확하게 통제하지 못하면 양쪽 다리에 번갈아 마나를 보낼 수 없는 일이었다. 이렇게 생기는 반발력을 이용하면 보는 사람의 눈을 의심할 만큼 빠른 속도로 몸을 이동시킬 수 있게 되는 것이었다.

문제는 체내의 마나가 꽤 빠른 속도로 소모가 된다는 점인데, 카렌이 다른 사람보다 월등하게 많은 마나를 가지고 있다 하더라도 이렇게 빠르게 소모되는 마나를 감당할 수는 없는 일이었다. 그렇지만 그 효용만큼은 정말 놀라웠다.

그저 댄싱 스텝의 효용만을 훌륭하다고 생각했던 카렌에게 경공의 효용은 지옥마제의 가르침을 다시 한 번 생각하게 만들었다. 언젠가 시간이 나면 지옥마제가 잡스럽다고 말했던 기술들을 차근차근 익혀봐야겠다고 생각했다.

첫날은 꽤나 어설퍼 몇 번이나 지면을 뒹굴기도 했지만 둘째 날부터는 불안정한 자세이긴 해도 꽤 빠른 속도로 이동할 수 있었다. 그리고

셋째 날은 전날과는 비교도 되지 않을 정도로 빠르게 이동했는데, 그런 카렌을 이해할 수 없다는 듯 다크 윈드는 고개를 갸웃거리면서도 곁에서 함께 달렸다.

다크 윈드로서는 이렇게 빠르게 달리는 인간은 난생처음 보았다.

비록 자신이 전력으로 달리는 것에는 비할 수 없었지만 일반 말들이 보통 가볍게 달리는 속도보다는 월등하게 빨랐다.

보통 사람이 봤으면 눈이 튀어나왔을 정도의 빠른 속도로 이동을 해 샬레 성 외곽에 도착한 것은 날이 어두워지기 시작할 때였다.

그런 카렌의 곁에는 다크 윈드가 당연하다는 듯 자리하고 있었다. 다크 윈드는 지난 3일 동안 카렌의 곁을 떠나지 않은 채 어떨 때는 카렌과 함께 달리다가, 또 어떨 때는 앞서 달리면서 카렌을 기다렸다. 잠시 식사할 때를 제외하고는 줄곧 카렌의 곁을 떠나지 않았다.

"마지막 기회야. 이제 성안으로 들어가면 너에게 재갈을 물리고 네 자유를 구속할 거야. 그러니까 이제 그만 네 친구들이 있는 곳으로 돌아가."

다크 윈드는 여전히 딴전을 부리고 있었다.

"휴우~ 난 모르겠다. 네 맘대로 해라."

카렌이 포기하고 성곽으로 다가가자 성문에서 카렌을 주시하고 있던 병사들 가운데 한 명이 앞으로 나서며 카렌의 발길을 제지했다.

"멈춰라. 이곳에는 무슨 일이냐?"

"며칠 전에 블루문 상단을 호위하고 왔던 용병입니다. 야생마를 잡으러 갔다가 저만 낙오해서 늦게 복귀를 하게 되었습니다."

"용병이라고? 그렇다면 용병패를 보여라."

병사의 말에 카렌은 목에 걸고 있던 용병패를 꺼내 보이면서도 기분이 별로 좋지 않았다. 병사의 태도만 보면 마치 자신이 무슨 죄를 저질 렀다고 생각하는 듯했다.

"1급? 너 같은 꼬마가 무슨 1급 용병이란 말이냐? 사기죄가 얼마나 무서운 죄인지 모르는 모양인데?"

"그 패는 제 용병패가 틀림없고, 그래도 의심이 간다면 이곳 샬레 성의 퇴레 길드장님께 물어보십시오."

그렇지 않아도 극도의 피로 때문에 오로지 쓰러져 자고 싶은 생각뿐인 카렌이었다. 병사의 쓸데없는 트집에 카렌도 슬슬 열이 오르기 시작했다.

병사는 성질이 좋지 않기로 명성이 쩌렁쩌렁한 퇴레의 이름을 카렌이 거론하자 움찔하다가 곧 카렌의 곁에 서 있는 야생마를 보고는 또 시비를 걸기 시작했다.

"그 말은 뭐냐? 네 말이냐?"

"그렇습니다만……."

"그런데 왜 재갈도 없고, 마구도 없는 것이냐?"

병사의 시비에 카렌의 얼굴이 서서히 상기되기 시작했다.

"내가 그것까지 당신에게 말을 해줘야 할 이유는 없는 것 같습니다만."

"이런 건방진……!"

카렌의 대답에 화를 내려던 병사는 카렌의 눈에서 번쩍이는 살벌한 광채를 발견하고는 자신도 모르게 움찔하며 입을 다물지 않을 수 없었다. 소름이 오싹 끼치는 저런 눈빛은 성안의 기사들에게서도 느껴보지 못했던 살벌한 위압감이었다.

그렇지만 아직 어린아이에 불과한 카렌에게 겁을 먹었다는 사실에 수치심을 느낀 병사는 카렌의 곁에 있는 말을 빼앗으려고 했지만, 그 검은 말에는 고삐가 없어 낚아채기도 쉽지 않았다. 병사가 씩씩거리고 있을 때 뒤쪽에 서 있던 병사가 동료를 잡아당겼다.

"통과해도 좋다."

"블루문 상단을 호위하고 이곳으로 왔던 용병들이 혹시 지금 어디에 있는 아십니까?"

"영주님의 성으로 가봐라. 야생마를 생포하러 갔던 용병들은 아직 그곳에서 머물고 있으니까 그곳에서 찾으면 될 거다."

"감사합니다. 수고하십시오."

가볍게 고개를 숙여 감사를 표시한 카렌은 성안으로 들어갔고, 다크 윈드는 당연하다는 듯 카렌의 곁에서 걸음을 옮겼다.

멀어져 가는 카렌의 모습을 보며 이를 갈던 병사는 자신을 말린 동료에게 툴툴거렸다.

"왜 나를 말린 거야?"

"이 멍청한 자식아, 아까 그 꼬마 옆에 있던 말이 뭔지 알아보지도 못했냐?"

"뭐긴 뭐야? 마구(馬具)도 제대로 갖추지 않은 야생마지."

"이 자식, 이거 정말 못 알아보네? 그 말 색깔이 뭐 였나?"

"내가 장님이냐? 검정색이잖아."

"다른 특징은 생각나는 것 없냐?"

"뭐가 특별하다는 거야? 내가 보기에는 어디서나 흔히 볼 수 있는 말이던데…… 상처가 많이 난 것을 보면 그리 좋은 말도 아닌 것 같던데 뭘."

병사의 대답에 한심하다는 표정을 짓던 동료가 곧 대답했다.

"상처를 보고도 그런 소리를 하냐? 햐~ 이 자식, 정말 모르는 모양이네. 그럼 갈기하고 꼬리가 유난히 길다고 느껴지지는 않던?"

"긴 갈기하고 꼬리? 헉! 그, 그렇다면?"

"내가 본 것이 틀림없다면 그 말은 검은 바람, 혹은 검은 악마라 불리는 그 녀석이 틀림없어."

"인간을 수도 없이 해친 악마가…… 어떻게 인간 옆에 있는 거지?"

나직하게 중얼거리는 병사의 말에 동료는 멀어져 가는 카렌과 그의 곁에서 걸음을 옮기고 있는 다크 윈드의 뒷모습을 바라보면서 대꾸를 했다.

"말은 자신의 주인이나 친구라 생각하는 존재만을 따른다는 걸 모르지는 않겠지? 그 말은 최소 저 꼬마가 바람의 악마가 가진 힘과 비슷한 실력을 가지고 있거나, 그걸 넘어서는 힘을 가지고 있다는 말이겠지."

"마, 말도 안 돼. 기사들도 잡기를 포기한 바람의 악마를 저렇게 어린 꼬마 녀석이 잡았단 말이야? 농담하는 거지?"

병사의 말에도 그와 함께 근무를 서고 있던 동료들 가운데 누구도 얼굴에 웃음을 띤 사람은 없었다.

"이럴 때가 아니야. 어서 영주님께 보고를 해야 돼."

병사는 어딘가를 향해 다급하게 뛰어가기 시작했다.

카렌은 일전에 자신이 묵었던 여관을 기적적(?)으로 찾았고, 제크의 행방을 물을 사이도 없이 침대에 기절하듯 쓰러져 잠 속에 빠져들었다.

쾅쾅쾅!

"이봐, 자고 있나? 어서 일어나게. 영주님의 성에서 기사님이 오셨으니 어서 일어나도록 하게. 이보게!"

요란스럽게 방문을 두드리는 소리에 카렌은 더 이상 잠을 청할 수 없었다.

몇 시간을 자기는 했지만 그것만으로 며칠 동안 쌓인 피로를 풀기에는 형편없이 부족했다. 조금은 멍한 정신으로 침대에서 일어난 카렌은 거의 본능적으로 방문을 열었다.

문을 열고 보니 낯익은 사람들이 자신을 쳐다보고 있었다.

용병들을 쓰레기 취급했던 미레트란 기사와 제크에게 망신을 당했던 코메란 병사, 그리고 처음 보는 덩치가 꽤 좋은 병사 한 명이 자신을 쳐다보고 있는 것을 보고도 카렌은 그저 멍하니 서 있을 뿐이었다.

그 모습에 여관 주인 디치는 얼른 카렌의 옆구리를 찌르며 신호를 보냈다.

"뭐 하고 있는 겐가? 성에서 나오신 미레트 기사님일세. 어서 인사 드리도록 하게."

"안녕하십니까? 전 카……."

"네가 검은 악마, 다크 윈드를 잡았다는 그 용병인가?"

역시나 거만하기 이를 데 없는 태도였다.

나른한 음성으로 대답하던 카렌은 잠이 확 달아나는 것을 느끼고는 상대를 쳐다봤다.

"어서 대답을 하지 않고 뭘 하는 것이냐? 미레트 기사님께서 묻고 계시지 않느냐?"

코메의 경망스러운 행동에도 카렌은 그저 조용히 대답할 뿐이었다.

"다크 윈드는 저에게 잡힌 것이 아닙니다. 그저 저와 함께 성안으로 들어왔을 뿐."

"지금 나와 말장난을 하자는 거냐? 그럼 네 말은 다크 윈드가 네 말이 아니란 말이냐?”

“그렇습니다.”

미네트의 눈이 번들거리는 것을 발견한 카렌은 그가 지금 무슨 생각을 하고 있는지 충분히 깨달을 수 있었다. 아마도 다크 윈드를 빼앗아 자신의 공적인 양 영주에게 바칠 생각뿐이라는 것을 알고 있었지만, 그의 실력으로는 다크 윈드의 꼬리조차 건드릴 수 없을 것임을 알기에 그렇게 대답을 한 것이었다.

“좋다. 분명히 네 입으로 너의 말이 아니라고 했으니 지금부터 다크 윈드는 내 소유다. 알겠느냐?”

“알겠습니다. 그럼 전 잠이 부족해서…….”

“저, 저런 건방진 놈이…….”

“시끄럽다. 코메, 빅터, 빨리 가서 그 다크 윈드를 끌고 와라.”

“알겠습니다.”

미네트의 말에 두 병사는 황급히 아래층으로 달려나갔고, 미네트가 곧 득의양양한 미소를 지으며 아래층으로 향했다. 혼자 남은 디치는 대체 카렌이 무슨 생각에 순순히 다크 윈드를 포기한 것인지 그 이유를 알 수 없었다.

침대에 누운 카렌은 잠시 다크 윈드에 대해 생각을 하다가 곧 다시 잠에 빠져들었다.

얼마나 잤을까?

그동안 전신을 짓누르고 있던 피로가 완전히 사라짐과 동시에 전신에서 활력이 넘치는 것을 느꼈다. 간단하게 소주천으로 운공을 마친 카렌은 조금 멀리서 들려오는 소란스러운 소리에 빙긋이 미소를 지으며 방을 빠져나왔다.

아래층으로 내려와서 보니 디치가 창가에 서서 정신없이 뭔가를 쳐다보고 있는 것을 발견할 수 있었다.

"대단하군, 정말 대단해!"

"와~ 성안의 기사님들이 오히려 검은 악마에게 몰리고 있어요."

"저러니 아직까지 저 녀석을 못 잡았지. 그나저나 카렌은 저 녀석을 어떻게 잡은 거지?"

"잡은 게 아니에요. 다크 윈드가 절 따라온 거예요."

갑자기 뒤에서 들린 음성에 조금 놀라던 디치는 다시 창밖으로 시선을 돌리고는 경탄의 음성을 감추지 못했다.

"잡았건 아니면 따라왔건 저 녀석이 대단한 것만은 사실이야. 너도 이리 와서 보라고. 아까 미네트란 욕심 많은 놈하고 코메와 빅터라는 알랑 방귀쟁이 녀석들이 먼저 덤볐다가 미네트란 놈은 갈비뼈가, 코메란 놈은 장 파열, 빅터란 녀석은 허벅지 뼈가 박살났지. 속이 다 시원하더군. 그러자 성에서 기사들이 몽땅 출동한 거야."

디치가 손으로 가리킨 곳을 바라보니 플레이트 메일로 완전 중무장을 한 기사 몇은 지면에 쓰러져 있었고, 나머지 기사들도 방패를 앞으로 들고 경계 태세만 취할 뿐 섣불리 다크 윈드에게 다가서는 기사들이 없었다. 그러나 그런 기사들의 플레이트 메일도 다크 윈드의 앞발이나 뒷발 동격에 당했는지 움푹움푹 패여 있는 모습을 쉽게 발견할 수 있었다.

"성의 기사들이 얼마나 됩니까? 그리고 병사들은요?"

"여기도 다른 자작령과 비슷해. 기사들은 23명, 병사들은 약 2,000명 정도지."

"그럼 기사들은 저들뿐이겠군요."

"맞네. 하지만 병사들이 포위망을 형성하고 활을 쏜다면, 아무리 어둠이 낳은 바람의 악마라고 하더라도 당할 수밖에 없겠지."

디치의 말을 들으며 카렌은 솔직히 기가 막혔다.

다크 윈드는 누가 뭐라 해도 일반 말보다 조금 더 체력이 강한 야생마에 불과했다. 그럼에도 불구하고 자신들이 당해낼 수 없다는 이유만으로 바람의 악마니, 검은 악마니 하더니 이제는 어둠이 낳은 바람의 악마라고까지 부르는 것이다.

가소롭다는 생각이 들면서도 왜 자신의 능력으로는 감당할 수도 없는 존재를 소유하기를 원하는 것인지 그 이유를 알 수 없었다. 자신의 능력으로는 가당치도 않은 존재를 가지길 원하는 것, 그런 것을 탐욕이라고 부르는 것은 아닐까 하는 생각이 들었다. 하지만 지금의 상황을 지켜보면 다크 윈드가 다치는 상황이 벌어질 것 같아 말려야겠다는 생각뿐이다.

쾅!

"큭!"

카렌이 막 여관을 빠져나갔을 때 기사 가운데 하나가 다크 윈드의 뒷발 공격에 당해 날아가고 있었다. 다행히도 방패로 앞을 가로막아 직접적인 타격은 입지 않았지만 워낙에 강한 충격이었는지라 다크 윈드의 공격을 당한 기사는 거의 10여 미터를 날아가 지면에 떨어졌고, 쓰러진 기사는 몇 번 꿈틀거리더니 곧 축 늘어졌다.

언뜻 보기에도 수준급의 실력 가지고 있는 기사는 한 명도 보이지 않았다. 기사단장이라고 설치는 인간도 겨우 소드 익스퍼트 상급이 될까 말까 한 실력을 가지고 있을 뿐이었다. 이대로 둔다면 돌이킬 수 없는 상황이 벌어질 수도 있다는 생각에 카렌은 기사들과 다크 윈드 사이로 파고들었다.

몸을 돌리고 있었음에도 다가오는 이가 카렌이라는 것을 어떻게 알았는지, 다크 윈드는 몸도 돌리지 않은 채 기사들의 공격에만 대비하고 있었다. 다크 윈드의 곁으로 다가간 카렌은 가만히 다크 윈드의 목을 어루만져 주었다.

카렌의 다독거림에 진정이 되었는지 다크 윈드의 숨소리가 점점 안정을 찾는가 싶더니 돌연 지면에 털썩 주저앉았다. 잘 때도 서서 잔다고 알고 있던 말이 이렇게 자주 주저앉는 동물이라는 것은 처음 알게 된 카렌이었다.

"진정해라, 친구야."

목을 토닥이며 카렌이 나직하게 이야기를 하자 잔뜩 흥분해 있던 다크 윈드는 몇 번 목을 흔들더니 곧 진정된 모습을 보였다.

그 모습을 지켜보던 기사단장 칼레는 기가 막혔다.

방금까지만 하더라도 꼭 미친 것처럼 날뛰던 괴물 같은 녀석이 지금은 마치 주인의 말에 꼬리를 흔드는 애완용 강아지같이 차분한 모습을 보이지 않는가? 이를 부드득 갈던 칼레는 한 걸음 앞으로 나섰고, 카렌은 다크 윈드에게 차여 가슴이 움푹 패여 있는 모습에 속으로 미소를 지으며 걸음을 옮겨 그에게 다가갔다.

"네 말이냐?"

"아닙니다. 이 녀석은 친굽니다."

"친구?"

"예, 성질이 좀 못되서……."

"영주님께서 저 말을 보시고자 하신다. 지금 당장 영주님이 계신 성으로 가자."

"알겠습니다."

자신의 말에 순순히 따르는 카렌의 태도에 칼레는 상대가 역시 애송이라는 생각을 했다.

병사들이 쓰러진 기사들을 부축하고, 남은 기사들이 출발을 준비하는 동안 카렌은 그저 다크 윈드 곁에 앉아서 그를 진정시키고 있을 뿐이었다.

잠시 후 기사들과 병사들에게 둘러싸여 이동을 했지만 카렌은 물론 다크 윈드 역시 전혀 신경 쓰지 않은 채 발걸음만 옮기고 있었다. 가는 동안 기사나 병사들이 힐끔거리며 자신들을 훔쳐보고 있다는 것을 알았지만, 카렌은 지옥마제가 자신에게 가르쳐 준 여러 가지 무공에 대해 생각하고 있었다. 그러다 보니 아버지가 자신에게 전해준 지옥마제의 음성이 저장된 수정 구슬이 생각났다.

연환상충폭뢰기와 라이오너에만 신경을 쓰느라 미처 다른 것에는 신경 쓸 틈이 없어 지금까지 가방 안에 그냥 처박아둔 것이 못내 아쉽게만 여겨졌다. 어떤 내용이 저장되어 있는지는 모르지만 쓸모없는 말을 저장해 둘 사부가 아니었기에 나름대로 상당히 기대가 되었다.

횃불을 켠 채 이동을 하던 일행들은 상당한 시간이 지나서야 영주의 성에 도착할 수 있었고, 카렌을 다크 윈드와 함께 내성 연병장에서 기다리도록 한 후 칼레 기사단장은 영주에게로 갔다. 잠시 후 나온 칼레 기사단장은 거만한 표정으로 말을 꺼냈다.

"영주님께서 내일 낮에 저 말을 보시겠다고 하셨다. 일단 말을 마구간에 보관하도록 하고, 용병들이 쉬고 있는 막사로 가봐라."

칼레 기사단장은 자신이 할 말만 하고는 가버렸기에 카렌은 어쩔 수 없이 시종들에게 마구간의 위치를 물어 다크 윈드를 마구간에 둘 수밖에 없었다. 다크 윈드가 조용히 있을까 걱정이 되기도 했지만 다크 윈드가 설마 자신과 같은 동료인 말에게 행패를 부리겠냐는 생각에 막사로 향했다.

무덤덤하게 카렌을 맞이한 하크와는 달리 죽은 줄 알았던 카렌이 돌아온 것에 놀라는 사람이 더 많았다. 용병들의 환호성을 들으며 카렌은 동료애가 무언인가 느낄 수 있었다. 물론 모두가 카렌의 귀환을 반긴 것은 아니었다.

곧 술판이 벌어졌고, 카렌은 다크 윈드가 사라진 후 용병들이 다시 야생마 생포에 도전했고, 거의 700마리 정도의 야생마를 생포했다는 것을 알게 되었다. 다크 윈드가 사라진 후 야생마 떼는 다른 평범한 야생마 떼와 다를 것이 없었고, 노련하고 경험 많은 하크의 계획대로 움직여 상당한 수의 야생마들을 생포할 수 있었던 것이다.

그날 저녁은 그렇게 깊어갔다.

또다시(?) 숙면을 취한 카렌은 상쾌한 기분으로 일어나 간단히 몸을 풀고는 자신의 가방을 찾아 수정 구슬이 든 가죽 주머니를 꺼내 들었다. 아마도 아버지가 같이 넣은 듯 보이는 작은 메모지를 꺼내 들었다.

지옥마제 선배가 남긴 것이다. 너에게 많은 도움이 될 것이라고 하셨으니 틈틈이 들어보도록 하고, 듣는 순서는 노란색, 파란색, 녹색, 빨강색, 검은색 순으로 듣도록 해라. 몸조심하고 다음에 만났을 때는 좀 더 발전하고 밝아진 너와 만나고 싶구나.

추신: 수정 구슬의 내용을 듣는 방법은 수정 구슬에 마나를 주입하면 된

단다.

　물론 이전과는 달리 아버지가 자신에게 많은 관심을 보이는 것을 알고는 있었지만, 이렇듯 부드러운 내용을 담은 메모인 줄은 상상도 못했기에 카렌은 조금은 놀랐다.
　카렌이 한동안 메모지를 보고 있을 때였다.
　"카렌님이 누구십니까?"
　누군가가 막사의 문을 부술 듯 열고 들어와서는 다급한 음성으로 외쳐 댔다.
　"제가 카렌입니다만……."
　영문을 몰라 의아한 얼굴의 카렌을 쳐다보던 시종은 믿지 못하겠다는 표정을 짓고는 다시 한 번 물었다.
　"네가 정말 다크 윈드를 데려온 카렌이라는 용병이란 말이냐?"
　"맞습니다. 그런데 무슨 일이죠?"
　자신의 나이가 어린 것을 보고 당장 반말을 하는 시종의 태도에 카렌은 불쾌한 생각이 들었지만 일단 대답은 했다.
　"지금 당장 나와 가자."
　"예?"
　"지금 이러고 있을 시간이 없어. 빨리 가야 된단 말이야."
　"무슨 일인지 설명을 해줘야……."
　"그 빌어먹을 악마 같은 녀석이 영주님의 말이랑 기사님들의 말들에게 미친 듯이 행패를 부렸단 말이야. 게다가 사육사 둘을 걷어차 큰 부상을 입혀서 지금 마구간은 난리도 아니란 말이다."
　다급하게 서두르는 시종과는 달리 카렌은 의아한 생각이 들었다.

아무리 생각을 해봐도 다크 윈드가 아무런 이유도 없이 날뛸 만한
이유가 없었다. 하지만 이대로 둔다면 흥분한 다크 윈드가 인간들의
공격에 다치거나, 그 반대의 경우가 벌어질 수도 있는 일이었기에 가지
않을 도리가 없었다.

"알겠습니다. 가죠."

시종은 한껏 여유를 부리는 카렌의 태도를 못마땅한 듯 노려보다가
곧 몸을 돌렸다.

카렌이 시종과 함께 마구간에 도착했을 때 그 주위는 정말 난리도
이런 난리가 없었다.

몇 명의 용병들이 지면에 쓰러져 있었고, 마구간 주위는 무기를 뽑
아 든 용병들과 중무장을 한 기사들이 철저하게 포위해 주위와 완전히
차단하고 있었다. 슬쩍 사람들 너머로 보니 다크 윈드가 사납게 목을
털며 전면을 노려보고 있었고, 쓰러져 고통을 호소하고 있는 말들이 적
지 않았다.

다크 윈드가 왜 저렇게 흥분을 했는지 그 주변을 살피던 카렌은 금
세 그 이유를 알 수 있었다. 다크 윈드의 목에 두 개의 올무가 걸려 있
었는데, 그 양쪽 끝을 10여 명의 용병들이 움켜잡은 채 다크 윈드의 행
동을 제약하고 있었다. 하지만 다크 윈드가 날뛸 때마다 올무의 끝을
잡고 있던 용병들은 맥없이 딸려가곤 했다.

히히히힝~

갑자기 다크 윈드가 앞발을 들고 크게 울음을 터뜨리자 그 힘을 이
기지 못한 용병들은 쓰러지며 밧줄을 놓쳐 버렸고, 신체의 자유를 되찾
은 다크 윈드는 몇 걸음 달려나가다 그대로 지면을 박찼다.

휙!

일반 말보다도 훨씬 큰 다크 윈드의 거대한 몸이 마치 한줄기 바람처럼 사람들의 머리 위를 뛰어넘었다.

"잡아라! 악마가 도망간다!"

고함을 지르며 사람들이 몸을 돌렸을 때 그들이 발견한 것은 정말 황당한 광경이었다.

카렌 곁에 당연한 듯 주저앉은 다크 윈드의 모습이나 그런 다크 윈드의 목을 쓰다듬으며 목에 걸려 있던 올무를 제거해 주는 카렌의 모습은 너무나 자연스러운 것이었다. 방금 전까지만 해도 미친 듯이 날뛰던 악마가 순식간에 강아지로 변한 듯한 광경에 사람들, 특히 한 사내는 자신의 눈을 의심하지 않을 수 없었다.

얌체 수염을 기른 중년의 사내였는데, 가만히 보니 어디선가 본 기억이 났다.

어디에서 본 것일까를 생각하던 카렌은 그를 신년 하례 때 페인야드의 황궁에서 보았음을 기억해 낼 수 있었다. 그렇다는 이야기는 그가 귀족이고, 다시 말해 그가 이곳의 영주인 켈링턴 자작이라는 말이었다.

카렌이 다크 윈드를 진정시키는 동안 한 걸음 앞으로 나선 켈링턴 자작은 한껏 근엄한 음성으로 입을 열었다.

"그 녀석이 네 말이냐?"

"그렇지는 않습니다, 영주님."

"뭐라고?"

"이건 제 생각이지만…… 아마도 이 녀석이 저를 자신의 친구나 동료로 생각하는 것은 아닌가 생각됩니다."

"동료?"

"그렇습니다, 영주님."

어떻게든 카렌에게서 다크 윈드를 빼앗을 생각을 하던 켈링턴 자작
은 어찌 생각하면 오히려 더 좋은 기회가 될 수 있다는 생각이 들었다.
지금까지는 너무나 영악한 다크 윈드 때문에 야생마들을 생포할 수 없
었는데, 카렌이 다크 윈드를 데리고 가버린다면 야생마 떼 전체가 자신
의 것이 될 수 있다는 생각이 든 것이었다. 그렇다면 다크 윈드 한 마
리쯤은 아무런 문제가 될 것이 없었다. 그러기 위해서는 한시라도 빨
리 카렌을 비롯한 용병들을 자신의 영지에서 쫓아내야만 했다.

"책임자는 어디 있나?"

영주의 말에 어디서 나타났는지 재빨리 하크가 모습을 드러냈다.

"여기 있습니다, 영주님."

"수고 많았다. 청부 대금은 집사에게 맡겨둘 테니 돈을 찾은 후 오
늘 오후까지 영지를 당장 떠나도록 해라. 알겠느냐?"

"명심하겠습니다, 영주님."

하크의 순순한 대답에 영주는 뭔가 기분이 좋지 않은 듯 잠시 인상
을 쓰며 건물 안으로 사라졌고, 기사들과 용병들은 부상을 입은 동료들
을 챙기고 있었다.

"하크님, 어디 계셨습니까?"

"나? 저쪽에서 애들이 저 녀석하고 노는(?) 모습을 지켜보고 있었다."

다크 윈드를 가리키며 대답하는 하크의 태도는 너무나 태연했다.

카렌은 기가 막혔지만 그보다는 조금 전 불편한 얼굴로 떠났던 켈링
턴 자작이 잔뜩 신경 쓰였다. 왠지 빨리 이 영지를 떠나는 것이 좋을
것 같은 생각이 들어 하크에게 질문을 했다.

"하크님은 언제 영지를 떠나실 겁니까?"

"우선 집사한테 청부 대금을 받아 애들한테 공평하게 분배를 해야

하고, 또 새로운 일거리를 찾아 분배해야 하네. 그러려면 한 2, 3일 정도는 이곳에 있어야 할 것 같은데 왜 그러느냐?"

"다크 윈드를 쳐다보는 영주의 눈빛이 심상치 않은 것 같아 한시라도 빨리 이 영지를 떠났으면 합니다."

"그래? 그럼 잠시만 기다려라. 제크와 피스타, 그리고 레픽을 불러와라."

근처에 있던 용병에게 지시를 내린 하크는 카렌에게 자신의 생각을 가르쳐 주려다가 그만두었다. 영주가 노리는 것이 결코 다크 윈드가 아니라는 것을 말이다.

어차피 둘이 같이 이동을 하다 보면 이야기를 할 시간도 있을 것이고, 설사 자신이 가르쳐 주지 않더라도 경험이 쌓이다 보면 자연스럽게 알게 될 일이었기 때문이다.

"조금 전 영주님의 말씀을 너희들도 들었지? 레픽은 집사에게 청부 대금을 받아 모두 공평하게 나누도록 하고, 대금을 받는 즉시 이곳을 떠나도록 해라. 그리고 아이들을 이끌고 우선 제크와 함께 행동하도록 해라. 난 여기 카렌과 같이 갈 곳이 있다. 알았나?"

따로 말이 있었는지 제크는 별말이 없었지만, 반대로 피스타는 뭐가 못마땅한지 퉁퉁 불은 얼굴을 하고 있었다.

"하지만 하크님, 저희는 이번 야생마 생포 때도 사상자가 발생했고, 오늘도 저 빌어먹을 말 때문에 부상자가 셋이나 생겼습니다. 그런데 대금 분배를 공평하게 한다는 것은 저희들에게는 좀 불리한 것 같습니다."

"까불지 마라, 피스타. 그렇게 따지면 야생마들을 생포하는 데 혁혁한 공로를 세운 카렌이 청부 대금의 절반을 가지고 가겠다고 하면 너는 수긍하겠다는 말이냐?"

"저 꼬마가 무슨 공로를 쌓았단 말입니까? 고작해야 며칠 동안 말에게 끌려갔다 겨우 돌아온 것뿐이지 않습니까?"

피스타의 도발적인 말에 하크는 코웃음을 쳤다.

"흥! 그렇다면 넌 저 악마처럼 날뛰는 다크 윈드를 굴복시킬 수 있단 말이냐? 그럼 어디 우리가 보는 앞에서 굴복시켜 봐라. 만약 그렇다면 네가 우리가 받을 청부 대금 가운데 절반을 가져가겠다고 해도 아무 소리 하지 않으마."

하크의 말에 피스타는 상당히 불편한 얼굴을 하면서도 별다른 대꾸는 하지 않았다. 솔직히 저 괴물을 당해낼 자신이 없었던 것이다.

잠시 후 나타난 레픽은 하크와 카렌에게 각각 작지만 묵직한 가죽 주머니를 내밀었다.

"단장님과 저 친구의 몫입니다. 몫은 각각 7골드 58실버 33코퍼입니다."

"모두 공평하게 나눈 건가? 사망자도?"

"그렇습니다."

"카렌! 잠깐만 기다려라."

"왜 그러십니까, 제크님?"

"네 몫이다."

"예?"

"블루문 상단의 호위 청부 대금 말이다. 사이먼님이 네가 산적들을 물리친 공노를 생각해서 조금 더 넣으셨다고 하더구나. 그러니 아껴서 쓰도록 하고, 몸 조심히 생활하다 길드로 돌아오기 바란다."

"걱정하지 마십시오, 제크님."

"그래, 이 녀석은 신경 쓸 필요 없다. 가만히 놔둬도 알아서 다 잘할 테니 말이다."

"그럼 하크님, 카렌을 부탁드리겠습니다."

"걱정할 필요 없다니까."

"카렌, 그럼 다음에 만날 때까지 몸 건강해라."

"제크님도 조심해서 돌아가시길 바랍니다."

간단하게 인사를 마친 제크는 곧 길드 소속 용병들과 출발했고, 하크가 카렌의 어깨를 가볍게 툭 쳤다.

"다크 윈드에게 맞는 마구(馬具)를 맞추려면 시간이 걸릴 테니 어서 가자."

"예? 얘한테는 마구를 안 씌울 건데요?"

"뭐? 마구를 안 씌우다니? 그럼 설마 재갈도 없이 그냥 타겠다는 말이냐?"

"그러려고 했는데…… 그럼 안 되나요?"

카렌의 반문에 하크는 어이가 없었다.

"안 될 거야 없지만, 맨몸으로 그냥 탔다가는 허벅지 안쪽의 살이 몽땅 짓뭉개질 텐데… 그래도 그냥 타겠다는 말이냐?"

"그럼 작은 담요라도 한 장 깔지요, 뭐."

아무렇지도 않다는 듯 대답하는 카렌의 태도가 이해되지 않는지 고개를 흔들었다.

"그런데 왜 저 녀석에게 마구를 씌우지 않겠다는 거냐?"

"아직까지 한 번도 재갈이나 안장 같은 것을 차보지 않았을 테고, 또 이 친구가 원하지 않는 것을 강요하긴 싫습니다."

"그래? 하긴 네 말이니까 네가 알아서 해라."

"그런데 이젠 어디로 가야 합니까?"

"아~ 목적지? 원래는 가장 피해가 많이 발생한 발렉으로 가려고 했는데, 차라리 트렝커터를 퇴치하기 위해 용병들을 모집하고 있는 카메컬 영지로 가는 것이 좋을 것 같구나."

"카메컬 영지에 대해 설명해 주십시오."

"일단 점심부터 해결하자. 카메컬 영지로 가려면 하루 정도 꼬박 달려야 하니까 말이다."

"알겠습니다."

식당에서 간단히 요기를 마친 두 사람은 잡화상에서 안장 밑에 까는 두껍고 부드러운 양털로 짠 작은 담요 하나를 구입한 후 카메컬 영지를 향해 제법 빠르게 말을 몰기 시작했다.

"카메컬 영지는 자코니 자작이 다스리는 영지란다. 샬레 성이 있는 이곳과는 달리 영지 전체가 산악 지형으로 이루어져 있지. 때문에 예로부터 산악형 몬스터들과 수도 없이 싸워야만 했고, 그런 덕분에 카메컬 영지의 기사들 실력은 다른 어떤 영지의 기사들과 비교해도 전혀 뒤지지 않는단다. 그럼에도 불구하고 기사들이 트렝커터를 물리치지 못했다는 것은 트렝커터의 수가 많은 탓도 있겠지만, 이번에 나타난 녀석들이 보통 녀석들이 아니라는 것을 증명하는 것 아니겠느냐. 게다가 자코니 영주가 용병까지 모집한 것을 보면 트렝커터뿐만 아니라 영지의 다른 몬스터들까지 토벌할 생각인 모양이구나."

"트렝커터가 그렇게 많이 출몰했다면, 다른 몬스터들은 그것들을 피해 다른 곳으로 가버린 것이 아닐까요?"

"아마 그렇지는 않을 게다. 무슨 이유에선지는 모르지만 트렝커터가 나타나면 소형 몬스터는 물론 트롤과 오거, 미노타우로스 같은 중형 몬스터들까지도 꼬리를 감춰 버리거든. 그런데 문제는 단지 모습을 감추는 것뿐이지 완전히 사라진 것은 아니란 말이야. 인간들이 토벌을 했기 때문인지, 아니면 트렝커터가 다른 몬스터들보다 훨씬 강하기 때문인지 트렝커터들이 사라져 버리면 사라진 줄 알았던 몬스터 녀석들이 언제 그랬냐는 듯이 다시 몰려들 거란 말이야."

"하크님의 말씀대로라면 꽤나 대규모 토벌이 되겠군요."

"원래대로라면 그렇지만…… 과연 그렇게 될지는 모르겠다."

"그건 또 무슨 말씀이세요? 보통 몬스터 토벌을 하려면 영지 소속 기사들과 마법사들, 그리고 병사들과 용병들이 거의 출동하다시피 하지 않습니까? 아무리 작은 영지라도 그렇게 출동을 하게 되면 거의 2,000여 명쯤 되지 않습니까? 게다가 후속 지원 부대까지 합치면 그보다도 더 많은 것이 일반적인데…… 하크님의 말씀은 이해가 잘 안 되는군요."

자신이 타고 있던 말의 상태를 점검한 하크는 달리던 말의 속도를 조금 늦추었다.

"우선 카메컬 영지에는 마법사가 없다."

"예? 자작령에 마법사가 없다는 것이 무슨 말입니까? 귀족들이 다스리는 영지에는 원래 마법사들이 배치되는 것이 원칙 아닙니까?"

"원칙? 참 좋은 말이지. 그렇지만 말이다, 마법사들이 왜 이렇게 궁벽한 곳까지 오려고 하겠느냐?"

"예?"

"마법사들이 누구냐? 끊임없이 뭔가를 연구하는 자들이 바로 마법사들 아니냐? 그럼 연구를 하기 위해선 뭐가 필요하냐? 바로 연구에 필요한 재료를 구입할 수 있는 자금이 필요하단 말이지. 결론적으로 말하자면, 발전 가능성이 전혀 없는 이런 영지보다는 남작이 다스리더라도 상권이 형성된 작은 도시로 가기를 원하지. 게다가 모든 마법사가 황궁 소속은 아니거든. 때문에 마법사가 없는 영지도 상당히 많단다.”

하크와 대화를 나누는 동안 날이 어두워졌다.

“하크님, 오늘은 여기서 야영을 해야 될 것 같습니다만…….”

“그러자꾸나.”

말을 멈춘 두 사람은 야영 준비를 했다.

카렌이 잔가지들을 주워 불을 피우는 동안 하크가 작은 토끼 몇 마리를 사냥해 와서 내장을 긁어내고는 꼬챙이를 꽂아 불 위에 올려놓았다.

하크는 고기가 익는 동안 계속해서 고개를 갸웃거렸다.

“이상하게 비슷하단 말이야.”

“예?”

“너 말이야. 아무리 생각을 해봐도 싸일렉스 공작 전하의 아주 젊었던 시절과 너무 비슷하단 말이야. 검이 두 자루인 것도 그렇고, 머리카락 색이 붉은색 계열인 것도 비슷해. 하지만 뭐니 뭐니 해도 몸에서 풍기는 분위기나 기질이 너무 흡사하단 말이야. 흡사 싸일렉스 공작 전하의 어린 시절처럼 말이야.”

“설마요?”

카렌은 하크의 집요한 호기심에 진땀이 다 날 정도였다.

그때였다.

“조용!”

“누군가 오는군요.”

하크는 카렌의 말에 놀라지 않을 수 없었다.

소드 마스터에 이른 자신이 소리가 들리자마나 카렌에게 주의를 주었건만, 거의 비슷한 시간에 카렌도 누군가 다가오는 소리를 들은 것이다. 분명 자신에 비해 실력이 떨어지는 카렌이 어떻게 저 소리를 알아들을 수 있었던 것인지 정말 의문이 아닐 수 없었다.

다각다각.

주위가 정적에 싸여 있었기 때문인지는 모르지만 두 사람이 말발굽 소리를 들은 지 한참이 지나서야 말을 탄 누군가가 모닥불 쪽을 향해 다가오는 것을 발견할 수 있었다.

비상하는 독수리가 새겨진 강철로 만든 브레스트 메일을 걸친 청년이었는데, 부드러운 금발을 늘어뜨리고 있는 모습이 소설에서 나오는 용사의 모습 그대로였다. 모닥불 가까이 다가온 청년은 모닥불을 사이에 두고 마주 보고 있는 하크와 카렌의 모습을 슬쩍 살피고는 입을 열었다.

"용병들인가?"

"그러는 그대는?"

"수련 기사다."

말을 마친 청년은 마치 자신이 모닥불을 피워놓은 것처럼 당당하게 다가와서는 털썩 주저앉았다. 그런 청년의 행동이 카렌은 왠지 무례하다고 느껴지기보다 거침없는 행동이 당당해 보여 보기 좋았다. 하지만 하크는 카렌과는 생각이 다른 모양이었다.

"모닥불을 빌리려면 양해를 구하는 것이 먼저 아닐까?"

"그걸 원하나? 그럼 부탁을 하지. 나도 모닥불을 쬐도 되겠나?"

청년은 끝까지 당당했다.

수련 기사라면 곧 기사가 될 것이고, 어쩌면 곧 귀족으로 서임을 받게 될지도 모르는 일이었다. 그런 상대라는 것을 알면서도 하크는 결코 말을 높이지 않았고, 상대도 그런 것에는 별로 신경 쓰지 않는 것 같았다.

"난 하크라 한다."

"하크? 모닝스타의 하크라 불리는 사람이 당신인가?"

"그렇다. 그런데 날 아는가?"

"당신의 이름을 들어본 적이 있지. 모닝스타를 기가 막히게 쓴다고 하더군. 맞는가?"

"글쎄? 그거야 보는 사람에 따라 다르겠지."

질문을 하는 청년도, 대답을 하는 하크의 음성에도 아무런 감흥이 담겨 있지 않았다. 그런 두 사람을 카렌은 정말 신기하다는 듯 쳐다봤다.

"이쪽에서 이름을 밝혔으면 그쪽에서도 자신의 이름을 밝히는 것이 예의가 아닐까?"

"나? 난 수련 기사인 테일러 엘리야다. 제국 아카데미를 졸업하고 벌써 3년째 전국을 돌아다니고 있지."

"엘리야라면 엘리야 백작가를 말하는 것인가?"

"우리 가문을 아는가?"

"내가 알기로 엘리야 백작가는 화이트 와이번 상단으로 막대한 부를 축적한 가문으로 알고 있는데……."

"상단을 맡고 있는 사람은 내 형이지. 난 가문의 품위를 위해 기사가 되려 하고 말이야. 그런데 우리 가문에 대해 꽤나 자세히 알고 있군."

"워낙 유명한 가문이니까."

하크의 말을 듣고서야 카렌도 화이트 와이번 상단으로 대변되는 엘리야 백작가를 떠올릴 수 있었다. 그도 그럴 것이 화이트 와이번 상단은 트레디날 제국의 3대 상단 가운데 하나로, 철광석과 각종 광산들을 개발해 막대한 부를 축적했다.

그런 가문 사람이 저렇게 후줄근한 복장으로 여행을 하고 있다니…… 왠지 어울리지 않는 것처럼 느껴졌다.

대화를 나누는 동안 토끼가 완전히 익은 것을 깨달은 카렌이 익은 고기를 두 사람 앞에 잘라놓았다. 두 사람은 당연하다는 듯 식사를 시작했고, 그런 두 사람의 태도에, 특히 테일러에게 카렌은 슬쩍 심통을 부렸다.

"이봐, 당신. 어디로 가는 길이지?"

"나? 카메컬 영지로 간다."

"무슨 일로 가는 것이지?"

"그곳 영지에 트렝커터가 나타났다고 하더군. 그것들을 없애러 간다."

"당신이?"

카렌의 반문이 곧 자신의 실력을 의심했기 때문에 나온 것임을 눈치챌 수 있었을 텐데도 불구하고 테일러의 태도에는 조금의 변화도 없었다.

"당신의 실력으로는 좀 부족하지 않을까?"

"아직은 부족한 점이 많지. 하지만 내게 부족한 것은 이 녀석이 채워줄 거야."

자신의 실력을 의심하는 듯한 카렌의 말에 테일러는 순순히 고개를 끄덕이면서 자신의 허리에 매달려 있는 검집을 몇 번인가 툭툭 쳤다.

"마법검인가?"

"별건 아니고, 화이어 볼이 인첸트되어 있는 검이지."

"그런 사실을 난생처음 보는 사람들 앞에서 함부로 발설하다니……
아직은 애송이로군."

"내가 애송이라고? 왜?"

오히려 반문을 하는 테일러가 이해가 되지 않는지 하크는 어이없다
는 표정을 지었다.

"만약 내가 네게서 그 마법검을 빼앗으려고 한다면 어쩔 테냐?"

"당신이? 실력이 모자라면 빼앗기는 것이고, 그렇지 않다면 실력도
되지 않으면서 남의 것을 함부로 노린 귀하가 목숨을 잃겠지."

허무하다고 할 정도로 간단한 대답이었다. 대신 그만큼 명쾌했다.

"왜? 이 마법검이 탐나나? 당신에게 이 검은 필요없을 텐데?"

테일러의 반문에 하크는 말문이 막혀 어떤 대꾸도 할 수 없었다.

"만약 누군가에게 마법검을 빼앗긴다면 어떻게 할 거지?"

"어떻게 하다니? 뭘 어떻게 한다는 거지?"

"당신은 자신의 물건을 빼앗기고도 아무렇지도 않다는 말인가?"

"아무렇지도 않은 것이 아니라 실력도 없으면서 남이 탐낼 만한 물
건을 가지고 다닌 것 자체가 잘못이니까. 남에게 물건을 빼앗긴 것을
창피해하고 억울해할 것이 아니라 자신에게 그 물건을 지킬 실력이 없
다는 것을 부끄러워해야겠지."

단호하면서도 명쾌한 테일러의 대답에 카렌은 박수라도 치고 싶은
심정이었다.

빼앗는 자가 나쁜 것은 당연한 일이지만, 빼앗긴 자에게도 일부의
책임이 있다는 말이 왠지 모르게 가슴을 울렸다. 물론 테일러의 대답

에 궤변이 섞여 있다는 것을 모르는 것은 아니지만, 몇 마디의 궤변쯤
은 무시해도 좋을 만큼 마음에 드는 말이었다.

또 한 마리의 토끼가 익어가는 동안 세 사람은 잠시 침묵을 유지한
채 모닥불을 쳐다봤다. 토끼가 완전히 익자 카렌은 또다시 토끼를 나
누어 두 사람에게 내밀었다.

"그래, 트렝커터와 싸워본 경험은 있나?"

"아니."

"그런데도 트렝커터가 대규모로 출몰한다는 곳에 간단 말인가? 좀
경솔한 것 같군."

"그럴 수도 있겠지. 경솔할 수도 있겠지만 달리 생각하면 용감하다
고 할 수도 있는 것 아닌가? 만용과 용기가 능력 차이라면, 경솔함과
용감함은 본인의 의지 차이라고 생각한다. 물론 그런 선택을 하려면
자신에 대해 잘 알아야 하겠지만 말이야."

정말 독특한 인간이 아닐 수 없었다.

지금껏 단 한 번도 만나보지 못한 인간형이었고, 또 이런 생각을 가
지고 있는 인간이 있으리라고는 상상할 수도 없었다.

"또 다소 무리를 하더라도 도전을 해야만 하는 상황이 있지 않을까?
도전하지 않는 인생은 너무 따분할뿐더러 본인의 발전도 있을 수 없
지."

20대 중반밖에 되지 않은 테일러의 말은 거의 인생의 뒤안길에 선
늙은이의 입에서나 흘러나올 만한 것이었다. 하지만 첫인상이 좋았기
때문인지 테일러가 경솔하거나 무모하다는 생각보다는 신중함과 결단
력을 가진 인물이라고 생각되었다.

"만약에…… 귀하가 싸일렉스 공작 전하처럼 대륙을 구해야 하는

상황에 처했다면 어떤 선택을 했을까? 게다가 그 소임을 완수하기 위해서는 헤아릴 수 없이 많은 생명의 위험을 겪어야만 한다면 말이야."

"내가 싸일렉스 공작 전하의 입장이었다면 말이냐? 흐음~ 한 번도 생각해 본 적이 없어서 말이야. 게다가 생명의 위험까지 감수해야 한다면 쉽게 결정을 지을 수는 없겠지. 음~ 확실히 쉽게 결정을 내리기 어려운 일이야."

태평하기만 했던 금발 청년, 테일러의 얼굴이 비로소 꽤 심각하게 굳어졌다. 그런 테일러의 얼굴을 보며 카렌은 그가 자신의 고민에 대한 해답은 아니더라도 해결책에 대한 단서를 제공해 주기를 바랐다.

사실 카렌은 어느 순간 자신이 왜 아버지에 이어서 알아주는 사람도 없는 이 일을 해야만 하는 것인지 의문이 들었기 때문이다.

물론 그렇다고 그 소임을 거부하고 싶은 생각이 있는 것은 아니었다. 다만 어느 순간 자신이 소임을 맡기 위해 태어난 것인지, 아니면 자신에게 해결할 수 있는 능력이 있기 때문에 그러한 소임이 주어진 것인지 궁금하다는 생각을 지우지 못하고 있었다.

그의 말처럼 그런 경우를 한 번도 생각해 본 적이 없기 때문인지 테일러는 좀처럼 대답을 하지 못하고 있었다.

"카렌도 지금 당장 대답을 듣기 위해서 질문한 것은 아닐 거다. 곰곰이 생각을 한 후에 대답하도록 해라."

그 말만을 남기고 하크는 모닥불 옆에 드러누웠다.

겨울치고 그리 차가운 날씨는 아니었지만, 그렇다고 맨 땅바닥에서 그냥 잠을 청할 정도는 아니었건만 하크는 차가움 따위는 전혀 느끼지 못하는 사람처럼 태연하게 잠을 청했다.

물론 카렌도 온도를 그리 민감하게 느끼는 편이 아니었기에 담요 겸

용으로 구입한 로브를 깔고 덮은 채 잠을 청했고, 그런 두 사람의 행동에 테일러는 황당하다는 듯 쳐다봤다.

몬스터의 기습에 대비하지 않는 것도 이해가 되지 않는 일이지만, 땔감도 준비하지 않은 채 그냥 잠이 들어버리다니……. 애송이 용병들이 이런 행동을 했다면 이해가 가지만 하크 같은 베테랑 용병이 이런 실수를 하다니 도저히 믿을 수 없었다.

혹시 이 두 사람은 날씨 따위에는 아무런 영향을 받지 않을 정도의 실력의 소유자들이란 말인가? 하크는 이미 소드 마스터로 명성을 날리던 인물이니 이해가 가지만, 자신보다 몇 살이나 어려 보이는 저 꼬마는 왜 저런 행동을 한단 말인가?

잠시 두 사람을 쳐다보던 테일러는 근처에서 땔감으로 쓸 나뭇가지들을 주워놓고서야 겨우 잠을 청할 수 있었다.

다음날, 테일러가 눈을 떴을 때 그의 눈에 들어온 것은 활활 타오르고 있는 모닥불과 가부좌를 튼 채 앉아 있는 카렌의 모습이었다.

분명 모닥불의 가장 가까운 곳에서 두터운 담요로 둘둘 말다시피 해서 잠을 잤건만, 아침에 일어나니 온몸이 굳어 근육통을 느낄 정도였다. 게다가 몸이 으슬으슬한 것을 보면 살짝 몸살 기운이 있는 것 같았다.

잠시 후 눈을 뜬 카렌은 아무런 일도 없었다는 듯 어제 잡아놓은 토끼를 불 위에 굽기 시작했다. 그리고 잠시 후 어디론가로 사라졌던 하크가 꽤 커다란 나무둥치 하나를 질질 끌고 왔다. 그리고는 모닝스타로 나무둥치를 때리기 시작했다.

퍽퍽퍽!

모닝스타가 나무둥치에 떨어질 때마다 나무둥치는 잘디잔 나뭇조각

으로 박살이 나서 주위로 흩어졌고, 불과 몇 번의 휘두름에 작은 나뭇조
각들이 톱밥처럼 수북이 쌓였다. 그것을 몇 주먹 집어 모닥불에 넣었다.

금방 활활 타오르는 모닥불에 토끼 고기가 완전히 익은 것을 확인한
카렌은 어제저녁처럼 3등분을 해 두 사람 앞에 한 조각씩 내밀고는 토
끼 고기를 뜯었다. 조미료가 없어 별다른 양념을 하지 못한 탓에 별로
맛은 없었지만 다른 음식을 준비하지 못했기에 다른 방법이 없었다.

"오늘 내로 카메컬 영지까지 가려면 슬슬 출발해야 하니까 준비하도
록 해라."

출발 준비를 할 사람은 테일러뿐이었다.

이불 대용으로 사용했던 로브와 망토를 깨끗이 턴 테일러는 로브는
짐 속에 챙겨 넣고 망토는 브레스트 메일에 연결했다.

출발 준비가 끝나자 세 사람은 카메컬 영지를 향해 말을 달렸다.

테일러도 꽤나 능숙하게 말을 몰았는데, 테일러는 오히려 손을 놓
은 채 말을 타고 있는 카렌이 더 신기한 듯 카렌에게서 눈을 떼지 못
했다.

"자네는 말에 안장도, 재갈도 안 채우고 타나?"

"이 친구가 별로 좋아하지 않을 것 같아서……."

"친구? 자넨 고작 말도 못하는 말 따위를 친구로 삼는단 말인가?"

"꽤 트인 생각을 가지고 있는 줄 알았더니 의외로 고지식한 생각을
가지고 있군. 꼭 말을 해야만 친구가 될 수 있다고 생각하나? 때로는
눈빛만 교환해도, 또 때로는 같이 있는 것만으로 충분한 것이 친구 아
닌가? 사실 처음 봤을 때부터 이 친구한테 완전히 반해 버렸거든. 정말
멋있는 친구야."

"허어~ 지금까지 말을 소중히 여기는 기사들은 몇 번 본 적이 있어

도 말을 친구로 여기는 사람은 처음 만나는군. 그래, 자네가 소중히 여기는 그 친구의 이름은 뭔가?"

"이 친구의 이름은…… 바람의 지배자 실피드야."

"실피드라면 바람의 정령왕? 대단한 친구인 모양이군."

"내 친군데 당연히 대단하지."

히히히~ 힝~

카렌은 대꾸를 하면서 이제는 실피드라고 불리게 된 다크 윈드의 목을 가볍게 두드려 주었다. 그런 카렌의 말을 알아들었는지 실피드도 크게 울음을 터뜨렸다.

그렇게 점심을 건너뛴 채 말을 달려 태양이 서산에 걸렸을 때에야 세 사람은 카메컬 영지의 성벽을 마주할 수 있었다.

깊이 패인 해자나 여느 성보다 더 높아 보이는 성벽을 잠시 바라보던 세 사람 가운데 테일러가 무표정한 얼굴로 성벽 위에서 활을 겨눈 채 자신들을 노려보고 있는 병사들을 향해 입을 열었다.

"나는 테일러 엘리야라는 수련 기사고, 여기 두 사람은 용병이다. 이곳 영주께서 트렝커터를 물리칠 사람들을 구한다고 해서 왔다."

"성문을 열어라."

삐이걱~

5미터에 이르는 성문은 성인 두 명이 간신히 지날 정도로 열렸다. 세 사람은 말을 탄 채 성문 안으로 들어섰고, 그들이 가장 먼저 느낀 것은 성의 분위기가 상당히 흉흉하다는 것이었다.

"무슨 일이 있는 것인가?"

"북쪽을 통해 우리 영지로 보급품을 가지고 오던 상단 하나가 트렝커터들의 습격을 받아 몰살한 사건이 있었습니다. 영주님께서 곧 트렝커터들을 토벌하기 위해 출전이 있을 거라 말씀을 하셔서 준비를 하던 중이었습니다. 수련 기사 분은 저를, 용병들은 저 젊은 병사를 따라가 도록 하시오."

"잠깐, 난 동료들과 함께 지내겠다."

"예? 하지만 용병들은 기사님들의 숙소에 결코 갈 수 없습니다."

"내가 용병들의 숙소로 가겠다."

"예? 기사님이 용병들과 함께 지내시겠다는 말입니까?"

테일러의 말에 근처에 있던 병사들은 눈을 동그랗게 뜨고 그의 얼굴을 쳐다봤다.

지금까지 수많은 기사들을 봤지만, 그들이 용병들을 사람 취급하는 것은 한 번도 본 적이 없었다. 마치 무슨 전염병에 걸린 환자를 대하듯 마주치는 것조차 질색했다.

그런 반면 용병들은 실력도 없으면서 거들먹거리기만 하는 기사들을 겉멋만 든 애송이 취급했다. 평민과 준귀족인 기사들과의 사이에는 결코 극복할 수 없는 관념의 차이가 있었다.

"기사님들이 지내시는 곳과 용병들이 지내는 곳은 차이가 많이 납니다. 기사님이 지내시기에는 결코 어울리지 않는 곳인데……."

"다리 뻗고 잘 수 있는 곳이라면 아무 곳이나 상관없네. 편안한 침대에서 잔다고 없던 명예가 생기는 것은 아니니까. 그러니 어서 안내를 해주게."

"그, 그럼 절 따라오십시오."

어색한 표정을 짓는 병사의 안내를 받아 도착한 곳은 샬레 성에서 용병들이 지내던 곳과 거의 비슷한 곳이었다.

커다란 창고처럼 생긴 건물 안은 돌로 만든 기다란 침대에 짚을 깔고, 그 위를 다시 허름한 담요 같은 것으로 덮어놓은 것이 전부였다. 그리고 그 침상에는 거의 100여 명에 이르는 용병들이 제각기 다른 복장을 한 채 휴식을 취하거나 끼리끼리 모여 담소를 나누고 있었다.

용병들이 자신을 쳐다보건 말건 신경도 쓰지 않은 채 하크는 성큼성큼 걸음을 옮겨 돌 침대에 누워 눈을 감고 있는 조금은 말라서 날카롭게 보이는 중년 사내에게 말을 건넸다.

"오랜만이군, 파프."

"당신이 '에스터크의 파프' 라 불리는 그 파프인가?"

하크의 말에는 눈도 뜨지 않았던 날카로운 인상의 중년 사내는 뒤이어 들린 테일러의 음성에 천천히 눈을 떴다.

"누구냐, 넌?"

"나? 테일러 엘리야라는 수련 기사지."

"수련 기사? 수련 기사가 용병들의 숙소엔 무슨 일인가?"

"일단 지금은 나도 용병이니까. 당신이 그 유명한 파프라서 하는 말인데…… 대련을 하고 싶은데, 언제 시간을 내주겠나?"

채채채~ 챙~

테일러의 말에 본인보다는 근처에 있던 용병들이 더 분노해 일제히 자신의 병장기를 뽑아 들고는 파프의 앞을 가로막았다.

"고작 수련 기사인 주제에 감히 파프님을 모욕하다니…… 죽고 싶은 거냐?"

앞장 서 있던 중년, 아니, 머리가 새하얗게 센 늙어 보이는 용병 하나가 목에 핏대를 세우며 분노를 토했지만 테일러는 신경도 쓰지 않았다.

"당신은 파프의 대변인인가?"

"뭐라고?"

"본인은 가만히 있는데 당신이 왜 나서는 거지? 게다가 썩은 고기에 몰려드는 하이에나들처럼 혼자서는 해결을 못하고 꼭 그렇게 떼를 지어 몰려야만 자신이 하고 싶은 말을 하는 건지 정말 궁금하군."

신랄하기 이를 데 없는 테일러의 말에 분분히 자신의 무기를 뽑아 들었던 용병들은 순간적이나마 수치스러워하는 빛을 보였다.

자신이 우상으로 생각했던 사람이 모욕을 당했다는 생각에 거의 본능적으로 무기를 뽑아 들었지만, 다른 사람들도 설마 자신처럼 생각하고 행동할 줄은 몰랐기 때문이다.

"그만하면 됐으니까 모두들 그만 쉬어."

파프의 차분한 말에 용병들은 각자 자신의 무기를 회수했다. 하지만 팽팽하게 달아올랐던 분위기는 좀처럼 식을 줄 몰랐다.

하크와 테일러의 출현에 한동안 그들을 주시했던 파프는 그때까지도 하크 곁에 서 있던 카렌을 발견하고는 그 즉시 몸을 일으켰다. 그리고는 카렌이 당황할 정도로 빤히 그의 얼굴을 쳐다봤다.

"누군가, 자네는?"

"카렌, 카렌 에스지라고 합니다."

"카렌? 처음 듣는 이름인데……."

"아니, 자네도 들어봤을걸. 바람의 카렌이라고, 페인야드에서는 꽤 유명한 녀석이야."

하크의 설명에 파프는 고개를 끄덕였지만 여전히 의문을 느끼는 얼굴이었다.

"하지만 그 카렌은 아직 아카데미 학생 아닌가? 난 그렇게 알고 있었는데……."

"워낙 뛰어난 인재라 조기 졸업을 했다는군."

"하긴 저 정도 실력이라면 조기 졸업을 시키는 것이 당연하겠지. 웬만한 교관 녀석들보다 실력이 더 나을 테니까."

하크와 파프의 대화를 들으며 카렌은 의외로 자신을 알고 있는 용병이 많다는 사실에 의문이 들지 않을 수 없었다.

물론 자신이 철인대회에 참가해 몇 번의 우승을 하긴 했지만 세상에 이름을 날리고 있는 용병들이 어떻게 자신의 이름을 알고 있는 것인지, 혹시 그들끼리 주고받는 특별한 소식통이 있는 것은 아닐까 하는 생각이 들었다.

"그것보다 자네가 여긴 웬일이지?"

"그러는 자네는?"

"나야 트렝커터가 있다는 소문을 들어서 왔지."

"나 역시."

"오랜만에 만났는데 또 한바탕 해봐야지."

"그래야지. 지금 할까?"

"기다릴 필요는 없겠지. 나가지."

말을 마친 하크는 자신의 모닝스타를 어깨에 둘러멘 채 막사를 빠져나갔고, 자리에서 일어난 파프도 자신의 에스터크를 든 채 하크의 뒤를 빠져나갔다.

두 사람이 밖으로 나가자 용병들은 누가 먼저라고 할 것도 없이 우르르 두 사람을 따라 막사를 빠져나갔다. 카렌도 테일러와 함께 구경하기 위해 밖으로 나갔다.

약 5, 6미터쯤 떨어진 채 서로를 쳐다보고 있는 하크와 파프에게서 20여 미터 이상 떨어진 곳에 선 용병들은 손에 땀을 쥔 채 두 사람이 곧 시작할 대결을 지켜보았다.

곁에 앉아 있던 테일러는 연신 침을 삼키며 두 사람을 쳐다봤지만 카렌은 조금 다른 것을 보고, 아니, 느끼고 있었다.

활활 타오르는 모닥불처럼 투기(鬪氣)를 내뿜고 있는 하크와는 반대로 기분 나쁠 정도로 얼음처럼 차갑게 가라앉은 파프의 모습은 언뜻 보기에도 대조적이었다. 카렌이 보기엔 하크는 불꽃같은 붉은 마나가, 파프는 얼음처럼 차가운 파란 마나가 휘감고 있는 듯 보였다.

물론 두 사람 다 자신보다 마나의 양이 좀 더 많은 것이 사실이었지만, 왠지 자신만큼 능숙하게 마나를 운용하지 못하는 것처럼 느껴졌다. 그저 몸 밖으로, 또 무기를 통해 내뿜는 것일 뿐 마나의 소모를 막기 위해 신체의 다른 부분으로 마나를 보내 효과적으로 통제한다는 느낌은 전혀 들지 않았다.

그렇게 잠시 서로를 쳐다보던 두 사람은 누가 먼저라고 할 것도 없이 상대를 향해 달려들었다. 그런 두 사람의 무기에서는 약 1미터쯤 되는 푸른색의 마나 덩어리가 솟구쳤다.

"와~ 오러 스메쉬다!"

"소드 마스터의 상징인 오러 스메쉬를 보긴 난생처음이야."

"아~ 저게 오러 스메쉬구나."

쾅~

용병들의 감탄과 열렬한 환호성은 두 사람의 무기가 부딪치며 발생한 충격파와 굉음에 완전히 파묻혀 버렸다. 무기의 중량이나 몸무게에서 상대적으로 떨어지는 파프가 조금 뒤로 밀리기는 했지만, 그보다 더욱 빠른 속도로 하크를 향해 달려들었다.

에스터크에서 1미터 이상 솟구친 오러 스메쉬는 엄청난 속도로 움직이며 사람들의 시야에서 완전히 사라졌다. 소드 오러의 파괴력을 수십 배 능가하는 오러 스매쉬가 저런 속도로 움직일 수 있다는 사실을 도저히 믿을 수 없었다.

파프의 움직임만 빨라진 것이 아니었다.

무거운 무기 가운데에서도 손꼽히는 모닝스타를 무서운 속도로 휘두르는 하크의 움직임도 상당히 빨랐다. 하지만 에스터크가 움직이는 속도에 비하면 확연하게 시야에 들어올 정도로 늦었다.

"저런, 저런……."

구경을 하던 용병들은 금방이라도 피를 뿌릴 듯 보이는 하크의 모습에 안타까움을 터뜨렸지만 카렌의 생각은 전혀 달랐다. 비록 에스터크의 공격이 빠르고 날카로운 것은 사실이었지만, 방어를 하는 하크의 동작도 결코 늦은 것은 아니었다.

파프의 에스터크를 막아내는 하크의 모닝스타는 간결하고도 빈틈이 없었다.

막강한 파괴력으로 공격을 선도할 것 같았던 하크는 오히려 수세를 취했고, 차분하게 방어를 할 것 같았던 파프는 오히려 날카로운 공격을 쉴 새 없이 퍼붓고 있었다. 용병들은 겉으로 드러난 그들의 움직임에 환호성을 터뜨리는 데 반해 카렌은 그보다는 그들의 몸 주위에서 격렬하게 파동 치는 마나의 움직임에 바짝 신경을 곤두세웠다.

그런 두 사람의 모습을 지켜보던 카렌은 문득 자신의 사부인 지옥마제의 외형적인 말에 너무 얽매여 있는 것은 아닐까 하는 생각이 들었다.

마나를 굳이 음기와 양기로 나누는 목적이 뭔가?

파괴력을 극대화시키기 위해서가 아닌가? 그렇다면 마나가 변한 것일까? 양기는 항상 활발히 움직이고, 음기는 언제나 차갑게 가라앉기만 하는 것일까?

갑자기 의문이 꼬리에 꼬리를 물고 일었다.

형식과 규칙에만 빠져 있느라 정작 가장 중요한 것이 무엇인가를 잊고 있었던 것은 아닐까 하는 생각이 들었다. 좀 더 자유로운 사고를 하지 않는다면 더디기 이를 데 없는 지금 상태에서 결코 벗어날 수 없을 거란 생각이 들었다.

쾅쾅쾅!

요란한 폭음과 함께 두 사람이 발출해 낸 오러 스메쉬로 인해 주위에 크고 작은 구덩이가 패여 있었고, 귀청을 찢을 듯한 폭음이 연속해서 들려왔다. 그리고 그 구덩이를 피해 움직이며 상대를 향해 무기를 휘두르는 두 사람의 움직임은 도저히 인간의 것이라고 볼 수 없을 정도로 빨랐다.

용병들은 난생처음 보는 소드 마스터들의 대결에 그저 입을 쩍 벌리고 부러움에 가득 찬 시선으로 바라볼 뿐이었다.

언제까지고 계속될 것 같았던 두 사람의 대결은 어느 한순간 갑자기 그쳤다.

숨을 잠시 고른 두 사람은 곧 무기를 거두어들였다.

"이번에는 내가 이길 줄 알았는데…… 제길, 또 비겼군."

"나야말로 이번엔 이길 줄 알았다."

짝짝짝~

갑자기 들린 박수 소리에 구경하던 용병들의 눈이 한쪽으로 향했다.

그곳에는 제법 덩치가 큰 하프 플레이트 메일을 걸친 30대 중반 정도로 보이는 사내 하나가 박수를 치고 있었고, 그 한 걸음 뒤에 풀 플레이트 메일을 걸친 40대 중반으로 보이는 사내가 꽤나 무뚝뚝한 얼굴로 서 있었다.

"역시 소문대로 대단한 솜씨요. 이번 토벌에 두 분이 참가해 준다니 정말 기대가 크오. 내일 정오에 출발을 할 예정이니 모두 철저히 준비를 해주시오. 그리고 작전 계획 때문에 그러니 두 분은 잠시 나를 따라와 주시오."

박수를 친 사내는 말을 마치고는 돌아섰고, 중무장을 하고 있던 중년 기사는 잠시 하크와 파프를 노려보다 곧 뒤를 따라 들어가 버렸다.

"푸겔, 따라와라."

파프의 말에 구경을 하고 있던 건장한 체격의 용병 하나가 어리둥절한 표정을 짓다가 곧 두 사람을 따랐다.

용병들이 막사에 들어가고도 카렌은 한참 동안 두 사람의 대결을 떠올리고 있었다.

붉고 푸른 마나가 서로 어우러지며 하나가 되기도 했다가 서로의 꼬리를 물며 돌기도 했다가 격렬하게 부딪치기도 했다. 한동안 그 모습을 멍하니 생각하던 카렌은 마치 발작이라도 일으킨 듯 갑자기 격렬하게 몸을 떨었다.

순간 카렌은 자신도 모르게 거의 본능적으로 연환상충폭뢰기를 운공하기 시작했다.

소주천을 거쳐 움직이기 시작한 연환상충폭뢰기는 카렌의 의도에 따라 힘차게 혈도를 따라 이동했고, 언제나 백회혈을 우회했던 것과는 달리 이번에는 무서운 속도로 치솟는 것이었다. 도저히 제어할 수 있는 성질의 것이 아니었다.

분명 자신의 몸속에 있는 마나이건만, 그저 방관자처럼 지켜볼 수밖에 없었다.

지독한 통증을 안겨주던 연환상충폭뢰기는 생사현관을 향해 무섭게 달려갔고, 허무할 정도로 간단히 생사현관을 관통했다. 그렇게 시작된 연환상충폭뢰기의 질주는 일순간에 무서운 속도로 전신을 돌기 시작했다.

서른여섯 번의 대주천이 그야말로 순식간에 끝났다.

이전에 하던 열두 번의 대주천보다 더 빨리 끝난 것이다. 그것도 이전처럼 강제로 끝낸 것이 아니라 자연스럽게 마나 홀로 들어가 자리하며 완료가 된 것이다.

전신에서 느껴지는 활력을 느끼면서 천천히 눈을 뜬 카렌은 문득 자신의 전신에서 빛이 뿜어져 나오는 것을 발견했다. 깜짝 놀라 다시 보니 빛은 보이지 않았다.

자신이 잘못 봤다고 생각한 카렌은 심호흡을 하고는 연환상충폭뢰기를 천천히 끌어올려 오른손으로 이끌었다. 그러자 손에서 희미하게 빛이 뿜어져 나오기 시작했다.

번쩍!

어느 순간 너무나 환한 빛이 카렌의 손바닥에서 허공으로 솟구쳤다.

"아~ 라이오너!"

라이오너를 체내로 받아들인 후 간혹 카렌이 원할 때 라이트닝 포스를 빌려준 적은 있지만 이렇게 직접 모습을 드러내기는 처음이었다. 크기는 겨우 반딧불만했지만 밝기는 횃불 몇 개를 합친 것보다 훨씬 더 밝았다.

언뜻 보기엔 천천히 허공을 날고 있는 듯 보였지만, 실제는 눈으로 좇지 못할 정도로 빠르게 허공을 날고 있었다. 그런 라이오너의 모습을 신기한 듯 바라보던 카렌은 조용히 라이오너를 불렀다.

"라이오너, 이리 와라!"

카렌의 부름을 듣지 못한 것인지, 아니면 무시를 하는 것인지 라이오너는 여전히 허공을 날고 있을 뿐이었다.

잠시 라이오너를 노려보던 카렌은 갑자기 손을 뻗어 라이오너를 잡으려고 했지만, 마치 그런 카렌의 의도를 비웃기라도 하듯 라이오너는 간단히 카렌의 손을 피해 허공으로 날아올랐다.

카렌은 그 후에도 몇 번이나 라이오너를 잡기 위해 노력해 보았지만 라이오너의 움직임은 카렌의 움직임을 훌쩍 뛰어넘고 있었다. 결국 카렌이 포기하고 자리에 주저앉아 버리자 그런 카렌의 행동이 이해되지 않는지 잠시 주위를 날아다니던 라이오너는 카렌이 미처 제지할 사이도 카렌의 오른손으로 스며들었다.

잠시 자신의 오른손을 쳐다보던 카렌은 대체 어떻게 해야 라이오너와의 친화력을 높일 수 있을지에 대한 의문과 함께 한숨이 흘러나왔다.

카렌이 막사 안으로 들어간 후 상당한 시간이 지난 후 누군가가 건물의 그림자 속에서 걸어나왔다.

테일러였다. 그런 그의 얼굴은 불신의 기색이 역력했다.

"이, 인간의 몸에서 빛이 나다니……. 게다가 손에서 튀어나왔던 그 빛은 뭐지? 대체 저 녀석은 뭐야?"

하지만 테일러의 물음에 대답을 해줄 사람은 이미 막사 안으로 사라지고 없었다.

＊　　　＊　　　＊

"왜 자코니 자작이 우리와 함께 가는 거지?"

"나라고 그 이유를 알겠나? 느닷없이 우리와 함께 행동을 할 것이니 그렇게 알아두라고 해서 그런가 보다 하고 있는 거지."

테일러의 질문에 하크는 별일 아니라는 듯 대꾸를 했다.

"그건 그렇다고 하더라도 임시 대장으로 임명된 저자가 누군지 당신은 아나?"

"푸겔을 말하는 건가?"

"그러고 보니 어제 그런 이름을 들은 것도 같군."

"제법 실력이 있는 녀석이지. 파프 녀석이 있는 길드 소속인데, 제국의 북부쪽에서 나름대로 이름을 날리고 있다고 하더군."

"아무리 이름을 날렸다고 실력도 검증하지 않고 무조건 대장을 삼다니……. 상당히 형식적이군."

"호호호, 이봐, 애송이."

"뭐라고?"

하크의 말에 테일러는 발끈했지만 상대는 신경도 쓰지 않았다.

"기사가 자신의 이름을 날릴 수 있는 방법은 헤아릴 수 없이 많아. 명예만 지켜도 이름을 날릴 수 있고, 가문이 훌륭하기만 해도 이름을 날릴 수 있어. 당연히 실력이 뛰어나다면 더 말할 것도 없지. 그러나 용병은 달라. 오로지 실력 말고는 자신을 알릴 수 있는 다른 방법이 없거든. 용병이 이름을 날린다는 것에는 나름대로 여러 가지 임무를 처리할 수 있는 능력이 있다는 말이거든. 팀원을 챙겨야 하는 조장의 임무든, 동료들의 안전을 지키기 위한 척후든, 적의 주요 인물을 암살하기 위한 암살의 임무든 가리지를 않아. 이곳의 영주가 푸겔을 임시 대장으로 삼은 것엔 파프의 의견이 상당히 작용한 것이 사실이겠지만, 그래도 능력도 없는 놈에게 함부로 대장을 맡기지는 않아."

조금은 긴 하크의 말에 테일러는 결국 인정할 수밖에 없었다.

그러고 보니 어떤 이유에서건 이름을 날리고 있는 용병 가운데 실력이 없는 자들은 없었다. 그들과 함께 청부를 처리해 보기도 했고, 때로는 적대 관계에서 마주쳐 보기도 했다. 그런 경험을 통해 용병들이 이름을 날린 것에는 역시 나름대로 이유가 있다는 생각을 했었다. 하지만 그런 자신의 속마음을 밝히고 싶지 않은지 테일러는 질문을 계속했다.

"그건 그렇다 치고, 우리는 지금 어디로 가는 거지? 그리고 트렝커터를 퇴치하기 위한 작전은 대체 뭐야?"

"알아서 뭐 하게?"

"뭐 하다니? 그게 무슨 멍청한 소리야? 전체 계획을 알아야 상황이 갑자기 변했을 때 나름대로 대처를 할 수 있잖아!"

테일러가 분노를 참지 못하고 소리를 질렀지만, 듣고 있던 하크나 근처에 있던 다른 용병들도 신경을 쓰지 않은 채 자신이 할 일만 했다. 잠시 머쓱한 표정을 짓던 테일러는 보복이라도 하듯 하크를 노려봤다. 하지만 하크의 반응도 만만치 않았다.

"홍! 웃기는군. 언제 귀족들이 용병들을 인간 취급했던 적이 있던가? 용병은 말이야, 그저 지휘관이, 기사들이 시키면 시키는 대로 칼만 휘두르면 되는 소모품이었어. 너는 소모품에게도 작전을, 그것도 전체 작전을 가르쳐 주나? 또 어떤 지휘관과 기사가 용병들이 자신들의 의도대로 움직여 줄 것이라 믿을까?"

하크의 냉소에 테일러는 한마디도 대꾸할 수 없었다.

자신이 기사 교육을 받을 때도 용병을 인간으로 대우하라는 말은 단한 번도 들어본 적이 없었다. 그러나 하크의 말대로 그저 칼을 휘두를 줄 아는 살아 있는 인간으로만 취급하라는 말은 수도 없이 들어왔다.

지금처럼 전국을 돌아다니며 용병들과 직접 부딪치며 생활을 해보고서야 그들도 자신과 같은 인간이며, 나름대로 유능하고 실력이 뛰어난 용병들이 많다는 것을 깨닫게 된 것이다.

인상을 쓰고 있는 테일러의 모습에 하크는 피식 웃음을 짓고는 입을 열었다.

"그렇게 궁금하게 생각을 하니 대답을 해주지. 일단 일반 병사들은 출동하지 않는다. 출동하는 인원은 카메컬 영지 소속 기사 50명과 용병 100명, 그리고 척후의 임무를 맡은 병사 몇몇이 전부다. 두 번째 트렝커터 출몰 지역은 카메컬 영지의 남서쪽에서 펠링턴 자작이 다스리는 로이드 영지의 동쪽에 이르는 지역의 모든 산이다. 하지만 양 영지 중간에 위치한 데로우 산맥이 결전지로 예상된다. 그리고 트렝커터 퇴치에 투입될 예정이었던 마법사는 사정이 생겨 토벌에 참가할 수 없다. 마지막으로 기사들은 기사단장이, 용병들은 영주와 임시 대장인 푸겔이 상황에 따라 배치한다. 어때? 전체 계획을 알고 나니 어떻게 하면 트렝커터를 물리칠 수 있을지 이해가 가나?"

하크의 말에 테일러는 어이가 없다는 표정을 지으며 하크를 노려보았다.

장황하게 말을 늘어놓았지만 결정적으로 알아야 될 사항은 한마디도 하지 않았다.

결론적으로, 알아봐야 트렝커터를 퇴치하는 데 털끝만큼도 도움이 되지 않는, 그야말로 정말 쓰레기 같은 말뿐이었다. 더군다나 고개만 돌려 기사들과 용병들을 봤으면 충분히 알 만한 일을 뭐가 그렇게 대

단한 정보라도 되는 양 장황하게 늘어놓는 것인지 정말 황당한 일이었
다.

테일러가 자신을 노려보건 말건 하크는 자신이 할 말만 하고는 테일
러를 쳐다보며 빙긋거리고 있을 뿐이었다.

그런 두 사람을 쳐다보며 카렌은 어제저녁 하크와 파프의 대결을 떠
올리고 있었다. 아니, 연환상충폭뢰기의 움직임을 떠올리고 있었다.

간밤의 운공이 평소의 운공과 다른 것은 단지 속도뿐이 아니었다.

마나의 이동 통로가 연장되었을뿐더러, 지금까지는 마나가 지나간
적이 없던 주요 혈도 근처의 조금은 작은 혈맥에서도 연환상충폭뢰기
의 기운이 느껴지는 것을 보면 연환상충폭뢰기의 기운이 그곳에도 흐
른다는 것을 깨달을 수 있었다.

혈도의 연장과 확장.

지금까지 카렌을 괴롭혀 왔던 문제가 어제저녁 약간의 깨달음으로
단번에 해결이 된 것이었다. 게다가 라이오너와의 친화력을 키울 수
있는 단서까지 찾을 수 있게 되었다.

두두두두두~

척후를 위해 일행들보다 앞서 출발했던 병사 하나가 다급한 얼굴로
말을 몰아 달려왔다. 일행들에게 가까워진 병사는 영주인 자코니 자작
에게 말에서 뛰어내림과 동시에 자신이 본 것을 보고했다.

"바로 앞의 구릉 뒤쪽으로부터 트렝커터가 만들어놓은 거미줄이 깔
려 있습니다."

"몇 마리나 보이더냐?"

자코니 자작의 질문에 무슨 일인지 병사는 우물쭈물하며 쉽게 대답
을 하지 못했다.

"저어, 그게…… 워낙 거미줄이 깔린 지역이 넓어 트렝커터를 확인할 수는 없었습니다."

"뭐라고? 그래, 한 마리도 확인을 하지 못했다는 거냐?"

"죄송합니다, 영주님."

두두두두두~

병사가 자코니 자작에게 용서를 구하는 사이, 다시 척후를 나갔던 두 명의 병사가 급하게 돌아오고 있었다. 그들 역시 말에서 뛰어내림과 동시에 영주에게 황급하게 보고했다.

"좌전방과 우전방 역시 트렝커터들이 거미줄을 쳐놓아 이동로가 완전히 막힌 상탭니다."

"전체적으로 보면 양끝보다 중앙이 더 깊어 크레센트(초승달) 모양을 이루고 있습니다."

"푸겔 대장과 기사단장을 불러라."

자코니 자작의 말에 푸겔과 기사단장 루이스가 불려왔고, 영주는 척후병들의 보고를 그들에게도 알려주었다. 무리하게 중앙을 공격하다 트렝커터에게 포위될 것을 우려해 영주와 용병들은 좌전방을, 기사단장과 기사들은 우전방을 맡아 공격을 하기로 했다.

100명이나 되는 인원이 움직였지만 제법 실력이 있는 자들만 모았기 때문인지 이동은 신속하게 이루어졌다. 왼쪽에 보이는 조금 높은 구릉에 올라선 용병들은 하나같이 놀람을 감추지 못했다.

"저, 저게 뭐야?"

"저렇게 넓은 곳에 깔려 있는 것이 거미줄이라고?"

"그런데 트렝커터들은 대체 어디에 있는 거야?"

카렌 역시 난생처음 보는 광경에 놀람보다는 경탄을 감추지 못했다.

"아~"

끝도 보이지 않는 들판 전체에 하얀 것이 마치 눈이 내린 것 같았다. 도대체 얼마나 많은 트렝커터가 있기에 저렇게 넓은 지역의 평야를 거미줄로 뒤덮을 수 있는 것인지 상상이 되지 않았다.

"정말 놀라운 광경이지?"

"그렇군."

테일러의 말에 대꾸를 하는 카렌의 음성은 무덤덤했다.

언제까지 감탄만 하고 있을 수는 없는 일이었다. 푀레의 말에 의하면, 몇 미터에 달한다던 트렝커터들은 어디에 있는 것인지 전혀 짐작이 가지 않았다.

"하크님, 푀레님이 말씀하시길 트렝커터가 산악 거미의 일종이라고 하시던데 맞습니까?"

"그래."

"트렝커터가 산악 거미의 일종이라면 산악에 산다는 말인데, 그런 트렝커터가 왜 들판에 출몰한 거죠?"

"그건 나도 모른다. 문제는 저 빌어먹을 트렝커터가 들판으로 내려오면 더 골치 아픈 존재가 된다는 것이지. 거미줄도 문제지만 더 큰 문제는 웬만한 맹수들보다 훨씬 빨라진다는 거 거든. 나도 산악에서는 몇 번 싸워봤지만, 이렇게 넓은 들판에서는 싸워본 적이 없어 어떻게 해야 될지 모르겠다."

하크가 카렌과 이야기를 나누는 동안 자코니 자작의 지시를 받은 몇몇 용병들이 전진해 트렝커터가 설치해 놓은 거미줄을 살피기 시작했다. 그러다 교묘하게 거미줄과 거미줄 사이에 감추어진 통로가 드러났다.

두세 명이 나란히 걸을 수 있을 만한 넓이를 가진 통로가 트렝커터들이 들판에 쳐놓은 거미줄 사이로 미로처럼 구불구불하게 자리하고 있었다. 하지만 여전히 트렝커터의 모습은 보이지 않았기에 용병들은 대부분 찜찜한 기분을 떨치지 못하고 있었다.

그런 용병들의 모습을 보고서도 자코니 자작은 아랑곳하지 않은 채 전진을 명령했다.

용병대장인 푸겔이 안전을 이유로 반대를 했지만 영주의 고집을 꺾을 수는 없었다.

바짝 긴장한 용병들은 무기를 뽑아 든 채 전진했고, 길게 늘어선 용병들의 모습에서 카렌은 뭔가 불길한 기분이 들었다.

곁에서 확인한 트렝커터의 거미줄은 카렌이 지금껏 보았던 거미줄과는 판이하게 달랐다.

일단 거미줄의 굵기가 어린아이의 팔뚝 굵기만한 것부터 어른의 허벅지 굵기만한 것까지 다양한 굵기의 거미줄이 얼기설기 엮여 몇 겹의 거대한 그물을 만들고 있었다.

너무 촘촘하게 거미줄이 엮여 있어 바람조차 지나가기 힘들 것 같았다.

미로처럼 뻗어 있는 통로를 통해 이동하던 용병들은 갈림길이 나올 때마다 나눠져 나중엔 겨우 10여 명만이 이동을 하고 있을 뿐이었다.

하크와 카렌, 테일러를 비롯한 용병들은 말에서 내려 최대한 조심스럽게 이동을 하며 트렝커터의 흔적을 찾기 바빴다. 하지만 그들이 발견한 것은 오직 광야를 뒤덮고 있는 거미줄뿐이었다.

용병들이 갈림길을 만날 때마다 계속 나눠지는 바람에 어쩔 수 없이 가장 앞에 서 있던 카렌은 갑자기 걸음을 멈췄다. 앞서 가던 카렌이 걸음을 멈추자 그의 뒤를 따르던 용병들도 자연스럽게 모두 걸음을 멈췄다.

카렌이 멈춘 이유는 간단했다. 발바닥을 통해 미약한 진동이 느껴졌기 때문이다.

처음엔 따라오던 용병이나 그들이 타고 온 말이 발걸음을 옮길 때 생긴 진동을 느낀 것이라 생각했지만, 다시 생각하니 그것이 아니었다.

그보다는 훨씬 육중한 물체가 이동을 하면서 생기는 진동이 틀림없었다.

"뭐야? 왜 멈춘 거야?"

"모두 그 자리에서 꼼짝도 하지 마. 뭔가가 곧 나타날 것 같아."

카렌의 말에 테일러를 비롯한 용병들은 주위를 둘러보았지만 보이는 것은 거미집뿐, 조금 전과 달라진 것은 아무것도 없었다. 그렇지만 카렌의 말에 모두들 잔뜩 긴장했다. 하지만 아무것도 나타나지 않자 용병들 가운데 하나가 볼멘소리를 내뱉었다.

"아무것도 없잖아. 뭐가 나타난다는 거야?"

"닥쳐!"

카렌은 진동이 더욱 커짐을 느꼈고, 동시에 불길한 느낌 역시 더욱 강해지는 것을 느꼈다. 동시에 지금껏 어지간해서는 먼저 뽑아본 적이 없는 샤이닝 블레이드를 뽑아 들었다. 그리고는 자신의 곁에 있는 실피드의 목을 가볍게 쓰다듬으며 안정을 시키려고 노력했다.

실피드 역시 동물 특유의 감각으로 자신의 신경을 자극하는 뭔가가 나타나려 한다는 것을 느꼈는지 신경이 상당히 날카로워 연신 목을 흔들며 투레질을 하고 있었다.

"으악!"

신경이 잔뜩 곤두선 상황에서 터져 나온 누군가의 비명 소리에 용병들은 누가 먼저라고 할 것도 없이 비명이 들린 곳으로 고개를 돌렸다. 동시에 뭔가 시커멓고 거대한 것이 지상으로 떨어지는 것을 목격했다.

"크악!"

"트렝커터다!"

"트렝커터가 나타났다. 모두 조심해라."

"컥! 아악!"

"살려줘!"

갖가지 외침과 비명 소리가 트렝커터가 쳐놓은 거미줄로 가득한 벌판 위로 울려 퍼졌다. 그리고 카렌 일행도 자신이 쳐놓은 거미줄 위를 믿을 수 없을 만큼 기민하기 기어다니는 트렝커터의 모습을 발견할 수 있었다.

마침내 모습을 드러낸 트렝커터는 입으로는 연신 희뿌연 안개 같은 것을 내뱉고 있었는데, 그 안개에 스친 것은 거미줄이든 인간이든, 아니면 그들이 타고 온 말이든 모조리 돌로 굳어져 버리는 것이었다.

"석화 가스다. 조심해라."

"살려줘! 내 다리가 굳었어!"

지상에 유일하게 남긴 단말마의 비명 소리는 허무하게 허공중에 사라졌고, 용병들이 뭉쳐 트렝커터에게 대항하려고 했지만, 그것은 트렝커터의 능력을 너무나 경시한 것이었다.

거의 8미터가 넘는 트렝커터의 무기는 단지 석화 가스나 거미줄뿐만이 아니었다.

스톤 스킨 마법이 베풀어진 듯 아무리 무기를 휘둘러도 상처 하나 입힐 수 없었고, 설사 소드 오러로 공격을 한다고 하더라도 같은 곳을 계속 공격하지 않은 이상 트렝커터에게 상처를 입힐 수 없었다. 더구나 파이크처럼 날카로운 트렝커터의 앞다리는 방패를 가지고 있지 않은 용병들에게는 저주에 가까운 것이었다. 하지만 진정한 저주의 시작은 그것이 아니었다.

트렝커터가 거미줄 위를 이동하며 생긴 진동을 감지한 다른 트렝커터들이 땅속에 마련한 자신의 둥지 속에서 일제히 뛰쳐나온 것이었다.

거의 지상 10여 미터 이상 치솟은 트렝커터들은 자신이 쳐놓은 거미집 주위에 몰려 있는 먹이들을 발견하고는 그대로 육중한 체격을 내리꽂았다.

쿠쿠쿵!

마치 지진이라도 일어난 듯 엄청난 진동을 느끼며 용병들은 휘청거렸고, 개중에는 중심을 잃고 쓰러지는 용병들도 있었다. 특히 거미집이 있는 쪽으로 쓰러진 용병들은 지독하게 끈적거리는 거미줄에 달라붙어 그것을 제거하느라 필사적으로 애를 썼지만, 한 번 달라붙은 거미줄은 마치 용병들의 몸을 거미줄의 일부분으로 변하게 만든 듯 떨어질 줄 몰랐다.

거미줄에 걸린 동료를 구하기 위해 용병들은 자신의 무기를 휘둘렀지만 거미줄에 달라붙은 무기 역시 떨어지지 않아 용병들은 당황하지 않을 수 없었다.

그런 용병들을 노려보던 트렝커터의 머리가 움찔하는 순간 트렝커터의 입에서 푸른색의 안개가 뿜어져 나왔다.

"독 안개다!"

"숨을 멈춰라!"

다급한 외침이 터져 나왔지만 이미 몇몇 용병들은 한두 모금의 독 안개를 들이마신 후였다. 지독한 현기증과 근육의 무력감, 그리고 참을 수 없는 구토감이 한꺼번에 몰려들어 도저히 그 자리에 서 있을 수 없었다.

몇 사람의 용병들이 지면에 쓰러진 채 꼼짝도 하지 못하고 있을 때 사신의 낫처럼 그들을 덮치는 검은 그림자가 있었다.

푹!

"컥!"

단말마의 비명과 함께 지면에 엎드려 있던 용병 가운데 하나가 트렝커터의 앞다리에 찍혀 허공으로 쳐들렸다. 마치 포크에 찍힌 과일처럼 허공으로 들린 용병은 곧 뒤로 던져졌다.

용병들이 자신을 공격하건 말건 트렝커터는 지면에 쓰러져 있는 용병들을 창처럼 날카로운 앞다리로 찍어 자신의 집 근처의 거미집으로 던져 놓았다. 그리고는 거미줄을 뽑아 용병의 몸을 둘둘 말아 순식간에 몇 개의 고치를 만들어 버렸다.

동료 용병들은 그런 모습에 분노를 느꼈지만, 그저 아무것도 못한 채 안타까운 심정으로 바라볼 수밖에 없었다.

그런 상황은 미로 곳곳에서 벌어지고 있었다.

특히 퇴로가 봉쇄된 용병들은 거의 몰살을 당할 정도로 심각한 타격을 받을 수밖에 없었다. 방패에 버금가는 외피에 석화 가스와 독 안개, 거기다 날카로운 앞다리와 거미줄로 무장한 트렝커터에게 용병들의 반격은 기름등을 향해 날아드는 불나방처럼 허망한 짓이었다.

카렌의 재빠른 제지로 트렝커터의 공격을 피한 일행들은 미로를 따라 후퇴하고 있었는데, 앞장서 달려가던 용병이 구불구불한 미로가 계속해서 반복되자 그만 길을 잘못 택하고 말았다. 일행이 그 사실을 알았을 때는 이미 엉뚱한 곳을 헤매고 있었다.

"조심해라!"

쿵!

하크의 말이 끝나기도 전 검은 그림자가 일행들의 후방에 떨어져 내렸다.

히히히~ 힝~

갑작스러운 트렝커터의 출현에 용병들이 타고 왔던 말들이 본능적인 두려움을 이기지 못해 뒷걸음질을 치다 거미줄에 걸렸다. 거미줄에 걸린 말들을 떼어내기 위해 용병들이 달려들었지만, 말의 고통만 가중시켰을 뿐 한 마리의 말도 떼어낼 수 없었다. 그런 말들 가운데에는 테일러의 말도 끼어 있었다.

테일러도 자신의 말을 거미줄에서 떼기 위해 고삐를 잡고 힘을 주어 봤지만 말은 고통에 찬 울음만 터뜨릴 뿐 꼼짝도 하지 못했다. 테일러는 몇 번 더 애를 써봤지만 애마(愛馬)는 결코 거미줄을 벗어날 수 없었다.

"이런 지저분한 것이…… 화이어 볼!"

화를 버럭 내던 테일러는 허리에 차고 있던 롱 소드를 단숨에 뽑아 들고는 힘차게 시동어를 외쳤다. 그러자 롱 소드의 끝에서 어른 주먹 두 개를 합친 것만한 크기의 불덩이가 애마를 붙잡고 있던 거미줄을 향해 날아들었다.

픽! 치익~

둔탁한 소리와 함께 테일러의 롱 소드에서 튀어나왔던 불덩이는 소음과 함께 금세 꺼져 버리고 말았다. 뜻하지 않은 광경에 테일러가 당황하고 있을 때 누군가가 무서운 힘으로 그를 잡아당겼다. 카렌이었다.

"헉!"

쾅!

테일러의 신음이 채 사라지기도 전 트렝커터의 거대한 앞다리가 테일러가 서 있던 곳으로 날아와 꽂혔다. 그리고 뒤이어 날아온 반대쪽 앞다리가 가련한 애마의 몸통 한가운데를 너무나 간단히 뚫어버렸고, 애마는 한마디 울음도 남기지 못한 채 즉사해 버렸다.

죽어버린 말을 뒤로 집어 던진 트렝커터는 일행들을 향해 세차게 푸른색의 안개를 내뿜었다. 자신의 말을 거미줄에서 떼기 위해 매달려 있던 용병들 가운데 트렝커터의 공격을 발견하지 못한 두 용병이 그들의 말과 함께 푸른색의 독 안개에 휘말렸다.

"컥!"

"윽!"

용병들과 말들은 그대로 쓰러져 버렸고, 독 안개가 뿜어진 범위 밖으로 몸을 피한 하크가 모닝스타에 마나를 주입한 채 트렝커터의 다리를 공격했다.

쾅!

눈이 아릴 정도로 파란 오러 스메쉬가 트렝커터의 다리에 작렬했다.

하크는 자신의 오러 스메쉬와 부딪친 트렝커터의 앞다리가 단번에 박살날 것을 믿어 의심치 않았다. 그러나 드러난 광경은 예상과는 전혀 달랐다.

금방이라도 박살날 것 같았던 앞다리에는 고작 주먹만한 생채기만 생겼을 뿐 여전히 멀쩡했다. 상처를 입은 트렝커터는 몸을 한 번 부르르 떨고는 일행들을 향해 사정없이 뿌연 안개를 내뿜었다.

"피해라!"

하크의 외침에 살아남은 용병들은 트렝커터를 피해 황급히 몸을 피했지만, 카렌은 오히려 트렝커터의 배 밑으로 파고들었다. 그렇다고 하크보다 강한 오러 스매쉬를 쓸 자신이 있는 것은 아니었지만, 대신 샤이닝 블레이드가 어떤 위력을 가지고 있는 것인지 그것을 시험해 보고 싶었다.

연환상충폭뢰기를 잔뜩 끌어올린 카렌은 샤이닝 블레이드에 한계치까지 집어넣었다. 샤이닝 블레이드의 검끝에서 눈이 아릴 정도로 선명한 붉은 마나가 치솟는 것을 보자마자 팔로 껴안아야 할 정도로 두꺼워 보이는 눈앞의 다리를 향해 휘둘렀다.

퍽!

샤이닝 블레이드의 날카로움과 연환상충폭뢰기의 파괴력이 상호작용을 일으켜 충분히 트렝커터의 다리를 잘라 버릴 것이라 생각했지만, 실제로는 절반 정도밖에 잘리지 않았다.

물론 그것만 해도 대단한 것이었지만, 미스릴 중에 미스릴이라고 불리는 앙블렌저린으로 만든 샤이닝 블레이드와 지옥마제가 장담했던 연환상충폭뢰기의 파괴력이 합친 결과가 한낱 몬스터의 다리조차 자르지 못했다는 사실에 카렌은 실망하지 않을 수 없었다. 하지만 그건 카렌이 잘못 안 것이었다.

일반적인 트렝커터라면 당장 다리가 잘려 나갔겠지만, 사실 이것들은 트렝커터 중에서도 가장 덩치가 크다는 자이언트 트렝커터들로, 일반적인 트렝커터보다 크고 표피가 단단한 것은 말할 것도 없고, 독을 분사할 수 있는 특이한 능력까지 가지고 있어 상대하기 더욱 까다로운 몬스터였다.

잘린 다리에서 뿌려지는 체액을 피한 카렌은 반대쪽의 다리를 향해 다시 한 번 소드 오러를 날렸다(사실 그것은 소드 오러가 아닌 극히 불안정한 오러 스메쉬였다).

픽!

여덟 개의 다리 가운데 몸통을 지지하는 두 개의 다리에 심각한 부상을 입자 자이언트 트렝커터는 그 자리에서 꼼짝을 하지 못했고, 그 틈을 타 일행들은 일제히 뒤로 물러섰다. 그리고는 누가 먼저라고 할 것도 없이 거의 동시에 후퇴하기 시작했다.

자이언트 트렝커터가 그런 일행들을 그냥 가만히 두고 볼 리 만무했다.

붕~ 붕~ 붕~

갑자기 격렬하게 몸을 떨기 시작하자 거대한 벌의 날갯짓하는 소리가 벌판에 울려 퍼졌다. 그것이 신호라도 되는지 지금까지 모습을 드러내지 않고 있던 자이언트 트렝커터들이 일제히 모습을 드러냄과 동시에 사방에 흩어져 있던 용병들을 향해 한꺼번에 달려들기 시작했다.

용병들은 다급하게 사방으로 도주를 했지만 통로는 미로처럼 얽혀 있어 쉽사리 자이언트 트렝커터들에게서 벗어날 수 없었다. 게다가 거미줄 위를 이동하는 자이언트 트렝커터는 믿을 수 없을 정도로 빨랐기에 배후에서 공격을 당해 쓰러지는 용병들도 적지 않았다.

카렌이 자이언트 트렝커터들이 쳐놓은 거미집에서 완전히 벗어났을 때 그의 곁에는 하크와 테일러, 그리고 조금은 나이를 먹어 보이는 장년의 용병이 전부였다. 게다가 살아남은 말도 오직 실피드뿐이었다.

이미 태양은 서산에 걸린 채 마치 용병들의 죽음을 애도하기라도 하듯 하늘을 온통 핏빛으로 물들이고 있었다.

"제길, 저런 괴물을 아무런 계획도 세우지 않고 무조건 사람들을 밀어 넣었단 말이야? 이런 빌어먹을… 이런 젠장할……!"

연신 울분을 토해내는 테일러의 모습에 용병들은 대꾸할 힘도 없는 듯 하나같이 축 늘어져 있었다.

카렌들이 도착한 후에도 몇몇 용병들이 돌아오긴 했지만 그뿐이었다. 100명이 넘는 용병이 투입되었지만 후퇴를 한 용병은 고작 10명도 되지 않았다.

"카렌, 가자!"

말과 함께 하크와 카렌은 전면에 보이는 통로를 향해 달려갔다.

그곳에는 시커먼 외피를 가진 자이언트 트렝커터에게 쫓기고 있는 10여 명의 용병들이 있었고, 그 가운데에는 옆구리 부상을 입은 채 푸겔의 부축을 받으며 걸음을 옮기는 자코니 자작의 모습도 보였다.

용병들을 순식간에 지나친 하크와 카렌은 막 걸음을 내딛고 있는 자이언트 트렝커터의 두 번째 양쪽 다리를 동시에 공격했다.

"차앗!"

"얍!"

콰쾅!

거의 동시에 터져 나온 기합 소리와 함께 두 사람의 무기에서 뿜어져 나온 오러 스메쉬는 자이언트 트렝커터에 사정없이 작렬했다. 도저히 멈출 것 같지 않았던 거대한 자이언트 트렝커터의 발걸음이 드디어 멈췄다. 덕분에 자이언트 트렝커터에게 쫓기던 사람들은 무사히 몸을 피할 수 있었다.

"다시 공격해!"

하크의 외침에 카렌은 절반쯤 잘려진 신전의 기둥 같아 보이는 자이언트 트렝커터의 다리를 향해 다시 한 번 오러 스메쉬를 뽑어내고 있는 샤이닝 블레이드를 휘둘렀다.

퍽!

둔탁한 소리와 함께 푸른 체액으로 물들어 있던 다리가 드디어 잘려 나갔다. 그렇다고 간단한 것은 절대 아니었다. 자이언트 트렝커터의 다리를 겨우 하나 자르는 데 자신이 가진 마나 가운데 절반이 훨씬 넘는 마나가 소모되어 버렸다.

참으로 어이가 없는 일이 아닐 수 없었다. 하지만 이것이 현실이었다.

지옥마제가 좀 더 많은 경험을 해보라고 한 말을 듣긴 했지만, 당시에는 자신이 상대하지 못할 것이 그리 많지 않다고 생각했었다. 하지만 그것이 얼마나 멍청한 오만이었는지, 지금 생각하니 정말 한심하지 않을 수 없었다. 그런 사실을 아는 사람은 자신뿐이지만 그래도 부끄러워 얼굴을 들 수 없을 지경이었다.

나름대로 깨달음을 얻어 자신의 경지가 조금은 올라간 것도 커다란 수확이긴 했지만, 지금처럼 자신의 부족한 점을 깨닫는 것이 더 큰 수확이라는 생각이 들었다.

자신이 깔끔하게 자이언트 트렝커터의 다리를 자른 것에 반해 하크는 모닝스타로 다리를 완전히 짓뭉개다시피 했다. 하지만 단순히 모닝스타로 자이언트 트렝커터의 다리를 박살 낸 것이 아니었다.

자이언트 트렝커터의 다리를 박살 내기 전 모닝스타에서 뽑어져 나온 오러 스메쉬가 무섭게 회전을 일으키며 날아가는 것을 똑똑히 보았다. 마나가 그렇게 회전을 일으킬 수 있다는 사실도 오늘 처음 알게 된 것이었다. 동시에 일반적인 마나를 이용한 공격보다 회전력을 이용한 공격이 더욱 파괴력이 강할 것은 분명해 보였다.

그러다 보니 해야 할 일이 정말로 많았다.

그것도 될 수 있으면 하고 싶고, 또 그렇게 될 수 있으면 좋겠다는 말이 아니라 반드시 해야만 될 일이었다. 그래야만 자신에게 주어진 사명을 완수할 수 있는 것이다.

문득 그런 생각이 들자 카렌은 이번 일이 끝나는 대로 조용히 수련을 해야겠다는 결심을 했다. 카렌이 그런 생각을 하는 동안에도 한두 명씩 용병들의 생환이 이어지고 있었다.

주위는 완전히 어두워졌고, 제일 마지막에 생환했던 용병이 도착한 지도 벌써 한 시간 이상이 지났다. 더 이상 살아 있는 용병이 있을 거라 믿기 힘든 상황이었다.

문득 뭔가가 생각나 카렌은 가부좌를 틀고 지청술(地聽術)을 펼쳤다.

처음에는 아무런 변화도 없었지만, 곧 가청거리(可聽距離)가 확장되는 것을 느끼고는 긴장을 한 채 신경을 집중했다. 그렇게 있은 지 얼마 되지 않아 조금은 다급하게 느껴지는 발자국 소리를 들었다. 게다가 발자국 소리는 하나가 아니었다.

자리에서 일어난 카렌은 누구에게 말할 사이도 없이 소리가 들린 곳을 향해 달려갔다. 그런 카렌의 행동이 심상치 않음을 느낀 하크가 조용히 일어나 카렌의 뒤를 따랐다. 그리고 잠시 후 테일러도 롱 소드를 뽑아 들고는 전면에 보이는 통로를 향해 달려갔다.

가장 뒤에서 쫓아가던 테일러는 마나를 끌어올려 브레스트 메일의 오른쪽 가슴에 새겨져 있던 독수리의 눈에 해당되는 붉은 보석을 매만졌다. 그러자 밝은 빛이 뿜어져 나오더니 전면을 비추기 시작했다.

눈부시게 환한 것은 아니지만 충분히 몇 미터 앞은 식별이 가능했다. 점점 멀어지는 하크의 등을 바라보며 달려가던 테일러는 전방에서 붉은 섬광이 이는 것을 곧 발견할 수 있었다. 지금까지 자신과 비슷한 경지라고 생각했던 카렌의 무기 끝에 선명하게 보이는 오러 스매쉬의 존재를 발견하고는 깜짝 놀라지 않을 수 없었다.

테일러는 사실 카렌이 1급 용병을 뜻하는 은으로 만든 용병패를 가지고 있는 것을 보고는 깜짝 놀랐다. 하지만 아무런 실력도 없는, 게다가 나이도 어린 카렌에게 1급 용병패를 발급했을 리는 없을 테니 어쩔 수 없이 자신과 비슷한 실력을 가지고 있을 거라 인정하는 것만으로도 참으로 쉽지 않은 일이었다. 그런데 오러 스매쉬라니……?

너무나 놀란 나머지 얼어붙은 듯 서 있던 테일러에게 어디론가로 사라졌던 하크가 모습을 드러내며 고함을 쳤다.

"뭘 멍청하게 보고만 있어? 부상자들을 빨리 옮겨야 할 것 아니야?"

흠칫 놀란 테일러가 주위를 두리번거렸고, 부상자들의 앞을 가로막은 채 악전고투를 하고 있는 카렌과 하크의 모습을 곧 발견할 수 있었다.

재빨리 쓰러져 있는 용병에게로 다가가 보니 다리 한쪽이 돌로 변한 용병의 모습도 보였고, 트렝커터의 독에 당했는지 축 늘어진 용병의 모습도 보였다. 또 부상을 입어 피를 흘리고 있는 용병의 모습도 보였다.

즉시 검을 회수한 테일러는 우선 기절해 있는 용병 둘을 어깨에 둘러메고는 멍하니 자신을 보고 있는 용병에게 버럭 화를 냈다.

"살고 싶지 않나? 빨리 동료를 부축해 이 자리를 떠나야 한단 말이야!"

테일러의 고함 소리에 정신을 차린 어깨 부상을 입은 용병이 허벅지까지 돌로 변한 동료 용병을 부축하며 자리에서 겨우 일어설 수 있었다.

그렇지만 후방으로 이동하는 두 용병과 테일러의 이동 속도는 결코 빠를 수 없었다. 서로에게 의지한 두 용병은 부상 때문에, 테일러는 양쪽 어깨에 둘러멘 용병들의 무게 때문에 전혀 속도를 낼 수 없었던 것이다. 그러나 꾸준히 움직인 덕에 곧 격전장에서 몸을 피할 수 있었다.

부상자들을 보호하느라 자이언트 트렝커터와 힘겨운 격전을 벌이던 파프는 카렌과 하크의 개입으로 조금은 쉴 수 있었다.

에스터크란 무기는 찌르기 전용 무기로, 특히 기사들의 전용 방어구인 갑옷과 갑옷의 이음매를 공격해 기사들을 무력화시키는 것으로 악명을 떨치던 무기였다. 그랬던 에스터크가 소드 마스터가 됨으로서 오러 스메쉬를 쓸 수 있게 되자 지금까지 단점이었던 베기 공격까지 가능해졌다.

상대의 무기가 무엇인지 아는 순간 어떻게 방어할 것인가, 또 어떻게 공격할 것인가를 아는 것은 검을 쓰는 자로서 당연한 것이었다. 물론 이전에서 소드 오러를 쓸 수 있게 되었을 때도 이런 단점들을 어느 정도 커버할 수 있었지만, 소드 마스터가 되고 난 후 완전히 극복했다고 볼 수 있었다. 그렇게 되자 파프는 적수를 찾아보기 힘들었다.

소드 마스터가 된 후 가장 큰 변화를 꼽으라면, 하이 프리스트나 소드 마스터들만이 경험한다는 레쥬베네이션(회춘)을 통해 40대의 외모를 유지할 수 있다는 것이었다. 그래도 본인의 나이가 60대라는 것은 피할 수 없는 사실이었고, 또 수십 년 동안 상당한 고된 훈련을 통해서 이런 경지에 도달한 것 역시 사실이었다. 그런데 저 꼬마는 어떻게 오러 스메쉬를 사용할 수 있단 말인가?

물론 소문으로는 철인대회의 목검 결투에서 3년 연속 우승을 거두었다는 것을 들었다. 하지만 소드 오러를 이용한 것이 아닌 단순한 검의 기술만을 겨루는 어린아이들의 대회에서 승리한 것에 불과할 뿐이라고 생각했었다. 그리고 그런 파프의 판단은 누구든 인정하는 것이었다.

마치 다른 세상에서 나타난 존재인 듯 보라색의 머릿결을 휘말리며 자이언트 트렝커터와 싸우는 카렌의 모습은 지금은 아련해진 과거 데미안의 모습을 떠올리게 만들었다.

하크와 파프는 사방에서 몰려드는 자이언트 트렝커터들을 효과적으로 막아내며 조금씩 후퇴를 하고 있었다. 마나의 소모도 소모였지만, 단 셋이서 저렇게 많은 자이언트 트렝커터들을 물리치는 것은 사실상 불가능했기 때문이다.

카렌과 하크의 계속된 공격으로 자이언트 트렝커터 한 마리를 쓰러뜨릴 수는 있었지만, 그것뿐이었다. 계속해서 몰려드는 자이언트 트렝커터들에 의해 뒤로 물러서던 카렌은 샤이닝 블레이드의 날카로움이 마음에 들긴 했지만, 왠지 파괴력이 조금 약한 것이 아쉬웠다. 그러다 자신을 사용하지 않는 카렌의 무심함을 원망하는 듯 등에 매달려 있던 헬 블레이드에서 강한 진동이 전해지는 것을 느꼈다.

샤이닝 블레이드를 허리에 찬 카렌은 지체없이 헬 블레이드를 뽑아 들었다.

조금 전 사용했던 샤이닝 블레이드가 따스하고 포근한 기분을 느끼게 해준다면, 헬 블레이드는 서늘한 기분과 동시에 사람을 도전적으로 만들었다.

헬 블레이드에 마나를 주입하자 샤이닝 블레이드와는 달리 검붉은 색의 오러 스메쉬가 솟구쳐 올랐는데, 은은한 진동과 함께 묵직함이 느껴졌다. 그런 기운이 느껴지자마자 카렌은 신전 기둥 같은 자이언트 트렝커터의 다리를 향해 헬 블레이드를 사정없이 휘둘렀다.

콰!

폭음과 함께 자이언트 트렝커터의 다리가 그대로 터져 나갔다.

그렇다고 자이언트 트렝커터의 다리가 완전히 끊겨 나간 것은 아니지만, 마치 화이어 볼이 체내에서 폭발을 한 것처럼 움푹 파여 있었다. 샤이닝 블레이드의 예리함 대신 헬 블레이드는 엄청난 파괴력을 가지고 있었던 것이다.

그것을 느끼는 순간 카렌의 머리를 스치고 지나가는 생각이 있었다.

"블러드 스네이크!"

콰! 퍽!

카렌이 재차 뽑아 든 샤이닝 블레이드와 헬 블레이드를 휘두르자 두 자루의 검과 도에서 뿜어져 나온 오러 스메쉬가 각각 자이언트 트렝커터의 다리에 작렬하며 섬광과 함께 그대로 다리가 잘려 나갔다. 오러 스메쉬에 의한 폭발이 먼저 일어난 후 뒤이어 날아온 빛에 절단이 된 것이다. 그 파괴력은 마음에 들었지만 역시나 마나의 소모가 너무 극심했다.

"카렌, 뒤로 물러서라."

하크의 외침에 카렌은 망설임 없이 뒤로 물러섰지만, 카렌에게 다리를 잘린 자이언트 트렝커터는 카렌을 그냥 보낼 생각이 없는지 퍼런 체액을 마구 뿌리며 무서운 속도로 쫓아왔다. 미로처럼 어지러운 통로를 따라 이동하던 세 사람은 트렝커터들과의 거리가 점차 좁혀들자 카렌은 번개처럼 몸을 돌려 달려오던 자이언트 트렝커터의 다리를 발판 삼아 머리를 향해 힘차게 뛰어올랐다.

순간 여덟 개의 눈이 어둠 속에서 번뜩이는 것을 발견한 카렌은 남아 있는 마나를 긁어모아 헬 블레이드에 밀어 넣었다. 헬 블레이드의 몸에서 검붉은 색의 빛이 뿜어져 나온 것을 확인하자마자 카렌은 자이언트 트렝커터의 조금은 작아 보이는—그래도 거의 어른의 상반신만 했다—머리에 헬 블레이드를 세차게 찔러 넣었다.

헬 블레이드가 자이언트 트렝커터의 머리 속으로 거침없이 파고드는 것을 깨달은 카렌은 라이오너를 불렀다.

팍!

"라이트닝 포스!"

라이오너를 부르자 헬 플레이드에서 환한 빛이 폭발적으로 쏟아졌다.

순간적으로 자이언트 트렝커터의 커다란 몸통이 멈칫하다가 곧 온몸을 부르르 떨다 그대로 주저앉았다. 하지만 계속해서 경련을 일으키는 것을 보면 죽은 것은 아닌 것 같았다.

헬 블레이드를 뽑아 든 카렌은 조금의 망설임도 없이 후방을 향해 몸을 날렸다. 멍하니 자신을 바라보던 하크와 파프에게 고함을 질렀다.

"뭘 하십니까?"

카렌의 고함 소리에 깜짝 놀란 두 사람은 카렌의 뒤를 따라 그 자리를 떠났다. 그리고 자이언트 트렝커터들의 게걸스러운 식사가 시작되었다.

*　　　*　　　*

"이런 멍청한 작자들! 그래, 일반 트렝커터와 자이언트 트렝커터도 구별을 못한단 말인가? 당신들 외모만 보아도 경험이 만만치 않은 것 같은데, 그런 것 하나 구별하지 못한단 말인가? 일반 트렝커터는 산에

서만 살고, 자이언트 트렝커터는 큰 덩치 때문에 들판에서만 산단 말이
야. 그런 것 하나 구별하지 못하면서 무슨 용병 짓을 해먹겠다고……
쯧쯧쯧.”

한바탕 용병들을 꾸짖은 인물은 가슴에 선더버드의 자수가 선명한
흰 로브를 걸친 30대 후반쯤으로 보이는 인물로, 잔뜩 거만한 표정을
지은 채 용병들을 꾸짖고 있었다. 그런 사내의 곁에는 역시 같은 흰 로
브를 걸친 30대 초, 중반쯤으로 보이는 사내가 조금은 긴장한 얼굴로
주위를 보며 거만한 표정의 사내를 만류하고 있었다.

“그랜트 씨, 이제 이분들도 잘 알아들으셨을 테니까 이제는 그만 하
시는 것이 좋을 것 같습니다.”

“그만 하긴 뭘 그만 해? 드갈스키, 자네는 매사를 너무 쉽게 넘어가
려는 것이 큰 문제야. 따끔하게 이야기를 해야 다음부터 이런 멍청한
짓을 다시는 하지 않을 것 아닌가?”

그랜트의 말에 드갈스키라 불린 사내는 얼굴을 빨갛게 물들이고
어쩔 줄 몰라 했다.

이들은 황궁에서 파견된 마법사들로, 자코니 자작이 황제에게 파견
을 요청해 이곳 영지까지 온 사람들이었다.

100명이나 되는 용병들이 투입되고도 살아 돌아온 용병들은 30여
명도 채 되지 않아 용병들은 은근히 속으로 사지에 동료를 버려두고
자신만 살아 돌아온 것에 심한 자괴감을 느끼고 있는 터였다. 그런 상
황에서 누군가가 자신에게 잘못도 아닌 잘못을 지적한다면, 그런 말을
한 사람에게 적개심을 느끼지 않을 리 만무했다.

그랜트를 노려보는 용병들의 눈에는 새파란 살기가 일렁거렸다. 하
지만 무시를 하는 것인지, 아니면 그런 것을 아예 느끼지 못할 만큼 둔

감한지 그랜트는 여전히 거만한 표정을 지으며 거들먹거리고 있었다. 아마도 상대가 황궁에서 파견된 마법사만 아니었다면 벌써 요절을 내도 냈을 것이다.

"그랜트 씨, 그렇다면 자이언트 트렝커터를 물리칠 방법이 있단 말이오?"

기사단장인 루이스의 질문에 그랜트는 한껏 거만한 표정을 지으며 고개를 끄덕였다.

"당연하오. 아마도 마법사라면 누구나 알고 있을 거요. 그래서 기사들도 단순하게 검술 훈련만 할 것이 아니라, 시간이 날 때마다 공부도 해야만 하는 거요. 언제까지 무식하게 몸의 근육만 키울 건지…… 쯧쯧쯧."

그랜트의 말에 루이스는 수치심으로 이를 갈았지만, 당장 아쉬운 것은 자신이기에 끓어오르는 분노를 억누르며 다시 질문을 던졌다.

"영주님께서 지금 심한 부상으로 성에서 가료 중이시오. 그랜트 씨는 어서 방법을 말씀해 주시오."

"루이스 단장께서는 지금 즉시 소금을 준비해 주시오."

"소금?"

"그렇소이다. 상당한 양의 소금이 필요하오."

"혹시 어디에 쓸 것인지 가르쳐 주시겠소?"

루이스의 명령조의 말에 그랜트는 눈살을 찌푸렸다.

"내가 기사단장에게 그런 것까지 가르쳐 줘야 한단 말이오?"

그랜트의 거만한 말에 루이스의 얼굴은 수치심으로 붉어졌다.

기사들이 용병들을 쓰레기 취급하는 것과 마찬가지로 평소 마법사들과도 사이가 당연히 좋지 않았다. 특히 마법사들과는 서로를 돌 머리니, 먹물 허수아비니 부르며 공공연하게 비방하기를 멈추지 않았었다.

자신이 기사단장이란 것을 알면서도 일방적으로 무시하는 것 같은 그랜트의 태도에 기분이 좋을 리 만무했다. 게다가 얼마 전 자이언트 트렝커터와의 싸움에서 조심성 많은 루이스 단장의 성격 탓에 비록 목숨을 잃은 기사는 없었지만, 거의 반수에 가까운 기사들이 크고 작은 부상을 입고 치료를 받고 있었기 때문에 루이스의 얼굴은 고드름이 매달릴 정도로 싸늘하게 굳어졌다. 그 모습에 드갈스키가 당황한 얼굴로 황급히 설명을 했다.

"루이스 단장님, 산에 사는 일반 트렝커터나 들판에 사는 자이언트 트렝커터는 물론 거미줄 역시 소금물로 간단하게 없앨 수 있습니다. 그리고 자이언트 트렝커터들의 석화 가스 역시 소금물을 묻힌 헝겊으로 충분히 막을 수 있습니다. 들판을 뒤덮은 거미줄을 모두 없애려면 지금부터라도 많은 양의 소금을 모아야만 합니다."

"휴우~ 저렇게 넓은 지역의 거미줄을 모두 없애려면 대체 소금이 얼마나 필요할지 모르겠구려."

"분무기를 이용한다면 적은 양의 소금물로도 상당히 많은 지역의 거미줄을 없앨 수 있을 겁니다."

"분무기?"

"다른 지역에 나타났던 자이언트 트렝커터를 퇴치할 때 만들었던 것인데, 상당한 효과를 본 것으로 알려진 물건입니다."

"그런 물건이 있었다니…… 정말 다행이오. 지금부터 난 영주님께 보고하고, 즉시 소금을 모으도록 하겠소이다. 드갈스키님은 용병대장인 푸겔 대장과 함께 분무기 제작에 들어가 주시오. 스티브 부단장!"

"말씀하십시오, 단장님."

"지금부터 드갈스키님이 필요하다고 하시는 것은 모두 준비해 주시오. 그리고……."

조금은 냉랭한 표정으로 그랜트를 쳐다보고는 곧 고개를 돌려 자신을 바라보고 있던 부단장에게 말을 건넸다.

"먼 길을 왔을 테니 그랜트 씨에게 쉴 곳을 마련해 주시오."

말을 마친 루이스는 그랜트의 얼굴이 벌겋게 변하든 말든 몸을 돌려 영주에게로 가버렸다. 그런 루이스의 돌연한 행동에 그랜트는 분노를 참지 못하겠다는 듯 입을 열려고 했다. 그러나 스티브의 입이 먼저였다.

"그랜트 씨, 쉴 곳을 안내할 테니 따라오시오."

스티브 역시 자신들을 바보 취급한 그랜트에게 예의를 차리고 싶은 생각이 전혀 없었다. 그리고는 그랜트에게 들으라는 듯 드갈스키에게 공손하게 입을 열었다.

"드갈스키님, 잠시만 기다려 주십시오. 그랜트 씨를 데려다 주고 금방 오겠습니다. 갑시다!"

그랜트가 잔뜩 인상을 썼지만 스티브는 본 척도 하지 않았다.

그랜트가 어쩔 수 없이 스티브를 따라간 후 그때까지 안절부절못하던 드갈스키는 곧 긴 한숨과 함께 고개를 숙였다. 사실 그럴 수밖에 없는 것이 두 사람 가운데 책임자는 그랜트였기 때문이다.

둘의 마법 실력은 거의 엇비슷한 4클래스의 마법사였지만 성격은 전혀 딴판이었다.

나서기 좋아하고, 자신의 주장이 강한 반면 독선적인 면도 강하고, 자신보다 못하다고 생각한 자들에게는 잔인하다고 할 정도로 무시하는 경향을 가진 사람이 바로 그랜트였다. 그와는 반대로 드갈스키는 평소 그림자라고 불릴 정도로 존재감이 없는 사람이었다.

자신감도 많이 부족했고, 남들 앞에 나서는 것도 별로 즐기지 않았다. 그리고 무엇보다 자신감 결여로 인한 모기 소리만한 음성이 가장 큰 문제였다.

물론 작은 음성이 무슨 문제가 되겠느냐고 생각할 수도 있겠지만, 자신감 결여로 인한 작은 음성이 그가 발현하고자 하는 마법과도 연관이 있다는 것이었다.

마법에서 가장 중요한 것이라면 마나를 느낄 수 있는 민감한 감각과 그것을 완벽하게 통제할 수 있는 강한 정신력이 무엇보다 중요하다. 다시 말해 정신력이 약하다는 것은 마법의 발현에 있어 실패할 확률이 그만큼 크다는 말이니, 정작 4클래스를 마스터한 마법사이면서도 때에 따라서는 마법의 발현에 실패하기도 하니 보통 큰일이 아니었다. 때문에 분명 4클래스를 마스터했음에도 불구하고 그를 4클래스의 마스터로 인정해 주는 사람이 없었다. 그럼에도 평소 그는 한마디 말도 못하며 지내고 있었다.

그러다 보니 4클래스의 유저들이나 러너들도 그를 무시했음은 말할 필요도 없고, 3클래스 급의 마법사들도 그를 우습게 여기는 상황이었다. 당연히 그런 대접을 받으면서도 드갈스키는 한마디 불평도 하지 못했다.

사실 방금 전 같은 상황에서 그가 나서서 그랜트 대신 대답을 한 것은 상당히 의외가 아닐 수 없었다. 하지만 그 때문에 한몫 잡아보려고 했던 그랜트의 심기를 불편하게 만든 것임은 드갈스키도 충분히 짐작하고 있었다.

나직하게 한숨을 쉬고 있던 드갈스키의 눈에 커다랗게 피워놓은 모닥불 근처에서 희한한 자세(가부좌)로 앉아 눈을 감고 있는 카렌의 모습이 눈에 들어왔다. 아니, 좀 더 정확하게 표현을 하자면 그의 전신으로 몰려들고 있는 갖가지 마나들이 눈에 보였다는 표현이 맞을 것이다.

붉고, 푸르고, 희고, 검은색의 마나들이 마치 소용돌이라도 치는 것처럼 카렌의 몸 주위를 돌다가 그의 머리로 스며드는 모습은 지금까지 드갈스키가 한 번도 본 적이 없는 정말 기괴한 모습이었다.

깜짝 놀란 드갈스키가 몇 번인가 자신의 눈을 비비고 카렌을 살폈지만, 조금 전 자신이 보았던 광경이 계속 지속될 뿐이었다. 그러나 정작 드갈스키를 놀라게 한 것은 그것이 아니었다. 한동안 지속되던 광경이 어느 순간 점점 엷어지더니 카렌의 몸에서 붉고 푸른 마나가 새어 나오며, 아니, 뿜어져 나오며 그의 몸 주위를 감싸는 것이었다.

마법사나 소드 마스터가 인간의 한계를 벗어날 때 체내에 엄청난 마나를 축적한다는 사실은 잘 알려진 일이다. 하지만 자연으로 돌아가려는 성질을 가진 마나가 인간의 몸을 감싸는 모습이 있을 것이라 생각해 본 적이 단 한 번도 없었다. 그런데 지금까지의 마나의 법칙을 무시하기라도 하듯 새파랗게 어린 청년의 몸에서 그런 현상이 일어나고 있는 것이다.

놀라움에 지친 드갈스키를 더욱 놀라게 만든 것은 카렌의 몸을 감싸고 있던 붉고 푸른 마나가 천천히 회전을 일으키며 섞이려고 한다는 사실이었다.

마나의 법칙이 뭔가?

특정한 곳에 마나가 고정되어 있지 않는다는 것과 성질이 다른 두 마나는 섞이는 순간 엄청난 폭발을 일으킨다는 것이었다. 지난 수천 년 동안 그것은 절대불변의 진실로 전해져 내려왔고, 자신도 그렇게 알고 있었다. 하지만 카렌의 몸을 싸고 있는 붉은색의 마나는 뜨거운 기운, 즉 화염 계열의 마나였고, 푸른색의 마나는 얼음 계열의 마나가 틀림없었다.

특화된 특정 계열의 마법을 익혀 명성을 날리는 마법사는 많지만 상극이 되는 두 가지 성질의 마법을 익힌 마법사는 눈을 씻고 찾아봐도 찾을 수 없는 것이 현실이었다. 이는 단지 마법사에게만 통용되는 것이 아니라 정령술사에게도 해당되는 말이었다.

물 계열의 정령과 맹약을 맺은 이는 불 계열의 정령과는 절대 맹약을 맺을 수 없다는 것이 상식이었다. 하지만 물의 힘을 키울 수 있는 대지 계열의 정령과는 정령에 대한 친화력이 뛰어나다면 다시 한 번 맹약을 맺을 수 있다는 것이 거의 정설이었다. 반대로 불 계열은 능력만 있다면 바람 계열의 정령과 맹약을 맺을 수 있다고 알려져 있다.

사실 인간에게는 상극인 두 계열의 정령과 맹약을 맺는 것이 불가능하다는 것이 정설이었지만 당연히 그렇지 않은 종족도 있었다. 엘프와 드래곤이 바로 그들이었다. 그들은 상극 같은 것은 신경도 쓰지 않은 채 정령들과 맹약을 맺는 것으로 알려져 있다. 그러나 자신이 정령술사가 될 것이 아니니 그런 것은 아무래도 상관없는 일이었다.

저 어린 청년의 몸에서 일어나는 현상을 연구한다면 자신이 꿈에서도 그리는 5클래스의 마법사가 될 수 있을 것 같은 예감이 들었다. 아니, 틀림없이 그렇게 될 것이라는 확신이 들었다. 하지만 그에 앞서 카렌에 대해 아는 것이 먼저였다.

자신도 모르게 침을 삼키며 주위를 두리번거리던 드갈스키는 아무도 자신에게 관심을 두지 않는 것을 확인하고서야 조심스럽게 카렌의 곁으로 다가갔다.

카렌은 여전히 눈을 감은 채 자이언트 트렝커터와의 싸움을 떠올리고 있었다.

사실 어제저녁의 깨달음으로 소드 익스퍼트 최상급의 한계를 벗어
난 것 같기도 하지만, 그렇다고 확실하게 소드 마스터가 되었다고는 자
신할 수도 없었다. 무엇보다 문제는 소드 오러를 형성할 때 그렇게 안
정적이던 마나가 오러 스매쉬를 만들고는 왜 그렇게 불안정해진 것인
지 그 이유를 아무리 생각해 봐도 알 수 없었다.

또 하나의 고민거리는 검술의 필요성이었다.

샤이닝 블레이드에서 생긴 오러 스매쉬는 날카로움이, 헬 블레이드
에서 생긴 오러 스매쉬는 막강한 파괴력을 보였다. 물론 오러 스매쉬
자체가 일반적인 무기가 가지는 날카로움이나 파괴력보다 훨씬 뛰어난
것은 사실이었지만, 두 자루의 무기에서 생긴 오러 스매쉬는 그런 특성
이 더욱 특화된 것 같다는 생각이 들었다.

이것은 사실 지옥마제도 전혀 예상하지 못했던 것이다.

처음 카렌은 두 무기에 소드 오러를 사용한다면 상대하지 못할 것이
없을 것이라 조금은 자만하고 있었다. 하지만 그런 생각은 자이언트
트렝커터를 만나고 단번에 꺾이고 말았다.

겨우 다리 하나 자르는 데 가지고 있던 마나의 절반 이상을 사용해
야 하다니…….

체내의 연환상충폭뢰기의 기운을 가장 효과적으로 사용할 수 있는 방
법을 찾다가 생각난 것이 바로 지옥마제가 남긴 더욱 진화된 지옥이도
류였다. 단순히 지옥이도류를 익히는 것만으로 끝날 문제가 아니었다.

현재 자신이 보유하고 있는 마나의 양도 더욱 늘려야만 했다. 또 할
수만 있다면 라이오녀와의 친화력도 더욱 늘려야만 했다. 다리 하나를
자르는 것만 해도 그렇게 고생한 거대한 자이언트 트렝커터를 라이트

닝 포스로 간단히 잠재우는 모습을 보고 나니 라이오너가 가진 엄청난 힘과 능력이 더욱 탐날 수밖에 없었다.

이번 일이 끝나면 조용한 곳을 찾아 훈련을 해야겠다고 결심을 하던 카렌은 누군가 자신 곁으로 다가와 조용히 앉는 것을 느낄 수 있었다. 뿐만 아니라 그가 자신을 주시하고 있다는 것조차 분명히 깨달을 수 있었다.

기를 느끼는 감각이 이전보다 발전한 것이 분명했다. 그러다 보니 언젠가 알리샤가 페인야드의 중앙 광장에서 사람의 발자국 소리만 듣고 상대를 판단하던 행동이 생각났다.

방금 느낀 감각으로 상대가 누군지 판단하려고 곰곰이 생각해 보던 카렌은 의외로 간단히 상대가 누군지 깨달을 수 있었다. 바로 황궁에서 파견된 마법사인 드갈스키였다.

어떻게 자신이 그를 알 수 있었을까 생각을 해보니 자신이 그의 느낌과 분위기, 그리고 가지고 있는 마나의 특징을 분명하게 기억하고 있다는 것을 깨달을 수 있었다. 아마도 그를 처음 보았을 때 자신도 모르게 뇌리 한구석에 그의 모든 것을 기록해 두었던 것 같았다.

정말 신기한 일이 아닐 수 없었다.

"무슨 일이십니까, 드갈스키님?"

"헉!"

카렌이 느닷없이 말을 꺼내자 멍하니 카렌을 쳐다보고 있던 드갈스키는 그야말로 심장이 입 밖으로 튀어나올 정도로 깜짝 놀랐다. 하지만 카렌은 여전히 눈을 감고 있었다. 그럼에도 불구하고 어떻게 자신인 줄 알 수 있었을까?

"어, 어떻게 나, 난 줄 알았나?"

"제 감각이 드갈스키님이라고 알려주더군요."

이해할 수 없는 카렌의 대답에 드갈스키는 그저 고개를 갸웃거릴 뿐 카렌의 말을 전혀 이해할 수 없었다.

"이건 내가 궁금해서 묻는 것인데…… 자네, 혹시 마법사인가?"

"예? 그게 무슨 말씀인지 저로서는 영문을 모르겠군요."

"물론 자네가 두 자루의 검을 가지고 있는 용병이라는 것을 모르는 것은 아니지만……."

말꼬리를 흐리는 드갈스키의 태도에 그의 질문이 대답하기 상당히 곤란한 것 같았다. 그러나 그 질문이 무엇인지 궁금하기도 했다. 또 자신도 마법사인 드갈스키에게 묻고 싶은 것도 있었다.

무례하고 거만하기 이를 데 없는 그랜트와는 전혀 다른 드갈스키의 태도에 약간의 호감이 있었기에 가능하다면 대답을 해줄 생각이었다.

"말씀하십시오."

"자네가 믿을지 모르겠지만 나는 마나를 볼 수 있네."

"예?"

생각지도 못했던 드갈스키의 말에 카렌은 눈을 동그랗게 뜨고 그의 얼굴을 빤히 쳐다봤다. 하지만 드갈스키의 태도는 당당했다.

사실 그가 처음 마법을 배우기 위해 마나를 느끼던 시절부터 그는 마나를 볼 수 있었다.

"아니, 본다는 것보다는 말보다는 느낀다는 말이 좀 더 정확한 말이 겠지. 그것도 남들보다는 몇 배나 민감하고, 세밀하게 느낄 수 있단 말이네. 내가 왜 이런 이야기를 자네한테 하느냐 하면……."

"……."

"조금 전 나는 자네의 몸 주위에서 마나를 느꼈네. 그것도 도저히 함께 있을 수 없는 판이하게 다른 성질을 가진 두 가지 마나가 자네의 몸 주위를 감싸다가 자네의 몸속으로, 아니, 자네의 머리 속으로 스며드는 것을 똑똑히 느꼈단 말이네."

드갈스키의 말에 카렌의 표정이 조금은 굳어졌다. 하지만 드갈스키는 애써 무시를 하며 말을 이었다.

"내가 자네에게 묻고 싶은 것은 굉장히 많지만 두 가지만 묻겠네. 첫째, 어째서 마나가 자네의 몸 주위를 감싼 채 모여 있을 수 있는가? 둘째, 어떻게 성질이 판이하게 다른 뜨겁고, 찬 두 가지 마나가 함께 있을 수 있는가 하는 것이네. 대답해 줄 수 있겠나?"

카렌은 드갈스키의 질문을 듣는 순간 속으로는 정말 깜짝 놀랐다.

"정말 제 몸 주위에 있는 마나를 느꼈고, 그 마나가 뜨겁고 차가운 두 가지 성질을 가지고 있는 것을 느꼈단 말입니까?"

"후후후, 내 말을 믿지 못하겠나? 하긴 옛날부터 내 말을 믿어준 사람은 아무도 없었지. 그러니 자네라고 예외겠는가?"

"드갈스키님의 말씀을 의심하는 것이 아니라 그렇게까지 민감하게 마나를 느낄 수 있는 사람이 또 있으리라고는 한 번도 생각해 본 적이 없기 때문에 잠시 실례를 했습니다."

카렌의 답변이 조금은 이상한 것을 느낀 드갈스키는 곧 놀란 표정으로 카렌의 얼굴을 쳐다보았다.

"자, 자네의 말은 자네도 마, 마나의 특성을 느낀단 말인가?"

카렌은 자신의 생각 밖으로 놀라는 드갈스키의 태도가 오히려 이상하게 생각되었다.

"그렇습니다."

"이, 이럴 수가…… 자, 자넨 언제부터 그런 것을 느꼈나?"

드갈스키의 질문에 곰곰이 생각을 해보던 카렌은 지옥마제를 만난 후부터 그런 것을 느끼기 시작한 것을 떠올리고는 금세 고개를 끄덕였다.

"생각을 해보니 아마 사부님께 가르침을 받고 난 다음부터 저의 기감이 남들보다 훨씬 민감해진 것 같습니다."

"사부? 그게 무슨 말이지?"

"스승이란 말과 같은 말입니다. 그분께서 좀 독특한 언어를 사용하시는 분이시라 저도 그만 그 말이 입에 붙어버린 모양입니다."

"그럼 그분이 마법사이셨나?"

"아닙니다. 사부님은 검으로 우뚝 서신 분이셨습니다."

"도저히 믿을 수 없군. 그럼 조금 전 자네의 몸에서 일어났던 현상은 모두 자네의 스승이셨던 분의 가르침 때문이란 말인가?"

"그렇습니다. 대답이 되었는지 모르겠군요."

"자네가 허락을 한다면…… 좀 더 자세하게 알고 싶군."

"지금은 곤란합니다. 일단 무엇보다 트렝커터들을 처리하는 것이 먼저입니다. 그러니 자세한 것은 다음에 기회가 있을 때 거론하는 것이 좋을 것 같습니다."

"그, 그런가? 하지만 트렝커터들을 물리치고 난 후에는 나에게 시간을 내주어야 하네. 그렇게 해주겠나? 아니, 꼭 부탁을 들어주기 바라네."

드갈스키의 간절해 보이는 눈빛이 상당히 부담이 되었다.

"알겠습니다. 그럼 트렝커터를 물리친 후 이야기를 하도록 하죠. 마침 저도 드갈스키님께 여쭤보고 싶은 것이 있으니까 말입니다."

"정말 고맙네. 참, 자네, 나를 좀 도와주지 않겠나?"

"제가 도울 일이 있습니까?"

"자이언트 트렝커터들을 물리칠 무기를 만들어야 하지 않겠나?"

"드갈스키님, 그런데 정말 소금물로 트렝커터들을 물리칠 수 있는 겁니까?"

카렌의 질문에 드갈스키는 빙그레 미소를 지었다.

자신도 그 사실을 알게 되었을 때 전혀 믿을 수 없는 표정으로 반문하다가 스승에게 머리에 혹이 날 정도로 맞았던 기억이 났기 때문이다.

"자네가 연금술에 대해 얼마나 알고 있는지 모르지만 일단 설명을 해주지. 일반 트렝커터나 자이언트 트렝커터의 껍질은 고농축 석회질로 만들어져 있다네. 해서 어지간한 무기로는 그 껍질을 깨는 것조차 힘들지. 하지만 물을 만나면 트렝커터의 껍질은 허무할 정도로 단숨에 녹아버리지. 아마 자네도 나중에 그 모습을 보면 본인의 눈을 의심하게 될 거네."

"그럼 소금은 왜?"

"트렝커터들의 독과 근육을 녹이는 효과를 내지. 또 트렝커터의 석화 가스를 쏘인 사람이나 독에 중독이 된 사람도 소금물을 마시거나 바르면 곧 낫게 되지. 자네도 잘 알아두면 요긴할 것이네."

드갈스키의 대답에 카렌은 고개를 갸웃거렸다.

"이렇게 퇴치법이 간단하다면, 어떻게 그런 방법이 알려지지 않은 거죠? 저는 트렝커터란 몬스터가 있다는 것도 이곳에 와서 처음 알게 되었거든요. 게다가 자이언트 트렝커터란 몬스터는 용병 생활을 꽤 오랫동안 하신 분들도 처음 대하는 것 같았거든요."

"그럴 만도 하지. 원래 자이언트 트렝커터는 사막에 사는 몬스터거든."

"우리 제국에는 사막이 없지 않습니까?"

"그렇지. 우리가 조사한 것에 의하면, 자이언트 트렝커터들은 대부분 이웃 나라인 루벤트 제국에서 넘어온 것으로 예상되네."

"으음~ 그렇군요. 그런데 트렝커터를 물리칠 무기라고 말씀하셨는데, 어떤 무기를 말씀하시는 것인지 궁금하군요."

"처음엔 분무기만 준비하려고 했는데, 아무래도 소금물 주머니까지 준비를 하는 것이 좋을 것 같군."

"분무기란 무기는 어떤 무깁니까?"

"후후후, 분무기란 무기가 아니네. 쉽게 말하자면 크기가 다른 두 개의 나무통을 연결해 입으로 뿜게 만든 것인데, 원래 옷가게에서 사용하던 것을 좀 더 크게 개량한 것이지. 그리고 소금물 주머니는 돼지나 소, 양의 창자에 소금물을 채워 양쪽을 실로 묶어 던지도록 만든 것이네."

드갈스키의 설명을 듣고서야 카렌은 분무기가 대충 짐작이 되었다.

때마침 그랜트를 숙소에 데려다 준 스티브 부단장이 돌아왔다.

"스티브 부단장님, 마침 잘 오셨습니다. 도와주실 일이 있습니다."

"말씀하시지요, 드갈스키님."

"분무기를 제작하려면 솜씨가 좋은 목수가 필요합니다. 목수를 모집시켜 주시겠습니까?"

"알겠습니다. 또 필요하신 것은 없습니까?"

"소금이 준비되면 아낙네들을 동원해 소금물 주머니를 만들어야 합니다."

드갈스키의 말이 이해되지 않는지 스티브는 고개를 갸웃거리며 질문을 했다.

"죄송하지만 도저히 묻지 않을 수 없군요. 아까 말씀하실 때 소금물과 분무기만 있으면 된다고 하시지 않으셨습니까? 그런데 소금물 주머니는 왜 준비해야 하는 건지 그 이유를 설명해 주시겠습니까?"

"쉽게 말씀드리지요. 분무기는 입으로 불어서 사용하는 것이기 때문에 사정거리가 몇 미터에 불과합니다. 따라서 자이언트 트렝커터를 상대하는 데 불과 몇 미터 밖에서 분무기를 부는 것은 너무 위험하지 않겠습니까? 따라서 소금물 주머니를 먼저 사용해 자이언트 트렝커터를 무력화시킨 후 분무기를 사용한다면 위험을 감수하지 않아도 자이언트 트렝커터를 물리칠 수 있을 겁니다."

"아~ 이제 알겠습니다. 용병들도 더 모집을 해야 하고, 소금도 사오려면 시간이 제법 걸릴 것 같으니 일단은 쉬고 계십시오. 푸겔 용병 대장과 함께 준비를 하도록 하겠습니다. 그리고 목수는 곧 모집해 드갈스키님께 보낼 테니 목공장에게 지시를 하면 그 분무기라는 것을 곧 만들 수 있을 겁니다."

"용병들이 사용을 하려면 꽤 여러 개를 만들어야 할 겁니다. 어차피 용병들을 추가로 더 모집한다고 하셨으니 만들 시간은 충분하겠군요. 알겠습니다, 스티브 부단장님. 목수들이 모이거든 제가 투숙한 여관으로 보내주십시오."

"드갈스키님, 영주님의 성에 이미 숙소를 마련해 두었습니다. 성으로 가시지요. 제가 안내를 해드리겠습니다."

"아닙니다. 저는 여관이 더 편합니다. 그러니 목수들을 여관으로 보내주시면 감사드리겠습니다. 카렌 군, 다음에 또 보세. 스티브 부단장님, 그럼 저는 이만~"

말을 마친 드갈스키는 서둘러 그 자리를 떠났고, 그 모습을 물끄러미 바라보던 스티브는 이해가 가는지 고개를 끄덕였다.

"하긴 나라도 그렇게 성질 더러운 동료와는 함께 지내기 싫지. 차라리 속 편하게 여관에서 혼자 지내는 것이 좋다고 생각할 거야. 자네도 그렇게 생각하지 않나?"

스티브의 말에 카렌은 쓴웃음을 짓지 않을 수 없었다.

"이번에 영주님을 구하는 데 자네가 큰공을 세웠다면서? 나중에 영주님께서 몸을 추스르시면 합당한 포상을 하실 것이네."

"아닙니다. 당연히 해야 할 일을 했을 뿐입니다."

"후후후, 젊은 친구가 꽤 겸손하군. 어떤가? 우리 기사단에 들어올 생각은 없는가?"

"예?"

뜻하지 않은 스티브의 제의에 카렌은 놀라지 않을 수 없었다.

"하크님이나 파프님에게 들으니 자네 검술 솜씨가 대단하다고 하더군. 그런 실력을 용병으로 쓰기에는 너무 아깝지 않은가? 이 기회에 기사가 된다면, 자네에겐 신분을 상승시킬 절호의 기회가 될 수 있을 텐데 말이야…… 자네 생각은 어떤가?"

"말씀은 감사합니다만, 아직 기사가 되기엔 제 실력이 너무 모자라는군요. 좀 더 실력을 쌓은 다음 생각해 보겠습니다."

생각할 것도 없다는 듯 곧바로 대답하는 카렌의 태도에 스티브는 조금은 기가 막혔다.

아마도 다른 용병들에게 이런 제의를 했다면 두말 않고 승낙했을 것이다.

혹시나 하고 카렌의 눈을 찬찬히 살피던 스티브는 정말 그의 말처럼 기사가 되는 것에는 아무런 미련도 보이지 않는 것에 조금은 아쉬운 생각이 들었다.

"허어~ 이렇게 단번에 거절을 할 줄은 몰랐는걸? 알겠네. 하지만 나중에 실력을 기른 후 생각해 보겠다는 말은 잊지 말게."

"스티브 부단장님의 제의를 들어드리지 못해 죄송합니다."

"괜찮네. 그럼 쉬도록 하게."

"그럼 이만……."

스티브에게 목례를 취한 카렌은 용병들의 막사로 향했다.

*   *   *

머칠 동안 카메컬 영지는 자이언트 트렝커터를 퇴치하기 위한 준비로 영지 전체가 시끌시끌했다. 또 먼 곳의 영지로부터 온 용병들의 수도 꽤 되었다.

여러 영지, 또 여러 길드에서 활약하던 용병들이 모이면 필연적으로 일어나는 것이 파벌 싸움이고, 자신의 능력이나 전력을 과시하기 위한 싸움이었다. 그러나 카메컬 영지 전체에 활력이 넘치기는 했지만 이전과 같은 용병 간의 싸움은 벌어지지 않았다.

모두 하크와 파프 때문이었다.

데미안이 비록 뮤란 대륙을 구한 영웅으로 칭송을 받고 있긴 했지만, 그것은 기사들이나 일반 제국민들에게 해당될 뿐이지 용병들에게는 아니었다. 다시 말해 용병들이 싸움을 벌이지 않은 이유는 용병으로 소드 마스터에 이른 하크와 파프를 존경하는 의미에서 스스로의 행동을 조심했기에 별다른 말썽은 생기지 않았다.

부상을 입었던 자코니 자작은 자리에서 일어나자마자 다시 한 번 트렝커터 토벌대를 결성했다. 물론 주위 사람들이 좀 더 준비를 완벽하게 한 다음 출전하자고 여러 번 간청을 올렸지만 영주는 들은 척도 하지 않았다.

세간 사람들이 자코니 자작을 평가하는 것을 들어보면 부하나 영지민들을 제법 잘 챙기는 인물이었다. 또한 누구처럼 재물을 긁어모으기 위해 세금은 과도하게 걷는 것도 아니었고, 그렇다고 여자를 밝히는 인물도 아니었다. 그러면서도 전체적인 평가에서 별로 좋은 소리를 듣지 못하는 이유는, 일단 결심을 한 번 하면 주위의 충고는 전혀 듣지 않고 막무가내로 밀어붙이는 성격 때문이었다.

그렇게 보름 동안 모인 용병들이 약 150명 정도였는데, 이번에는 나름대로 작전 계획을 확실하게 세웠다. 그렇다고 거창하게 작전 계획이라고 해봐야 별것이 없었다.

소금물 주머니로 중무장(?)한 70명 정도의 용병들이 1진이 되어 자이언트 트렝커터들을 상대하는 동안 분무기와 소금물 주머니로 무장한 2진이 혹시 나타날지도 모르는 자이언트 트렝커터들을 감시함과 동시에 거미줄을 처리하면서 전진을 한다. 2진 용병들의 뒤를 소금물과 소금물 주머니를 가득 담은 오크 통을 실은 짐마차들을 호위하며 기사들이 맡기로 한 것이 작전 계획의 전부였다.

이런 작전에 대한 반대가 없었던 것은 아니지만 영주인 자코니 자작보다 오히려 파견된 마법사인 그랜트가 이 작전이 얼마나 훌륭한 작전인가에 대해 입에 거품을 물고 떠들어댔다.

영주와 그랜트가 입을 맞춰 막무가내로 밀어붙여 결국은 카메컬 영지를 출발했다.

카렌은 하크와 함께 1진의 후미에서 걸음을 옮기고 있었다. 그런 카렌의 곁에는 뭐가 그리 못마땅한지 실피드가 머리를 흔들고 있었다.

"자네는 타지도 않을 말을 왜 끌고 온 것인가?"

"저 친구는 말이 친구랍니다."

드갈스키의 질문에 대답을 한 것은 테일러였다.

자신의 애마를 자이언트 트렝커터에게 빼앗긴 탓에 어쩔 수 없이 걸어가야만 했다. 그러니 심통이 나지 않을 리 만무했다. 하여간 특이한 친구였다.

마침내 자이언트 트렝커터들이 지배하는 들판에 도착했고, 거미줄을 발견한 용병들은 하나같이 질린 표정을 지었다.

며칠 전 토벌에 참가한 용병들은 당시의 참혹함이 떠올라 침통한 표정을 지었고, 새로 참가한 용병들은 눈이라도 내린 듯 하얗게 들판 전체를 뒤덮고 있는 거미줄을 보고 과연 자신들의 힘만으로 저렇게 넓은 곳의 거미줄을 모두 제거할 수 있을까 질리지 않을 수 없었다.

"모두들 준비해라."

영주의 명에 1조에 소속된 용병들은 커다란 가죽 주머니를 들고 짐마차에 실려 있는 짐승의 창자로 만든 소금물 주머니를 담기 시작했다. 1진 용병들은 개인 당 거의 50개씩의 소금물 주머니를 챙기고는 다시 일행들 앞에 섰고, 영주의 공격 지시에 미로처럼 뻗은 통로를 향해 조심스럽게 발걸음을 옮기기 시작했다.

카렌도 양손에 짐승의 창자로 만든 소금물 주머니를 든 채 걸음을 옮기다 얼마 가지 않아 걸음을 멈췄다. 동시에 실피드도 걸음을 멈춘 채 심하게 투레질을 하기 시작했다.

거의 동시에 지면을 통해 희미한 진동을 감지한 것이었다.

"트렝커터가 온다! 모두 조심해라!"

막 주위의 용병들에게 주의를 주려는 순간, 하크가 먼저 황급히 주의를 주었다.

슉! 쿵!

용병들이 잠시 멈칫하는 사이 거대한 그림자 하나가 하늘로 치솟았다가 지상으로 떨어져 내렸다.

햇살 아래 드러난 자이언트 트렝커터의 무시무시한 모습에 용병들은 자신도 모르게 뒷걸음질을 쳤다. 그런 용병들의 틈을 뚫고 나온 카렌은 자이언트 트렝커터를 잠시 노려보다가 곧 손에 든 말랑말랑한 소금물 주머니를 쳐다보았다.

이것이 정말 효과가 있을까?

의심이 드는 마음을 감추지 못하고 슬쩍 드갈스키를 쳐다보았지만 그의 얼굴은 태연한 것을 보면 자신이 한 말에 꽤나 자신이 있는 것 같았다.

다른 용병들보다 한 걸음 앞으로 나선 카렌은 소금물 주머니가 터지지 않을 정도로 힘을 줘서 힘껏 집어 던졌다.

휘익~

퍽!

포물선을 그리며 날아간 소금물 주머니는 딱딱한 자이언트 트렝커터의 외피와 부딪치자 허무할 정도로 간단히 터졌다. 하지만 그 결과는 절대 허무하지 않았다.

치익!

뜨겁게 달아오른 철판 위에 물을 뿌린 것과 같은 소리와 함께 뿌연 연기 같은 것이 치솟으며 소금물이 닿은 부분가 무서운 속도로 녹아내리고 있었다. 일행들 가운데 가장 시력이 좋은 카렌과 하크, 파프는 분명히 그 모습을 확인했다.

소드 마스터에 이른 실력을 가지고도 물리치지 못했던 몬스터가 한

낱 소금물에 녹아버리다니 어찌 허망하지 않겠는가? 하지만 그런 것은 개인의 감정일 뿐이었다.

"소금물이 효과가 있다. 입과 다리에 집중적으로 던져라!"

하크의 외침에 희색이 돈 용병들은 그제야 용기를 내서 수중의 소금물 주머니를 자이언트 트렝커터에게 던지기 시작했다. 몇몇은 힘 조절을 잘 못해 던지기도 전에 터지기도 했지만, 대부분은 트렝커터의 머리와 다리 부분에 맞출 수 있었다.

치익! 칙!

요란한 소리를 내며 자이언트 트렝커터가 간단하게 녹아 내렸다.

따라오던 2진이 분무기를 이용해 거미줄을 없애며 전진을 하자 일전 일행들의 발목을 잡았던 미로는 커다란 통로로 변하며 일행들에게 길을 내주었다. 할 일이 없어진 기사들은 교대로 성으로 복귀해 소금물과 소금물 주머니를 보충해 왔다.

그리 빠른 속도는 아니었지만 일행들은 별다른 피해 없이 꾸준히 전진할 수 있었고, 결국 그날 저녁 평야의 약 3할을 간단하게 탈환할 수 있었다.

자코니 자작이 기뻐했음은 말할 필요도 없었다. 성으로부터 술과 고기를 가져오게 한 자작은 자이언트 트렝커터 퇴치 작전에 참가한 사람들에게 회식을 베풀게 한 것이었다.

처음엔 하크와 파프의 눈치를 보던 용병들도 두 사람이 자리를 피해주자 곧 떠들며 마시기 시작했고, 기사들도 한쪽에서 자신들끼리 저녁 식사와 함께 가볍게 마시기 시작했다. 하지만 문제는 그랜트였다.

자신이 이번 자이언트 트렝커터 퇴치에 결정적인 공적을 세웠음을 영주 곁에서 끊임없이 자랑해 댄 것이었다. 영주의 얼굴이 사정없이 일그러진 것을 아는지 모르는지 그랜트는 계속 떠들어대고 있었다.

근처에 있던 드골스키는 사색이 되어 그랜트를 말렸지만, 이미 술에 취한 그랜트는 자신이 하고 싶은 말만 떠들고 있을 뿐이었다. 시간이 지날수록 그랜트의 주사(酒邪)가 계속되자 점잖게 앉아 있던 루이스 단장이 더 이상은 참지 못하고 마침내 검을 뽑아 들었다.

퍽!

"윽!"

저절로 몸이 움츠러들 만큼 소름끼치는 소리와 함께 짧은 신음 소리, 그리고 그랜트가 앞으로 꼬꾸라지며 일단 상황은 일단락이 됐다.

아무렇지도 않은 듯 다가온 푸겔은 그랜트를 어깨에 메고 영주인 자코니 자작에게 고개를 꾸벅 숙였다.

"영주님, 이분께서 꽤 많이 피곤하셨던 모양입니다. 제가 이 개(?)나리를 잠자리에 누일 테니까 즐거운 시간을 이어가시길⋯⋯."

스윽!

그제야 검을 회수한 루이스는 푸겔을 향해 간단하게 목례를 취했다.

평소 같으면 어림도 없지만 굳이 자신의 검에 하찮은 피를 묻히지 않아도 된다는 생각에 행동한, 조금은 과한 예의였다.

"부탁하겠소, 푸겔 대장."

다시 한 번 루이스에게 목례를 한 푸겔은 그랜트를 어깨에 메고 어디론가로 걸음을 옮겼다. 주위가 조용해지자 기가 산 자코니 자작은 술잔을 높이 들었다.

"카메컬 영지에 모인 영웅들이여! 나, 자코니 블레스코는 그대들의 용기에 경의를 표한다. 우리 모두 오늘을 승리를 축하하자!"

"승리를 위하여!"

영주가 말과 함께 청동으로 만든 잔을 높이 쳐들자 그의 음성을 들은 용병들은 예외없이 동물의 뿔과 나무 따위로 만든 자신의 술잔을 높이 쳐들었다. 자신들의 주군인 영주의 행동에 기사들도 어쩔 수 없이 술잔을 들어야만 했다.

자신의 잔에 찬 술을 단숨에 마시고는 몇몇 용병들이 신이 나는 듯 노래를 부르자 나머지 용병들도 곧 따라 그 노래를 부르기 시작했다.

넓디넓은 벌판을 울리는 용병들의 힘찬 음성에 자이언트 트렝커터로 인한 지금까지의 곤란함은 이미 어디론가로 사라진 듯했다.

시작은 분명했지만 끝은 언제 끝났는지 아무도 모르게 흐지부지하게 끝이 났다. 그리고 방심으로 인한 참혹한 참사가 토벌대가 기다리고 있었다.

달빛마저 사라져 버린 새벽, 어둠 속에서 거대한 검은 그림자가 서서히 움직이기 시작했다.

교만과 방심에 빠진 인간들의 야영지를 향하여…….

〈5권에 계속〉